上石神井
さよならレボリューション

長沢　樹

集英社文庫

もくじ

上石神井さよならレボリューション

本文デザイン／高柳雅人
本文イラストレーション／シライシユウコ
本文図版製作／山中レタリング

落合川トリジン・フライ

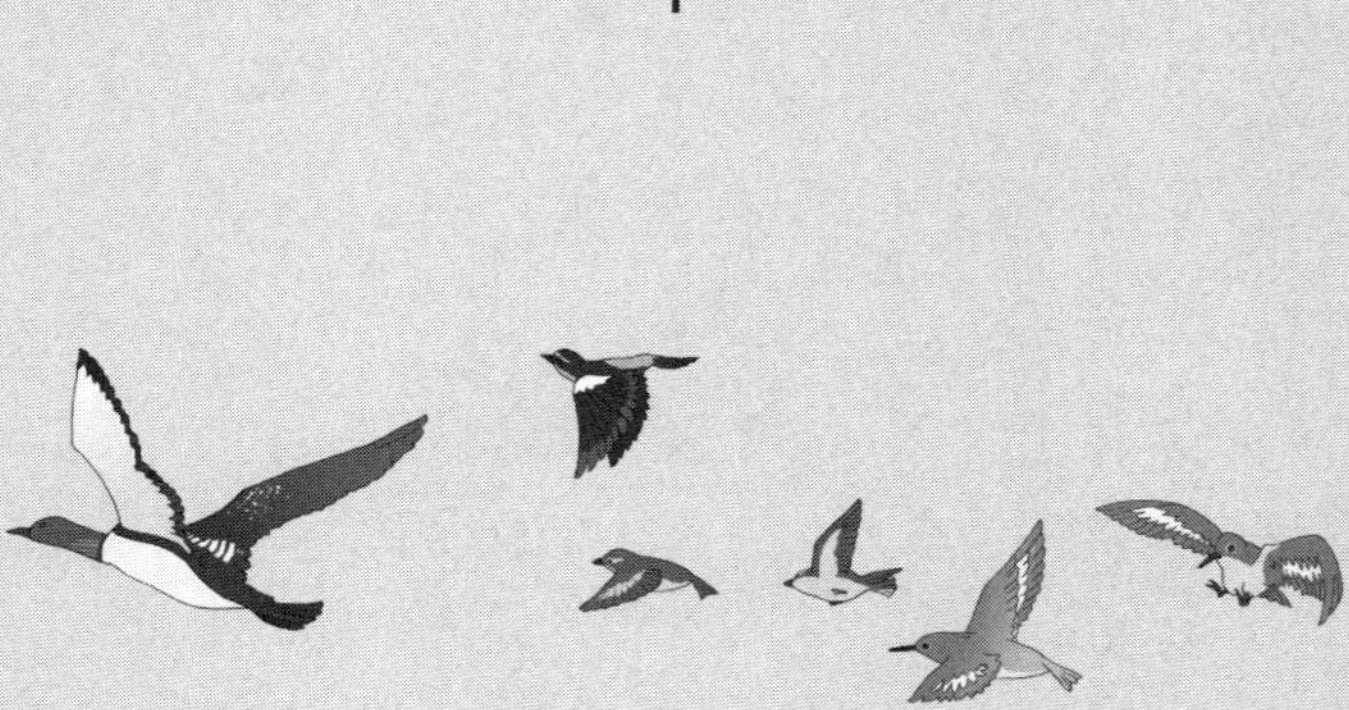

○

「メインディッシュは？」

岡江《おかえ》は右手で頰杖《ほおづえ》をついて、優雅に、そして遠回しに聞いてくる。眉と耳を隠すやや茶色がかった髪が、窓からの西日を光沢に変換している。

「屈《かが》んだ瞬間、スカートの中狙ったヤツ」

僕は直截《ちょくせつ》的に応える。「パンツは見えてないけど、結構奥まで」

「その時の表情は？」

少し首を傾《かし》げ、聞き返してくる。

「無防備」

岡江は妖艶な笑みを浮かべ、「フェチ度は20点。千円だね」と告げた。

岡江和馬《かずま》は、僕が見ても美しく、切れ長の目には底知れない知性を宿している。純粋な日本人ではなく、ロシア人の血が1／8入っているという。成績はなぜ都立なのだ？と疑いたくなるほど圧倒的で、休憩時間の読書が嫌味に感じず、クラスのイベントに不参加でも嫌われず、数多《あまた》の女の子との交際を断っても慕われ続け、時にピアノを嗜《たしな》む。僕はその岡江と、誰もいない地学準備室で、デスクを挟んで対峙《たいじ》している。

週明けの放課後に行われる、いつもの取引だ。

「帰ったらデータ送る」

僕は岡江から千円札を一枚受け取る。プラス、ノートのコピーなど成績向上の面でも便宜を図ってもらえる。岡江に送るのは、二十数枚分の画像データ。

内容は鷹羽《たかば》高のビジュアルクイーン、一年D組の川野愛香《かわのあいか》を密《ひそ》かに撮影したもの。

岡江曰《いわ》く、〝フェティシズムの捕獲〟。

一般的な用語を使うなら、〝盗撮〟。僕と岡江が共に歩む悪の道だ。

「フェティシズムの考察は男性としての奥深さを識別する信号なんだ。背徳的な嗜みとでも言おうか。君はまだ本当の瞬間を撮っていない。肝に銘じておくように」

要は岡江がぐっと来るフェチ写真を撮ってこいということだ。

岡江のもうひとつの顔──眉目秀麗《びもくしゅうれい》、成績優秀の他に岡江を表現するとしたら〝性癖特殊〟が適当だろう。もっと一般的な言葉を使うなら〝ド変態〟だ。

「了解」と僕は軽く手を挙げ、地学準備室を出た。

地味&草食系と思われている僕の不健全な一面でもある。高校生活を乗り切るためのひとつの手段。罪悪感がないと言えば、うそになる。ただ、必要悪。

川野愛香は、冬休みを翌日に控えた十二月二十四日、突然僕の前に現れ、僕の被写体になった。

特に予定もなく、帰宅しても誰かいるわけでもなく、例年通り、寒々しいだけのクリスマスイブだった。終業式を終え、帰ろうと生徒玄関に差し掛かったところで、「ちょっと待ってよ帰るの早いぃ！」とものすごい勢いで廊下を駆けて来る女の子がいた。それが川野だった。

誰を追いかけているのだろうと眺めていたら、僕の前で急制動をかけ、止まった。そして、「つっかまえた」と馴《な》れ馴《な》れしく僕の肩をつかみ、無闇に明るい笑顔を僕に投げかけてきた。

クラスも違うし、会話も初めてだった。告白では、などとは一秒たりとも思わなかった。一応写真部員ではあったが、特に熱心に活動しているわけでもなく、その他大勢路線の王道を行く自分のキャラくらい自覚していた。

ただ、至近距離の川野愛香は、魂を抜かれそうなほど綺麗《きれい》だった。

短い髪をとめ、大きな目と流麗な曲線を描く鼻筋と輪郭。歯はこれでもかと白く、照明を当てれば光るであろうレベル。健康的な肌つやに、適度にアレンジしてセンスよく着こなした制服。身長170センチで八頭身というスタイルも、凄腕《すごうで》のフィギュア職人が造ったとしか思えない。夏服なら、『時かけ』実写でいけるな、とその時は思った。

「ちょっとお願いがあるの。設楽《したら》君が一番いいってあーちゃんから聞いたからさ」

川野は青春ドラマのように爽やかに言った。

「主語を言わないとわからない」と僕は困惑を胸に押し込めながら応えた。

「ああ、カメラの腕」

あーちゃんが誰なのか知らないが、同じ中学出身の連中なら、僕の親父《おやじ》がプロのカメラマンで、僕もカメラを嗜んでいることくらいは知っているだろう。

川野の〝お願い〟はバードウォッチングだった。被写体は、野鳥。

「生物部からの依頼と考えていいのかな」

僕は少し面食らいながらも、聞いた。川野は生物部員だった。

「生物部は関係ない。わたし専属。だめ？」

だめ？　と聞く割には、瞳には期待の色が爛々《らんらん》と輝いていた。

僕は写真部の部長と相談すると適当なことを言い、その場では答えを保留した。

「じゃあ連絡ちょうだい」と川野は無警戒に、自分のケータイの番号とアドレスを僕のケータイに送信してくれた。

川野と別れたあと、岡江に電話した。

当時、既に成績低迷経済不況の打開策として、岡江和馬と組んで、盗撮に手を染めようとしていた。

そこに現れたのが川野だった。

リスクが高い盗撮より決まった被写体を撮るほうがいいと思った。岡江も『難易度は高いが、素材はいい』と反対はしなかった。その時、岡江の言う『難易度』の意味を理解できていれば……。

なぜビジュアルクイーンである川野愛香が、生物部員なのか。今では鷹羽高校の七不思議のひとつになっている。

川野は、モデル級の容姿に加え、異次元級の身体能力を有していた。去年の春、体育の時間に、100mを11秒台前半で走り、当時の高校記録を塗り替えたのだ。無論非公式ではあったが。

その後、陸上部コーチ（川野のクラス担当の体育教師だが）のスカウトを『鳥さんが好き』の一言でねじ伏せ、直後に生物部に電撃入部し、周囲を唖然《あぜん》とさせた。

『もったいないよな、あんな綺麗で可愛《かわい》くてスポーツ万能なのに』

というのが鷹羽高校男子の総意であり平均的な〝川野愛香評〟だ。

陸上部のスカウト以前に、雑誌やモデル事務所のスカウトが、友達がカウントできている範囲だけで二十七回あったという。全て『鳥さんの方が好き』の一言でねじ伏せたそうだが。

僕は川野のケータイに電話を入れた。

「写真部で女性モデルが不足してる。川野のことも撮らせてくれないかな。スナップでいいから」

スナップは方便だった。スナップの間隙を衝《つ》き、岡江の黒く澱《よど》んだ欲求を満たすために、フェティシズムとやら全開の瞬間を撮影するのが目的だった。

『わかった、よろしくね！』

川野は0コンマ数秒で返答した。拍子抜けと困惑と身震いが同時にやってきた。以来、月に数度、川野に同行して都内のあちこちに出かけ、野鳥とフェティシズムを追った。

1

空の青と淡く透明な陽光を反射する水面に、数羽のコガモ。シャッターを切る。清流にしきりと首を突っ込んで、お尻を空に向けフリフリしている姿がユーモラスだ。カモは飛ぶこともダイナミックに動くことも少なく、比較的押さえやすい被写体で、大概ウォーミングアップ代わりに撮影していた。

川野は僕の脇で、遊歩道の鉄柵に寄りかかって、コガモたちに「おーい」と手を振っている。制服の上に赤いハーフコートとクリーム色のマフラー。短めのスカートからは長い生足《なま》。寒さに頬を紅潮させているくせに妙なヤツだ。

学年末考査を終えた最初の土曜日、僕は機材バッグを肩に、東久留米《ひがしくるめ》市を流れる落合《おちあい》川《がわ》に繰り出していた。ザッツ郊外、ザッツ住宅街の中を流れる全長三キロあまりの都市型小河川だ。しかし、湧水を水源とする都下屈指の清流で、知る人ぞ知る野鳥スポットでもある、という情報は、先導役の川野が提供してくれた。川野は以前から何度も訪れているらしく、『ここは秋から冬、春にかけてが一番好き』と言っていた。

護岸工事はされているものの、両岸の袖部分に多種の植物が群生していて、鯉《こい》や小魚の姿もあった。川底は、砂礫《されき》に緑色のニラのような細長い水草や、クローバーのような葉を持つ水草が群生し、ゆらゆらと揺れていた。水草が小魚の住処《すみか》になっているのか、野鳥の数は今まで訪れた川より圧倒的に多かった。

「ねえねえカモさんが水に顔突っ込んでる瞬間撮ってよ、寄りでね、寄り」

川野は無邪気に難易度の高い注文をする。いつものこと。頭では醒《さ》めていても、写真家のDNAがやってやろうじゃないかと血をたぎらせる。

「飛び立つ瞬間」

「エサ捕る瞬間」

「羽広げたところ、アップで」

無知とは恐ろしいもので、この数ヶ月間、僕はプロでも難儀する注文を突きつけられ、本来の目的、盗撮の機会を奪われていた。

幸いコガモさんたちは、空腹だったのか水草の下に何度も顔を突っ込んでくれ、そのうちの数回をファインダに収めることができた。

「真剣に生きてるんだよね。えらいえらい」

たぶん深い考えもなく川野は言う。「移動しよっか」

遊歩道を上流に向かってゆっくりと歩く。護岸工事は自然に配慮してあり、所々緩やかな土手が残されている。新しめの住宅と古い住宅がほどよいバランスと距離で混在し、裸の木々が、心地よいもの悲しさを演出している。しかし、枯れ色の中、所々に見える新芽の小さな緑が、春の足音を感じさせる。通行人もほとんどなく、静かでのどかで、自分のやっていることの後ろめたさ、仄暗《ほのぐら》さを高い高い青空が咎《とが》めているような気さえする。

「ね、静かで結構いい感じでしょ」と川野。

「ああ」と生返事をし、素早くデジカメのSDカードを取り替える。いつものように川野をフレームに収め、シャッターを切ってゆく。川野は〝設楽洋輔《ようすけ》の習作〟としてのスナップ撮影と信じて疑わない。だが、屈んだときの胸元を狙うのは基本中の基本。運がよければ〝谷間〟が顔を覗《のぞ》かせる。少しうつむいた横顔、髪をいじる何気ない仕草、下着のラインも定番。この時季は厚着になってしまうため、どうしてもフェチ色が薄くなってしまうが、何とか缶コーヒーを飲む口許《くちもと》をアップで押さえることができた。湯気と唇と横顔のラインを、逆光気味に。これがいわゆる〝本当の瞬間〟、岡江的フェティシズムの正解だとは限らない。あとは露出度が高くなる夏を待つしかない。

西武線の高架をくぐったところで白い群れを見つけた。サーベルのような嘴《くちばし》。首から羽にかけて青い模様――アオサギだ。

「ターゲット発見アオサギぃ」と川野が立ち止まる。

対岸に住宅がなく、わずかだが自然の草むらが残されている一帯だ。

SDカードを〝野鳥用〟に素早く換装、さっと見回す。川縁《かわべり》と浅瀬に合わせて五羽。図らずも野鳥の見分けがつくようになってしまった自分への苦笑も忘れない。

「小魚多いのか、この辺」と川野に聞く。

「多いよ。エサ捕った瞬間ね」

「かなり難易度高いけど……あのアオサギがずっと足止めてる」

僕は中央の浅瀬にいるアオサギの一羽に焦点を絞る。

「水中見てる。獲物を見つけたのよ」

気がつけば生物部トークをしてしまう自分が少し悔しい。

太陽の位置を確認する。午後。上流方向が西。この時季、白い鳥を浅い角度の順光で撮るのは微妙な露出が難しい。僕はアオサギを刺激しないよう、そっと下流側に移動し、逆光になる位置で片膝をつき、カメラを構える。あとは忍耐。そして反射神経の勝負。目をつけたアオサギが抜き足差し足で水面下の獲物に近寄る。獲物が小魚の場合、捕った瞬間にシャッターを切らないと、すぐ飲み込んでしまう。アオサギの足が止まる。動きの流れを読む。来る！

「くしゅん!!」

反射的にシャッターを切る。アオサギは驚いたようにどこかへ飛び去ってしまった。

「お前なあ……」

僕は立ち上がって、ため息をつく。「一番大事なときにくしゃみなんて、コントかよ」

「鼻に何か入って……」

川野は鼻水を垂らしながら言い返してくる。

「寒いんならストッキングくらい穿《は》いて来いよ。誰のためにやってると思ってんだよ」

「寒くないもん。ほんとに鼻に何か入っただけ」

「あーそー」

僕は怒りを呑《の》み込みつつ、今撮った画像をディスプレイに呼び出す。飛び立つ瞬間、羽を大きく広げたアオサギの姿がダイナミックに写っていた。偶然の産物だったが、ピントも露出も完璧だった。

「すごいすごい！　わたしのおかげ！」

むくれ気味にディスプレイを覗き込んだ川野が、一転はしゃぐ。足が水面を離れた瞬間で、小さな水しぶきが躍動感をもたらしている。

「川野の注文とは違うけど」

「全然大丈夫、次の部報の表紙にするよ。そんくらいのレベル」

複雑だ——認めたくはないが、川野の無自覚高難易度リクエストは、僕の撮影技術を著しく向上させた。

『すごく上手《うま》くなったね、設楽』と先週、教室の片隅で、岡江にも淫靡《いんび》な微笑を浮かべられた。『特に口許の躍動感と風のとらえ方に独特のリズムが感じられる。父親の血かな』とも。

要はスカートが風に揺れ、めくれ上がった瞬間や、何かを口に含んだり飲んだりする瞬間を逃さず高精度にとらえられるようになったということだ。

『フェティシズムは〝瞬間〟ではない。義務から恥じらいへの移ろい、変化なんだ。それは観《み》るものの感覚と想像力を極限まで高めなければ感受できない。ばかや凡人にフェティシズムは理解できないよ。本当の瞬間を見つけるのは、技術じゃない。創造性の高い人物だけが持つセンスと嗅覚。そして運だ。確かに川野愛香は難物だ。君ならできる。期待している』

岡江は特殊性癖の偏差値も高すぎる。そして、無防備で無警戒で無邪気の塊である川野愛香は、岡江的フェティシズムとは対極の位置にいる。今更ながら岡江の言う『難易度』を理解した。川野には恥じらいの欠片《かけら》もない……。

「この先にカモのたまり場があるよ。カルガモがいたらいいね。マガモもいたら彩りが綺麗になるかな。モズとかムクドリも撮りたいね。飛んでるところ」

さらりと言われ、我に返る。モズもムクドリも小さくてすばしこく、飛んでいるところを押さえるのは至難の業。「カモ以外は期待はすんなよ」と言っておいた。

川野の目標は武蔵野《むさしの》の野鳥コンプリート写真集。

川野と写真を撮り始めて三ヶ月になるが、陸上部やモデルのスカウトを蹴ってまで野鳥にこだわる理由がわからない。以前『なぜ野鳥?』と聞いたが、『お兄ちゃんが……』と言ったきり口をつぐみ、そのうち涙ぐんできたので、聞けなくなった。

なぜ涙ぐんだのか意味不明だが、野鳥を追うときの川野は意気軒昂《いきけんこう》だ。大股で歩く活動的で健康的な横顔を撮影する。やがてコンクリートの護岸が途切れ、緩やかな土手が見えてきた。土手と言っても川面《かわも》との高低差はあまりなく、広場と表現しても差し支えないバナナ形の親水公園だ。この部分だけ川幅が少し広くなり、流れの穏やかな部分にコガモやカルガモが群れていた。

「テーマは水辺のカモと青空を飛ぶ武蔵野の鳥たちかな」

どんどん難易度が上がってゆく。確かに木立も多く、モズやムクドリもいそうだが、野生はそう人間に都合よくはない。

「うそ、なんで、どうやって?」

川辺の広場に足を踏み入れると、子供の声が聞こえてきた。

「だから飛んだの!」

「ぜってーそんなわけねえ、どうやったんだよダイキ!」

「お兄ちゃんは飛べるの! すごいの!」

言い争っているようだ。川野が〝飛ぶ〟という言葉に反応した。

「オニイチャンて新種の野鳥?」と川野。

「違うと思うけど」

広場と遊歩道の境界付近に、小学生とおぼしき三人。車椅子の女の子と、男の子が二人。四年生か五年生くらいか。何か言い合っている。

川野は興味深げに小学生たちの方に歩み寄っていったが、僕は川野のリクエストに応えるべく、川縁まで行き、腰を落としてカモと同じ高さの視点を意識して、這《は》うように川縁を移動し撮影ポイントを探った。川幅が広い分、流れは穏やかで水深は浅い。カモも泳ぐより歩いている感じだ。

「愛香ちゃん!」

背後で女の子の声。続いて「よー元気してた?」と川野の声。振り返ると、川野と女の子が手を握り合っている。

「設楽!　来て!」

川野が手招きするので、小学生の手前、少しお兄さん的な笑みを浮かべながら歩み寄る。

「こんにちは」と車椅子の少女が僕に言ったので「こんにちは」と返した。長い髪をツインテールにした、色の白い可憐《かれん》な少女だった。膝の上には毛布が掛けられていた。

「知り合いだったのか」

「うん、そこん家《ち》の子」

川野は遊歩道と広場に面した区画に並ぶ住宅の一つを指さす。

「設楽、この子がアツミちゃん。こっちがダイキくんで、こっちがタカボン」

「なんで俺だけあだ名なんだよ」

タカボンと呼ばれた少年が、不満そうに言った。この寒空の下、ハーフパンツ姿で、ブルゾンの袖をまくっている。川野と同族の匂いがする。

「相変わらず生足なんだな。寒くないのか」とタカボン。

「ぜんっぜん寒くないし」と川野。

「俺だって寒くないからな!」と更にタカボン。

なんの張り合いだ。

タカボンのとなり、短髪で背が高く、ポケットに両手を突っ込んで肩を丸めているのが、野々宮《ののみや》大紀。ハーフコートの中に、マフラーを折り込んでいて、小学生のくせに少しお洒落《しやれ》してやがると思ったが、聡明そうな顔立ちのせいか、背伸びを感じさせない。車椅子の少女、野々宮敦美の兄だという。そして、野生児タイプのワイルド長髪（ほったらかしただけ）が、自称大紀の親友・石尾《いしお》タカボン尊彦《たかひこ》と説明された。大紀とタカボンが小学五年生で、敦美が四年生だった。

川野が別の方向を向いて頭を下げたので、見ると、対岸の遊歩道に中年の男性が立っていた。川野に向け、小さく手を挙げる。知り合いらしい。

「あれ敦美ちゃんのお父さん」と川野が言ったので、僕も会釈した。

「設楽さんは愛香ちゃんの彼氏さん？」

敦美が聞いてきたので、「うん」と応えたら、川野に足を踏まれ「専属カメラマン。助手よ、助手」と訂正を入れられた。

「大変な立場なんですね」と敦美に同情されてしまった。

「お、敦美ちゃんいいもん持ってるね」

川野が何かに気づく。車椅子の前には、階段状に小さな木箱が積んであって、その前に体長三十センチほどの人型ロボットが立っていた。歯車や関節が剥《む》き出しのロボットからはケーブルが伸び、敦美が持つリモコンにつながっていた。

「パパが買ってくれたの」

敦美がリモコンのスティックを動かすと、ロボットはモーター音を上げながら手足を動かし、木箱に登ろうとする。しかし、あと少しというところで、木箱からずり落ち、地面に転がってしまった。大紀が拾おうとしたが、ポケットから手を出す前に敦美を見て躊躇《ちゅうちょ》した。敦美が自分で拾おうと、体を折り曲げて、ロボットに手を伸ばしていた。しかし、もう少しのところで手が届かない。

「あう、残念」

結局、川野が転がったまま足をばたつかせているロボットを起こしてやった。

「ありがと、愛香ちゃん。わたし、まだ上手くできないの」

真に迫った悔しげな声に、僕はそっと敦美の手元を見る。細かな震え。歩行障害と関連があるのだろうか。繊細な操作が必要なリモコンロボットを娘に――リハビリか。

「お兄ちゃんはすごく上手なんだよ」

敦美は尊敬と憧憬《しょうけい》の視線を兄に送る。大紀はその視線を優しく受ける。羨ましいほど、通じ合った兄と妹だ。ただ、大紀はどこか寂しげだった。錯覚かもしれないが。

「で、何をそんなに揉《も》めてたわけ？」

川野が空気をぶった切り、思い出したようにタカボンに言う。僕は対岸の父親を見やった。ゆっくりと上流に向けて歩いて行くところだった。

「ああ、大紀が空を飛んだっていうんだけど、そんなのぜってーうそだろ」

タカボンは、大紀を指さす。

「お兄ちゃんだったらできるもん。運動会でも一等しかとったことないじゃん」

「見てないだろアッツは」

「でもわかるもん」

小学生たちも、思い出したように揉め事の続きを始める。

「まあまあ、状況を説明したまえ」

川野が胸をはり、偉そうに言った。

「えっと、最初大紀と大紀のお父さんが向こう側にいたんだ……」

タカボンが対岸を指さす。上流に向かい僕らのいる右岸は広場になっているが、対岸＝左岸は護岸されていて、右岸より少し高い位置に遊歩道があり、鉄柵も設置されている。遊歩道の向こう側は、コンクリートブロックで防護工事された急斜面になっている。

「こっち側に俺とアッツがいて……」

タカボンの説明と敦美の補足を要約するとこうだ。

大紀は父親とともに対岸にある親戚の家に行った。敦美は広場でタカボンとロボット遊びをしていた。敦美はロボットが上手く操作できず、とりあえず階段状に積まれた木箱のてっぺんまでロボットを登らせることが目標だった。そこに大紀と父親が戻ってきた。

『おれがそっちに行くまでに、てっぺんまでロボットを登らせてごらん』

大紀は対岸から敦美に向けてそう言ったという。敦美は意気込んでリモコンを操作、横からタカボンがアドバイス（敦美曰くうるさくて気が散る）したが、ものの十数秒で、大紀は敦美の背後に立っていたという。そこでタカボンが、どうやったのか大紀に詰め寄り、押し問答の最中に、僕らが来たようだ。

「お前はトリジンか！」と川野が大紀に関西風のツッコミを入れる。

川野を無視して上流から下流にかけて視線を走らす。下流側の一番近い橋から百メートル以上歩いただろう。上流側はどうか。

「川野、上流の方に橋は？　どのくらい離れている？」

「百五十メートルくらい先かな」

意味がわかっていないのか「なんで？」と問いかけてくる。

川幅は七メートルか八メートルくらい。どんなに運動神経がよかろうが、小学生には飛び越せないだろう。かといって、いくら速く走っても、上流か下流の橋を渡って戻ってくるのに十数秒など、人間業ではない。

それとなく大紀を見る。下はジーンズにスニーカー。濡《ぬ》れた様子はない。

「じゃあ、川を渡って急いで靴を履き替えたとか。大紀さ、一度家に戻ったりした？」

川野の問いに、大紀は「いいや」と言い、敦美もタカボンも、ここを動いていないと証言した。なるほど——だから『飛んだ』か。

「あの柵の上に乗って一気にジャンプすれば、川くらい越せるって」

悔し紛れか、川野はタカボンの背中を叩《たた》く。

「越せねーよ」とタカボン。

僕は距離と位置関係を確かめるべく、遊歩道を上流に向かって歩いてみる。もし大紀が飛んだのなら、その瞬間を撮ってみたいと思いながら。そのためには、からくりの解明が必須条件だろう。

遊歩道は緩くカーブしていて、曲がりきると、百メートルほど先に橋が見えた。そして、橋を渡って折り返してきた大紀の父親がすぐそこまで来ていた。

「こんにちは」

僕は言って立ち止まると、大紀の父親も「こんにちは」と立ち止まった。ビジネスコートに地味な色のマフラー。四十歳くらいで、スリムな体型は、エンジニアか理系の教師のような印象だ。

「川野愛香の友人で、設楽洋輔といいます」

「川野さんから聞いているよ」

柔らかで低めの声。「凄腕の助手ができたって」

「助手……ですか」

あのお調子者が、と思いつつ「少しお時間大丈夫ですか」と聞いてみる。野々宮氏も察したのか、「大丈夫だよ」と言って、眉を少しだけ動かす。

「親戚の家に行かれたそうですが」

「ああ、ちょっと挨拶にね」

「その家は上流下流どっちの橋に近いですか」

「下流だね」

「でしたら遠回りしたことになりますね」

普通に帰るのなら、そのまま下流の橋を渡って、右岸側の遊歩道を歩いて帰宅すればいいだけのこと。わざわざ対岸の遊歩道を歩いて上流の橋を通る必要はない。ならば目的は敦美とタカボンに〝イリュージョン〟を見せることだ。

「今日は敦美ちゃんのお誕生日ですか？」

「いや、ちょっと事情があってね」

「プレゼント代わりのイリュージョンですか」

野々宮氏は応えず、取り繕ったような笑みを浮かべ「そろそろ戻らないと」と言った。

「できればその瞬間を撮りたかったです」

僕はカメラを掲げてみせ、野々宮氏とすれ違った。

野々宮氏の反応が気になった。大紀同様、娘にドッキリを仕掛けたようには思えないほど、その笑みは上滑りしていた。何があったのか、何があるのか――

橋を渡り、対岸の遊歩道を下流側に戻る。程なく広場が見えてきた。そして、最初に野々宮氏が立っていた辺りに陣取る。なぜか広場では、川野と大紀の短距離競走が始まろうとしていた。広場の下流側の端に二人並んで、タカボンが腕を振り下ろしたのを合図にスタートした。広場の端から端まで、数十メートル。大紀は小学生としては破格の速さだった。足の運びで、強靭《きょうじん》なバネの持ち主だとうかがわせる。ただ、400m以下なら練習なしでもインターハイ上位確実と言われる川野が圧勝した。小学生相手に大人げなさすぎだ。

ガキ大将かよ――拳を天に突き上げている川野に脳内ツッコミを入れつつ、僕は鉄柵に触れる。高さは一メートルと少しか。頑丈にできている。対岸の広場より若干高い位置に遊歩道があるが、水面までは百八十センチ程度。飛び降りるのは造作ない。真下には土の部分が一メートルほどせり出していて、草で覆われている。そして対岸＝広場側の岸までは、幅約八メートルの清流。

大紀が飛んだとおぼしき時の位置関係を整理する。敦美がいるのは広場と遊歩道の境界付近。遊歩道の端に木箱を積み、川に背を向ける形でロボットを操っていた。タカボンも、ロボットに集中していただろう。つまり二人とも〝飛ぶ〟瞬間は見ていないのだ。

そして、気づく。川野が指をさした野々宮家が、今、僕がいる位置（野々宮氏及び大紀がいた位置）のちょうど正面に位置していた。敦美、タカボンがいるのは、ここからやや上流だ。つまり、敦美とタカボンがいた位置を頂点に〝飛ぶ〟前の大紀と野々宮家を長い一辺とした少しいびつな三角形となっていた。作為を感じなくもない。

『おれがそっちに行くまでに、てっぺんまでロボットを登らせてごらん』という大紀のセリフは、ロボットに集中させ、注意をこちらに向けさせないためのものだ。

そこに、何らかのトリックが入り込む余地がある。

「川野、ここまで全力で走ってきてくれないか！　どっちの橋使ってもいいから！」

僕は対岸に向けて叫ぶ。勝利の余韻に浸る川野は、「お前ら見とけよ、真の韋駄天《いだてん》というものを！」と大紀とタカボンを指さす。完全に野性とアドレナリンに支配されていた。

川野は遊歩道まで移動し、肩を回し、屈伸運動をする。そしてタカボンの合図とともに上流に向けて走り出した。確かにフォームは陸上の専門選手のように流麗で、無駄がなかったが、橋を渡って折り返し、僕の前を駆け抜けたのは40秒後だった。

急制動で振り返り、僕のところに戻ってきた川野に「40秒55」とタイムを告げる。

「うそー、大紀に負けた……」

川野はがっくりと膝をつく。「大紀は10秒台だったんでしょ」

「ほんとに走ったと思っているのが信じられない」

「ちがうの？」

川野が顔を上げる。涙目になっていた。

「川野に太刀打《たちう》ちできない小学生が、三百メートル以上の距離を十何秒かで走れると思うか？」

川野は首を横に振る。「認めない」

認めない——川野らしいが……「てか、空気くらい読めよ。今日は敦美ちゃんの何か記念日っぽいんだし、あんな力一杯勝つことないだろう」

「勝負したのは大紀だし、全力を出すのは礼儀だし」

川野の説明によれば、僕と立ち話をして別れた野々宮氏が、広場前の家に戻る際、タカボンに『本当に大紀は飛んだのか』と質問され、『おじさんにはそう見えたな』と応えたという。そこで川野が猛スピードで走った可能性をあげ、敦美が大紀の足の速さを自慢し、わたしの方が速いと川野が反論して、あの短距離競走とあいなったという。ばかか——

「敦美ちゃんの、兄への憧れに満ちた目を見たか？　兄の敗北はたぶん自分の敗北より悔しいと思う」

　柄にもないことを言ってしまう。「自由にならない体を兄に託してるんだ」

「でも負けるのやだし、社会は必ずしも思い通りにならないってことを……」

「何でも思い通りにしてるのは川野だろ」

　ついでに日頃の鬱憤を口調に乗せる。

「ごめん……」

　多少大人げないという自覚はあったのか、川野は素直に反省するそぶりを見せる。単純すぎる。僕はその悲しげな横顔をすかさず撮影した。僕も、鬼畜すぎる。

「じゃあ、飛んでみる」

　川野が顔を上げる。涙は既に蒸発、瞳に炎が描かれていてもおかしくない燃え顔だった。「走るより飛ぶほうが合理的ってことだよね」

　スケールが大きすぎる勘違いに、二の句が継げないでいる間に、川野はステップも軽やかに鉄柵の上に乗った。細い手すりの上だが、川野は微動だにしない。そのバランス感覚は驚異的だが、頭のファンタジックさ加減も驚異的だった。

「さすがに無理かな」

　川野は対岸を見ながら言う。やっと理解したかという思いは、続く「助走なしじゃ」という言葉で打ち砕かれた。

川野は遊歩道に飛び降り、上流方向に十メートルほど下がると反転、ダッシュ。遊歩道の幅は三メートルほど。川野は斜面側から弧を描き、カーブを切って鉄柵に跳び乗ると、「だりゃっ」という声とともに、大きく体を伸ばし、大空に飛び出した。走り幅跳びのようなフォーム。なびく髪。なびくスカート。無意識にカメラを構え、シャッターを切っていた。躍動する長い四肢。脳の回転が上がり、全てがスローモーションに見えた。

対岸から「わー!」と小学生たちの声。続いて「あー」とがっかりした声と、逃げ散るカモたちの「がー」という迷惑そうな声がユニゾンした。

川野は川の中ほどに着地(着水)。派手な水しぶきをあげた。

「冷たーい!」

川野は足をばたばたさせ、広場に駆け上った。タカボンが腹を抱えて笑っていた。

川野ほどの運動能力を以《もっ》てしても、身ひとつで川を越えるのは無理。走っても無理。川野が無理なら、野々宮大紀にも無理。それが確認できただけでもよしとしよう。

岡江の力が必要だった。

2

『まず背景を知らせてくれ。野々宮兄妹《きょうだい》、親子の間にある事情を詳細に。それでこのイリュージョンが計画的に行われたのか、突発的なものなのか推定できる。それと、物理的な位置関係がわかる画像を送ってくれるか』

それが岡江和馬の返答だった。

『それで見返りは？』

「スカートの中。遮るものなしってのが撮れたけど」

川野がジャンプした瞬間に、シャッターを切ったものだ。僕はその時のシチュエーションを説明する。岡江の評価は、『フェチ度15点』だった。

僕はケータイをしまい、広場と落合川周辺の位置関係を撮影した。距離感と、子供の目線の高さを意識した。俯瞰《ふかん》は、グーグルマップで事足りるだろう。振り返り、斜面を見上げる。高さは三メートルほど。斜面の上には高さ一メートルほどの金網フェンスがある。斜面の上に住宅はなく、ビニールハウスが見えた。畑のようだ。防護用のコンクリートブロックには出っ張りが少なく、素手で登るのはかなりの時間が必要だろう。

僕は歩いて広場に戻った。川野は靴と靴下を脱いで身動きがとれなくなったのか、敦美と一緒にロボットの操縦に熱中していた。相変わらず敦美は木箱登りに失敗し、転がったロボットを大紀に拾ってもらっている。

「つぎわたしにやらせて！」

川野が右手を挙げ、敦美に「お願いぃ」と両手を合わせる。小学生に交じって違和感がないのは問題とすべきか、美点とすべきか。ちなみに川野の靴と靴下は、遊歩道の片隅で天日干しにされている。

僕は一人離れた場所で、兄妹を見つめているタカボンに歩み寄る。

「無理してないか？」

「誰が？」とタカボン。

「大紀君と、大紀君のお父さん。無理して明るく振る舞ってる気がしてさ。敦美ちゃん、入院でもするのか？」

考えられるのは、一時的な別れだった。タカボンも、明るく振る舞っていながらも、敦美の顔色を気にしているように思えた。

「いや、アッツは時々リハビリに行くだけだよ」

親戚への挨拶——

「もしかして離婚？」

僕が言うと、タカボンは少し悲しそうな顔をしてうなずいた。

近くの湧き水まで案内してもらうと理由をでっち上げ、タカボンを連れ出した。

「アッツのママも優しくていい人だし、仲が悪いとは思わないんだけどさ」

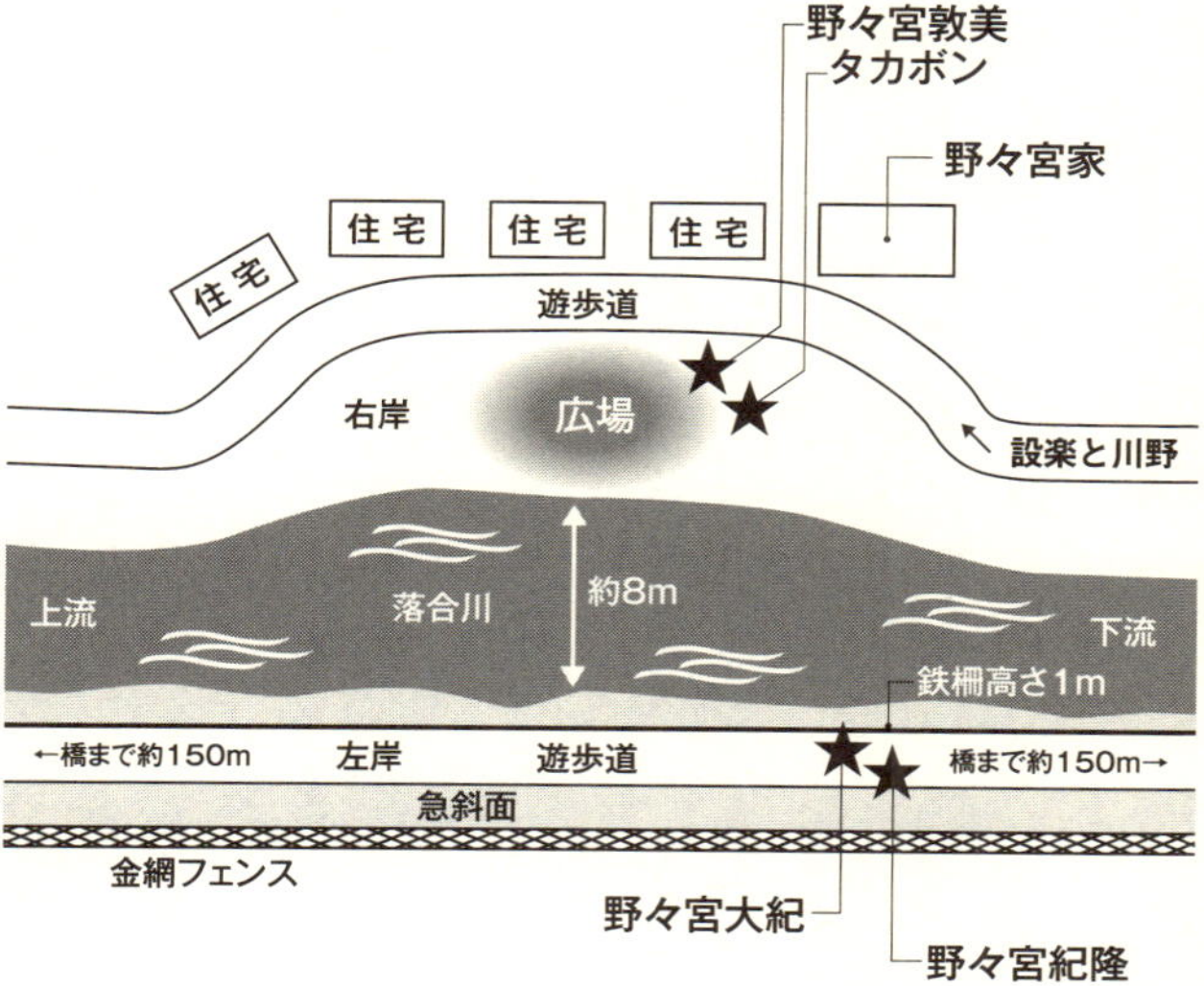

野々宮敦美
タカボン
野々宮家
住宅
住宅
住宅
住宅
遊歩道
右岸
広場
設楽と川野
上流
落合川
約8m
下流
鉄柵高さ1m
←橋まで約150m
左岸
遊歩道
橋まで約150m→
急斜面
金網フェンス
野々宮大紀
野々宮紀隆

〈親水公園見取り図〉

路地を歩きながら、タカボンは言う。〝アッツの〟というフレーズが気になった。もしお別れなら、記念写真を撮らないといけない。それにカメラマンは全ての事情を知らないと、いい写真を撮れない、と出任せを言った。無茶な論理だったが、タカボンはうなずいて、知っている限りの情報を提供してくれた。

大紀の父、紀隆《のりたか》氏は大手のガラスメーカーに勤務する技術者だった。母、咲恵《さきえ》さんは現役のインテリアデザイナー。そして、大紀は父の連れ子、敦美は母の連れ子。離婚経験者同士の結婚だった。

「俺は大紀とは昔っから友達で、一年生の時に妹ができたって、アッツを連れてきたんだ」

当時の敦美は、手も自由に動かなかったらしい。

「大紀はさ、小学校上がる前にアッツと同じ病気してたんだ。だからリハビリのやり方とか色々アッツにさ……」

「同じ病気って」

「大紀も二年生くらいまで、杖《つえ》がないと歩けなかったんだ」

現在の運動能力を見ると、にわかには信じられなかった。

緩やかな坂を登り切る。

「あ、あの家」

タカボンが指をさしたのは、大紀と野々宮氏が訪れた親戚の家だった。

生け垣に囲まれた木造の古い家屋。表札には『小菅《こすげ》』。

「小菅のばあちゃーん」とタカボンは勝手知ったる感じで玄関の引き戸を開けた。

小菅ふゆさんは、僕らを歓迎してくれた。大紀の祖父の姉＝野々宮氏の伯母《おば》に当たるという。八十歳近いと聞いていたが、しっかりとした足取りで僕らを迎え入れ、寒いからと僕らをこたつに案内すると、ミカンと熱いお茶を出してくれた。和服に割烹着《かっぽうぎ》姿がよく似合っていた。

タカボンは僕をカメラマンと紹介し、カメラに記録された野鳥の写真を見せたら、

「最近はモズもサギも少なくなってね」と言いながらも、大層喜んでくれた。

「お別れの記念写真を撮りに来たんだってさ」

タカボンが若干勘違い気味に言うと、ふゆさんは「そうかい」と寂しげな笑みを浮かべた。僕は言葉を選びながら、野々宮家の〝事情〟を不自然にならないよう聞き出してゆく。

「紀隆と咲恵さんは、同じ病気の子供を持つ親の集まりで知り合ってね。なんだっけタカ」

「ギラン・バレー症候群」

タカボンが補足した。

「そうそう、体が麻痺《まひ》する病気さ。大紀のときも大変でな」

大紀も、数年前まで手足に痺《しび》れと麻痺があったという。一人で体が不自由な息子を育てる父親。一人で体が不自由な娘を育てる母親。すぐに惹《ひ》かれあい、結婚まではとんとん拍子だった、とふゆさんは語った。

「最初は、同じ病気の子がいる人をなんて思ったけど、大紀は順調に回復しているし、大丈夫だって、大紀のじいちゃんが言ってね」

病気に対する知識はなかったが、治癒すると聞いて安心した。しかし、なぜ離婚なのか。

「大紀が治ってから少し気が緩んだんだろうね、紀隆が少し咲恵さんに甘えたのかもしれないね。咲恵さんはしっかりした人で、自分に厳しい人だったから、もしかしたら紀隆のそんな一面を見て思うところがあったんじゃないのかねぇ」

広場に面した家は、野々宮氏の持ち家で、母・咲恵さんと敦美が出て行く形をとり、しばらく八王子《はちおうじ》の実家に身を寄せるという。もう荷造りはできていて、引っ越しは、明日。すぐに会いに行ける距離というのが救いかもしれない。

野々宮氏と大紀が訪れたのは、別居の報告をするためだったという。ふゆさんは町内のカルチャー教室で書道の先生をしていて、自宅にいることは少なく、たまたま今日の午後はいるということで連絡を入れ、野々宮父子の訪問を受けたのだ。つまり、事前に決められたタイミングではなかったということ。

「敦美ちゃん、足の方はだめかもしれんと医者に言われててね、もしかしたら何か影響してるのかねえ」

ふゆさんは声を落とした。

広場に戻る道すがら、ケータイでギラン・バレー症候群を調べた。難病指定されている免疫異常の病気で、手足が痺れ、動かなくなるなど運動神経系の障害を伴うという。老若男女関係なく突然発症し、重症の場合死に至ることもあるが、半年から一年で治癒するケースが多いという。ただ、希《まれ》にだが手足に麻痺などの後遺症が残る場合もある——

大紀の場合完治し、リハビリを経て、体力を取り戻したのだ。もともと身体能力が高かったのかもしれない。そして敦美は、麻痺が残る大紀がスポーツ万能の兄になる過程を見てきたことになる。だったら尚更《なおさら》、大紀は敦美の目標であり、憧れの存在なはず——たとえ確率は低いとしても、リハビリ次第で足だって治る可能性はあるのだ。

タカボンは、「湧き水んとこ鳥いなかった」と話を合わせてくれ、川野と大紀たちに合流した。広場の片隅で機材バッグからノートパソコンを取り出し、カメラと接続、大紀と敦美とタカボン、周辺の位置関係を記録した画像データを落とし込み、野々宮家の状況や病気の資料などとともに岡江に送った。あとは岡江の頭脳に期待だ。

「どうする、川野」

こちらに背を向け、敦美とロボット操縦に熱中している川野に声をかける。

「靴乾くまで休憩……」

リモコンを持った川野は、こちらも見ず、ぶっきらぼうに応えた。

タカボンが「そろそろアッツに返してやれよ」と川野からリモコンを取り上げる。重ね重ね、情けない……。

僕は川野の靴が乾くまで、本来の仕事に戻ることにする。

川縁まで行き、決めておいたスポットに寝そべり、カモたちと同じ高さの目線で、その表情を押さえてゆく。そのさなか、岡江から着信。

『お待たせ。興味深いことがわかったよ。野々宮紀隆氏の勧める東邦ガラス繊維は、グラスファイバーワイヤの国内最大手でね。ガラス繊維を使ったワイヤのことさ。錆《さび》にも伸びにも強いんだ。野々宮家と川、遊歩道の位置関係を鑑《かんが》みて、トリックには極細のガラス繊維ワイヤが使われた可能性が高い』

岡江はワイヤの太さを一ミリ程度と推測した。調べてみると、もっともポピュラーなガラス繊維は、網戸の糸だった。ガラス繊維ワイヤは、網戸の糸の集合体と、強引に解釈する。岡江の説は、そのガラス繊維ワイヤを自宅から、対岸の斜面の上にある金網フェンスに通して、遊歩道に垂らし固定。大紀はケーブルカーよろしくワイヤを伝って川を渡った。無論、素手ではケガをしてしまうだろう。

『大紀君は分厚いマフラーをしていたね。たぶんそれをワイヤにかけて、両端を持って、ワイヤにぶら下がった状態で一気に滑り降りたと考えられる』

斜面の上の金網フェンスまで高さ四メートルほどか。対岸の自宅一階のどこかにワイヤを固定すれば、滑り降りられるだけの高低差にはなるだろう。

「でもそんな大がかりな仕掛け、さすがに気づくだろ。それに、親戚の家に行くのは、今日決まったんだ。そんな都合よく準備できるのか」

『でも挨拶に行くこと自体は決まってたんだろう？　当日の朝とか隙を見て準備することは可能だと思う。自宅側のどこかにあらかじめワイヤを固定しておき、地面に這わせた状態で川を渡しておく。極細のガラス繊維ワイヤならよほど気にして目をこらさないと気づかれないさ。対岸の斜面を登ることは困難かもしれないが、大紀君なら可能じゃないのか。そしてトリックを発動させる直前にワイヤをぴんと張り、即席のケーブルカーを出現させる。紀隆氏にかかれば、ワンタッチでワイヤを固定できる装置を造ることなんて造作ないだろうし、紀隆氏自身がワイヤをしっかり手に持って支えていた可能性だってある。即席ケーブルカーを出現させるのは、ほんの十秒くらいでいいんだから』

トリック発動後、野々宮氏は金網フェンスにかかったワイヤを引っ張って外し、広場側に戻ってくる。途中僕と少し話し、別れたあと、ワイヤを回収した。

『ワイヤは家の中からこっそり引っ張ることで、目立たず回収できる。それに、子供たちはロボットに夢中だった』

動機は、離ればなれになる妹にイリュージョンのプレゼント？　岡江は否定しなかった。

釈然としない思いが残ったが、僕は当時の状況を思い出す。広場を訪れ、まず僕は何をした——カモと同じ視点になるため、広場を這いつくばって川縁を移動していたのだ。その時点でまだ野々宮氏は対岸。岡江の言う通りならワイヤは回収されていないはず。だが、たとえ細かろうが、ワイヤがあれば僕は絶対に気づいていた。

突然、目の前の光景に、目が引き寄せられた。エサをとるカモ。水中に首を突っ込んでお尻をフリフリ——連想のドミノが始まる。そして、行き着く。

「愛香の靴と靴下、家の中のヒーターで乾かそうか？」

大紀の声が聞こえてきた。確かに三月の午後の陽光に、速やかに靴を乾燥させる力はないだろう。

「そうしてくれたら嬉《うれ》しいけど」という川野の声。

今家に戻られては手遅れになるかも——僕は大紀を追い、野々宮家の玄関前で追いつく。

「大紀君、少しごめんよ」

僕は大紀のコートの両ポケットに強引に手を入れる。痕跡なし。次に半ば奪うように、マフラーを借りた。広げ、目を通す。ささくれなど、ワイヤに引っかけた痕跡はない。代わりにハーフコートの中に隠されていた先の部分が、わずかに湿っていた。

「ありがとう」

僕は大紀にマフラーを返した。大紀も僕が真相に気づいたと察したようだ。

「これは、敦美ちゃんが自力で解くことに意味があるね」

小声で言うと、大紀は小さくうなずいた。よくできた兄だ。

「あちゃ！」という声に、振り返る。敦美の操るロボットが、即席木箱階段の頂上付近から、真っ逆さまに落ちるところだった。

「もう少しだったのに……」

敦美が力なく言う。ロボットは一回転して、広場の緩い斜面を転がった。遊歩道にいた川野は一瞬取りに行こうとしたが、裸足《はだし》であることに気づいたのか、思いとどまった。

僕と大紀は同時に動き出していたが、ロボットを拾う役目は、兄に任せた。

川野を見ると、宝物を発見したような顔で立ち上がっていた。そして、遊歩道の隅に置いておいた僕の機材バッグに駆け寄ると、中からガムテープをとりだした。

「敦美ちゃん、わかった！」

川野は何を思ったのか、ガムテープでスカートの股の部分の裾と裾を貼り合わせはじめる。また——連想のドミノ……川野の行為の意味を悟った瞬間、突如として岡江の言葉が、明確なイメージとなって僕の思考回路を侵食してくる。

正解とか、不正解とか念頭にはなかった。体が勝手にカメラを構えシャッターを切りながら、川野へと接近、寄り、引き、別角度から——無防備、無警戒のまま美脚や下着を僕の前に露《あら》わにしてきた川野愛香が、スカートの裾を貼り合わせ、でかいちょうちんブルマのような状態にしている——僕は撮影マシンと化した。〝下着を見られる〟ことを〝意識〟したのだ。そこにあるのは、恥じらう心。無防備、無警戒から〝恥じらい〟へ移行する刹那《せつな》とはこれか!?

そして我に返る。僕の理性は川野の行動の目的も読み取っていた。川野も真相に気づいたのだ。案の定小走りで川へ向かう。

「ちゃんと見とけよ敦美ちゃん！」と川野。

「裸足で行ったら汚いだろう！」

僕はカメラを置き、川野を引きとめるべく叫びながら全速力でその背中を追う。川野が川縁で体を大きく伸ばして勢いをつけ、その態勢に入る。僕は地面を蹴り、川野が川に入る直前で体当たりに成功した。

「ぎゃっ」という悲鳴とともに、川野は頭から川に突っ込んだ。僕も勢い余って後を追うように川に突っ込んだ。

ともあれ、川野の〝逆立ち〟は阻止できた。


二人して野々宮家の世話になった。

床に置かれたガスヒーターの前に、毛布にくるまった僕と川野。全身水没した川野はぶるぶると震え、「さすがのわたしでも、水浴びは寒いって」と歯をかちかち鳴らしながら言う。僕自身は先に落ちた川野がクッションになってくれたおかげで、被害はズボンと上着だけで済んだ。

窓の外では、相変わらず敦美が根気よくロボットを操縦している。

川野が僕を押しのけるように、じわじわとヒーター前の専有面積を拡大してくる。体に巻いたバスタオルの下は全裸のはずだが〝恥じらい〟の発動はないらしい。

バスルームの方からは乾燥機の音。僕と川野の服が中で仲良く回っているはずだ。

真相はすでに川野、大紀と確認し合っていた。

何のことはない。大紀は鉄柵を乗り越え、川縁に飛び降りると、腕をまくって、逆立ちをして川を渡ったのだ。無論、通行人が途切れた瞬間を狙って。

広場側に着いた大紀は、マフラーで濡れた手を拭き、コートの中に折り込んで、背後から敦美とタカボンに声をかけた。ポケットの中を調べたのは、大紀がポケットに手を入れて、湿り気を取った可能性を考えたためだ。

僕らが広場に来た直後、敦美が操縦するロボットが転げ落ちたとき、大紀が拾おうとして躊躇したのは、敦美の自主性を重んじたから。当初僕はそう思った。実際は、あの時点でまだ大紀の手が乾ききっていなかったか、冷たくて赤くなっていた手を、敦美に気づかれたくなかったからだ。あのときは、敦美もロボットを拾おうと手を伸ばし、二人の距離は近かった。それ以降は、手も温まったのか、大紀は普通にロボットを拾ってやっていた。

僕は水中に首を突っ込んで、お尻を空に向けているカモの姿で〝逆立ち〟という発想を得たが、川野は、ロボットが広場の斜面を転がり落ち、拾おうとして裸足であることに気づき、逆立ちで取りに行こうかなと思って、僕と同じ発想に至ったという。川野らしい、動物的な勘としか言いようがない。

『小学生には刺激が強すぎるからと思って』というのが、スカートをガムテープで留めて、ブルマ状態にした理由だと川野は語った。

物音と気配がして、僕は立ち上がる。

「ご迷惑をかけてすいません」

敦美の母、咲恵さんがテーブルにコーヒーを用意してくれる。長い髪を自然に肩に垂らした、美しい人だった。笑顔ではあるが、やはり、どこか寂しげだ。その背後には野々宮紀隆氏。

「川野」と促す。川野も少しバツが悪そうにヒーターの前から立ち上がった。

「大変だったね、愛香ちゃん」

コーヒーを注ぎながら咲恵さんが言う。

「いっきなり押すんだもん、さすがのわたしも河童《かっぱ》の川流れですぅ」

変なところで変なたとえ方をする。

「ご迷惑ついでに、他人が立ち入る不作法は承知の上でお聞きします。敦美ちゃんがかわいそうです。敦美ちゃんには大紀君が必要です。ここは親が我慢すべきではないのですか」

言いながら、自分は何をしているんだろうと思う。言葉を吐く自分が、別人のようだ。

「何があったのか存じ上げませんが、離婚は最悪の選択です。せめて敦美ちゃんが治るまで……」

そこまで言ったところで、咲恵さんが背後の野々宮氏と視線を合わせたあと、「ぷっ」と噴き出す。野々宮氏は、寂しげだがどこか恥ずかしそうでもあった。

「誰から聞いたの？」

「失礼とは思いましたけど……」

僕は野々宮氏と話したこと、タカボンを巻き込んで小菅ふゆさんに話を聞いたことを説明した。

「わたしに隠れてなにしてんのよ。どうりで鳥の写真少ないと思った」

「川野は少し黙っててくれ」

僕は咲恵さんに向き直る。面立ちから、敦美は母親似だと思った。気高さと厳しさと優しさが同居した目。「失礼ですが、お父さんも別れは望んでいないようにお見受けします」

「誤解しないで。離婚じゃないから」

僕は「えっ」と言葉を失う。咲恵さんはふう、と息をつき、一度視線をそらして髪をすき、息を吸うと、もう一度僕を見る。

「少しの間別居するだけ。離婚じゃないの。わたしのわがまま。見ず知らずの人に言うのは少し恥ずかしいけど、彼に対する愛は変わらないの」

野々宮氏もうなずく。

「じゃあ、どうして……」

「わたしはただ自分が許せなかっただけ。紀隆と一緒になったのに、順調に回復する大紀を、完治した大紀を妬《ねた》ましいと思った。紀隆を羨ましいと思った。なぜ敦美は回復が遅いのか。不公平だ。一瞬だけど、そう思ったの。紀隆は許してくれたけど、わたしは自分が許せなかった」

『自分に厳しい人だったから』

ふゆさんの言葉が、耳によみがえる。

「少し頭冷やして、自分を見つめ直して、許せるようになったら、またここには戻ってくるから。会いたい気持ちを溜《た》め込んで溜め込んで、紀隆をもっと好きになって戻ってくる。大紀も敦美も理解はしてくれてる。うん」

咲恵さんは、悪戯《いたずら》っ子のような、開き直ったような、それでいて慈愛に満ちた笑みを浮かべ、僕の前にコーヒーカップを差し出してくれる。

「設楽君だっけ？」

「はい」と僕は改まって返事をする。

「敦美のこと、心配してくれてありがとう。面と向かってこんなこと言われると、しっかりしなきゃって思っちゃう」


玄関のところで野々宮氏と咲恵さんに何度も何度も頭を下げ、野々宮家を辞した。乾燥したての服はホカホカだった。川野の靴と靴下も乾いていた。

もう日が傾き、空はオレンジ色を濃くしている。僕らは長くなった影を引きずりながら広場に出て、敦美、大紀、タカボンの前に立つ。

「じゃあそろそろ次の鳥を追うから」

「お別れの写真は撮らないのかよ」

タカボンが不満そうに言う。

「お別れじゃないから撮る必要はないよ。タカボンも離婚とか間違った情報を僕によこさないでくれよ。えらい恥をかいた」

「でも夫婦が別れるって……」

「そうじゃない場合もあるってこと。大人の事情は複雑なんだよ」

僕は言ってタカボンの額を小突《こづ》くと、機材バッグを肩にかけ、広場をあとにする。背後から「一回りも二回りも大きくなって帰ってこいよ、敦美ちゃん！」と川野のワケのわからないエールが聞こえてきた。

タタタと軽快な足音とともに、川野が追いついてくる。

「なんかいいことしたね、わたしたち」

特につっこまなかった。しかし、川野にも承知しておいて欲しいことがあった。

「大紀君は川を越えるのに手を使った。手だけでイリュージョンを見せた。たとえ足が思わしくなくても、手には無限の可能性があるって伝えたかったんだと思う。使いようで翼にもなるって。いわば、一時《いっとき》離ればなれになる兄から妹へのメッセージだってこと。だから、あのイリュージョン……」

「えっと、トリジン？」

「そう、落合川の鳥人のトリックは、敦美ちゃんが自力で気づくことに意味がある」

「そっか。だからわたしに逆立ちさせなかったのね」

川野は腕を組んでうんうんとうなずく。「でも、大紀ができることくらい、わたしにもできるってとこ見せておきたかったな」

特につっこまなかった。

ケータイが振動した。岡江だった。おそらく〝作品〟の評価だろう。野々宮家を辞す前に、スカートをガムテープで留める川野の画像を送っていた。僕は「先行ってて」と川野から少し離れ、通話状態にする。

『君はようやく最初の一ページを開いたようだ。すばらしい。あの川野愛香からフェティシズムを引き出すなんて』

岡江は開口一番言った。大紀＝落合川のトリジンのおかげではあったが、説明は野暮だろう。

「あ、そういえば岡江の説なんだけど」

僕は一応、事の真相を報告する。

『ああ、世界が逆立ちという真相に収束したに過ぎない。大騒ぎすることじゃないよ』

意味不明だったが、特に気にしていないことはわかった。

『この世界はあらゆる可能性を内包して成立している。量子論的観点から言えば、ぼくの説も間違いではない。エヴェレットの多世界解釈を採用するなら、大紀君と紀隆氏が、ワイヤを使ったトリックを使用した世界もどこかに存在するはずなのだから』

エヴェレットは確か物理学者で、パラレルワールドのような理論を提唱したと、どこかに書いてあった気がするが、それがわかったところで、岡江の言葉が、僕にとって意味不明なのは変わらない。

「まあとりあえず。二年になってもよろしくな」と言っておく。

『任せたまえ。君の成長をうれしく思う。心から賛辞を贈る……おお、今晩は眠れないぞ！　あの川野愛……』

面倒になりそうなので電話を切った。そして、僕は岡江に送らなかった一枚を思い浮かべる。川野が鉄柵から川を飛び越えようとジャンプした瞬間を、背後から撮影したもの。野々宮家を辞す前に、撮った写真を整理していて気づいたのだが、そこに、川野がスカートをガムテープで貼り合わせた〝真相〟らしきものが写っていた。

広がったスカート。露わになった下着。そのお尻に、保護色でわかりにくいが、使い捨てカイロが貼り付けてあったのだ。川野は下着が見えることに恥じらいを感じたのではなく、お尻のカイロを見られたくなかったのだ。再三「寒くない」という趣旨の発言をし、生足で寒さへの抵抗力を誇示していたが、実は暖房器具に頼っていた、という事実を知られたくなかった。たぶんそれが正解。

早足で川野に追いつく。キュートな横顔で鼻歌。

「電話誰からだったの？」

「写真部長。ちゃんと撮ってるかって」

適当にうそ。「ところで冷えてきたな。スカートってスースーしないか？」

お尻のカイロが頭から離れない。川に落ちておシャカにしてしまったカイロ。

「わ、わたしはぜんっぜん平気だけど」

そう応える川野がいじらしく、噴き出しそうになるのを我慢する。

「僕はそろそろ指がかじかんできた」

「じゃあ最後に夕空を飛ぶカワセミでも撮って終わりにしようか」

また、川野が無茶を言ってくる。

残堀川サマー・イタシブセ

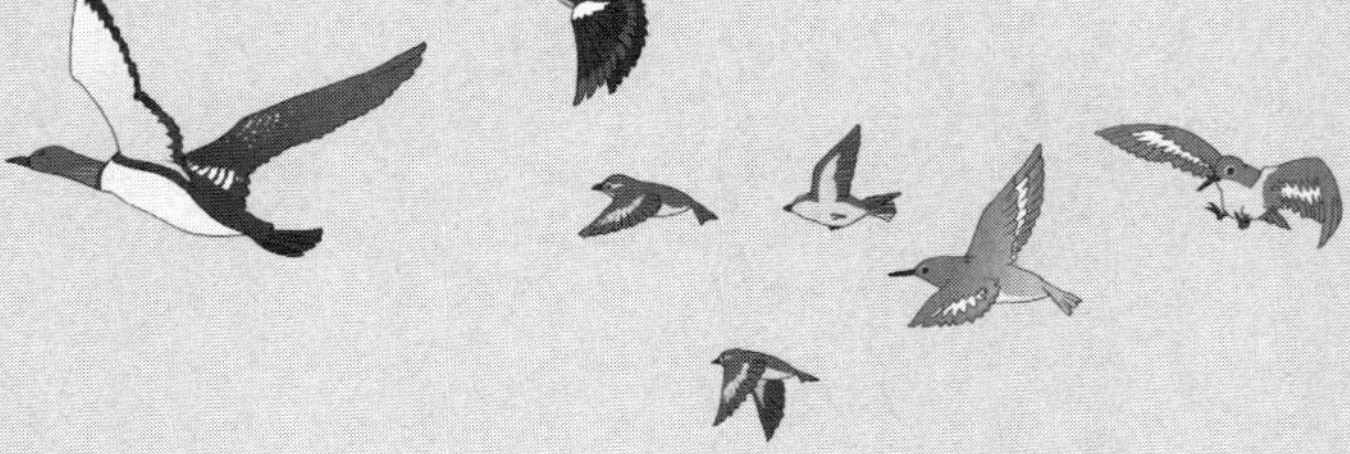

序の1　根性の別れ　七月一日　金曜

搭乗口の人波に消えるまで、彼の背中を見送る。

泣くとは思わなかった。

うれしいのに。彼の夢がかなおうとしているのに。

『泣くなよ。コンジョウの別れじゃないんだから』

別れに〝根性〟が必要なのを初めて知った。考えてみれば、悲しいのを我慢するのは、つらい練習を根性で乗り切ることに似ている。彼は何でも知っている。

『俺は世界最強のサイドアタッカーを目指す。だから、今度会うときはお前も日本一になってろよ』

彼はわたしより先に日本一になり、今度は世界と戦うため、日本を発《た》った。

彼が挑むのは「ブンデスリーガ」。詳しいことはよくわからないけど、世界最高峰のリーグと言われている。世界……現実感を伴わない言葉。でも……わたしも――彼と同じものを目指して、世界と戦って、彼に相応《ふさわ》しい女になりたい。

飛行機は、見送らなかった。

序の2　変態さん　七月八日　金曜

水を抜いた水槽の掃除をしながら、壁の時計を見る。午後六時半を過ぎている。夕闇が深くなるにつれ、不安と恐怖が、少しずつわたしを侵食してゆく。

「どうしたの、手が止まってるよ」

晴菜《はるな》に声をかけられ、わたしは我に返る。

窓をバックに、腰に手を当て、子供を叱るようにわたしを見る小柄な影。生物部部長の天海《あまみ》晴菜だ。生徒会執行委員も兼任する優等生で何かと頼りになる。

一瞬、相談してみようかと思ったけど、言ったところで、彼女も所詮は女の子。おまけにわたしよりかなり小柄だ。わたしが抱えている恐怖に太刀打ちできるとは思えない。

「集中できてない。何か心配事？」

晴菜はよく察し、よく気がつく。

「何でもない。ごめん」

わたしは水槽の掃除に集中する。

学校の裏門を出たのは、午後六時五十分だった。足早に駅へと向かう。晴菜は正門を出て、千川《せんかわ》通りからバスに乗る。一緒に上石神井《かみしやくじい》駅まで行って欲しいとは言えなかった。

わたしの考えすぎ、気にしすぎの可能性もあるから――

T字路に差し掛かったところで、不自然な足音と視線を感じ、振り返る。少し離れたところに人影。わたしに合わせて立ち止まったようだ。

また、現れた――この一週間、何度か見た覚えがある姿。ただ帰る方向が一緒なのかもしれないし、そうであって欲しいし……。

ショートカットで帽子を目深《まぶか》にかぶっている。臙脂《えんじ》のハーフパンツにTシャツ。どこかの高校の指定体操服のようにも見える。均整のとれた体。女の子だと平均より大きめ。男の子だと平均的な体型だ。

今日はいつもより距離が近かった。明らかにわたしを見ていた。

淡い期待が打ち砕かれ、恐怖が次第に形あるものに変貌していく。見回す。学校からの距離は二百メートルほどか。公園と畑に囲まれ、近くの住宅までは少し距離がある。人通りは、ない。

リアルの自分がそれほどビジュアル的に秀でた存在でないことは、学校生活の中で思い知っている。でも――もしマニアックな変態さんで、ブスかわフェチとか、ちょいブスフェチだったりしたら、わたしも標的になり得る？　うぅ。逃げるなら学校のほう？駅のほう？　素早く計算するが、無意識のうちにパニクっているのか、答えが探せない。こんな時に限って、『痴漢に注意』の立て看板を見つけてしまう。とにかく人のいる場所へ――駅に向かって走り出す。

途端に、背後で足音が響きだし、すぐに追いつかれ、肩をつかまれた。こんな時、女の子は悲鳴を上げるのがスタンダードな反応なのだと妙に冷静に思い、声を上げようとしたが、人間、本物の恐怖の前には声も出ないらしい。ひぃぃぃぃと喉から息が漏れるだけ。つかまれた肩を軸に、体を反転させる。帽子の奥から――視線。爛々と光る双眸《そうぼう》だけが、網膜に刻まれる。

逃げられないと直感した。

わたしは強く強く目を閉じる。

どんな地獄が待ち受けているのでしょう。どんな辱《はずかし》めを受けるのでしょう。最終的に発見されるときは、せめて服を……いいえ、わがままは言いません、せめて下着をつけた状態がいいです――

「あの……」

女の子にしては少し低めの、男の子にしては少し高めの声が、鼓膜を振動させる。

声色に、緊張感。わたしは思わず目を開ける。変態さんも、実際に欲望を行動に移すときはドキドキするものなの？

「これ、読んでください」

変態さんはハーフパンツのお尻のポケットから白い封筒を取り出し、わたしに差し出した。手紙？　一週間も尾行してただ手紙を渡すだけなんて、労力と効果が見あっていない。いや、手紙だと思うのは早合点かもしれない。もしかして隠し撮りされたわたしの恥ずかしい写真⁉　これをネタに脅迫して、わたしに奴隷になれとでも言うの？　待って——変態さんは「読んでください」と言った。ということはわたしの生態をつぶさに観察、わたしを主人公にした淫《みだ》らな物語（ex.イタリア書院風）が綴《つづ》られている？

「受け取ってください」

「そんな、だめです」

初めて声が出た。変態さんは、封筒を持ったまま少しだけ呆然《ぼうぜん》とする。

「あなたすごいって、考えられないって……」

「勝手に決めつけないでください。わたしそんな女の子じゃありません！」

耳を塞《ふさ》ぎ、目を閉じる。

本当は男の子と交際した経験もないくせに、アクティブに、時にメランコリックに妄想に沈み込むわたし……。今だって、この変態さんにあんなことやこんなことをされる自分を想像しはじめている。もし無事に切り抜けたら、すぐにでもこのシチュエーションを書き留めて、物語を妄想世界でドラスティックに発展させてやろうとも……。

「わたしは、あなたと……」

よく見れば唇がセクシーだし、わたし、この人にならら……と思ったところで、変態さんのお尻の辺りから、教会の鐘のような電子音が鳴った。携帯電話のアラームだった。

「あ、もう時間が……」

変態さんはケータイを確認しながら呟《つぶや》くと、わたしに封筒を押しつけ、「読んどいてね！」と言って駅の方へ走り去った。

手の中の封筒には、『異たし伏』と達筆なのか破滅的に下手なのかわからない字で書かれてあった。

熱帯夜を予感させる空気の中、背筋を冷気が撫《な》でてゆく。

1　忽然と煙のようにドロンと滞りなく　七月十五日　金曜

夏がやって来た。薄着の夏。フェティシズム全開の夏。

「このタイプはひと夏で大化けする可能性を秘めているね」

岡江和馬は、人差し指をしなやかに立て、デジカメのディスプレイに呼び出された画像データに目を落とし、言った。息を呑むような妖艶な笑みを浮かべていた。

「女の子が女へ変化してゆく様は、それでひとつのフェティシズムなんだ。君には素材を見抜く非凡なセンスがあるようだ」

別に僕が選んだわけではない。

ディスプレイには、二年A組の国府田彩夏《こうだあやか》を撮影した画像データ。

ストレートセミロングで前髪ぱっつん。メガネっ子。制服はスカートを申し訳程度に短くしているだけで、特に冒険はしていない。ただ、岡江の言う通り、容姿のベースはかなりのポテンシャルを秘めていると思う。自分の秘めた魅力に気づいていない&磨けば光る原石系地味少女だ。

「問題はどう変化させるか。君の意見は？」

平凡な僕は回答をもてあまし、眉目秀麗成績優秀性癖特殊の友人を見遣《みや》る。真夏日まっただ中なのに、暑そうな素振りを見せないばかりか、制服はアイロンしたてのように白くなめらかで、汗ひとつ染みていない。ロシア人は汗腺自体が少ないと聞く。

「変化ね」ととりあえず考えるふりをする。

夏休みを間近に控えた、弛緩《しかん》した金曜の放課後。僕と岡江は西武線武蔵砂川《むさしすながわ》駅を出て、残堀川《ざんぼりがわ》沿いの遊歩道をゆっくり歩いていた。午後四時半を過ぎていたが、日差しはまだ力強く、遊歩道に落ちた影は濃く、期待した川風はない。

小さな公園を過ぎたところに橋があり、そこで立ち止まる。

『新残堀橋』の表示。遊歩道と車道のクロスポイントだ。

「ここがチェックポイント1ね」

岡江は目を細め、ゆっくりと周囲を見渡す。「空気はいいね」

遊歩道とクロスする車道は、五日市《いつかいち》街道方面に抜けるためか、片側一車線のわりに交通量が多かった。確か、昨日も頻繁に車が行き交っていた気がする。

残堀川は新残堀橋を過ぎると、右＝北へ緩やかなカーブを描く。遊歩道も川に沿ってカーブしている。右手は小高い丘のようになっていて、高さ三メートルを超えるであろう垂直のコンクリートフェンスになっている。壁面の上にはさらに有刺鉄線のフェンス。

「行こうか」

岡江に促され、再び歩き出す。直射日光を遮る物はない。遊歩道は煉瓦《れんが》敷きで、両側にはよく剪定《せんてい》されたツツジの植え込みや種々の花が植えられている。街灯は十数メートルおきくらい。

カーブを抜けると、一キロ以上あろうかという長い直線に入る。川を挟んだ左手は幹線道路＝都道59号だ。その向こうに、武蔵村山《むさしむらやま》の街並み。右手の丘は北に向けて緩く下り勾配となり、コンクリートフェンスは低くなってきているが、代わりに金網のフェンスが設置されていた。

「そろそろ答えを聞かせてもらおうか」

女の子を変化させるもの――

「恋をするとか」

僕は最もありきたりな返答をした。

「正解。すごいな」

「ばかにしてんのか」

「小賢《こざか》しいだけの人間は、もっともらしい考察を加えるんだが、君にはそれがない」

「ばかにしてんのか」

「女の子を変化させるのは、君の指摘通り恋と嫉妬さ。どちらかを彼女に与えればいい」

空は青く、雲は白く、セミはうるさく、岡江はうざい。

「確認しておくけど、彼女をモデルにするんじゃなくて、助けるのが目的だから」

僕は念を押す。

「わかっているよ。心配性だな設楽は。彼女を助け、恩を売り、見返りとしてモデルにしてしまえばいい。素材としてはかなりの伸びしろが見込める」

もう何も言わなかった。

延々と続く直線の先は陽炎《かげろう》で揺れている。なぜ今走る、と問い詰めたくなる汗だくのおっさんランナーとすれ違っただけで、人通りはあまりない。残堀川と並行する都道は、新青梅《しんおうめ》街道から五日市街道、さらに立川方面へ抜けるため、当然のように交通量は多い。

数分歩き、次の橋が現れる。

『すずかけ橋』と表示されている。都道沿いの歩道につながっていて、幅は二メートル弱か。歩行者と自転車しか通れない。

「で、ここがチェックポイント2ね」

岡江はカバンからiPadを取り出し、起動させる。「見たところ、変な小細工が出来るような場所でもないし、フェンスと川に挟まれて逃げ場もない」

残堀川を見下ろす。幅は十メートルほどか。両岸がコンクリートで護岸されていて、川面までは三、四メートル程度。水量は少なく、流れは中央付近だけ。両岸は雑草が生い茂ってはいるが、人が隠れられるほど密ではない。

岡江のiPadが、僕らの現在地点のマップを映しだした。

「それで、このチェックポイント2、すずかけ橋と、チェックポイント1、新残堀橋の間で、不審者が消えたというんだね。忽然《こつぜん》と煙のようにドロンと滞りなく」

岡江は僕に確認するように言う。「前後から君と川野愛香が挟み撃ちにしたにもかかわらず」

——昨日のことだった。

2　ストーカー消失　昨日——七月十四日　木曜

体育館の外から、黄色い歓声が聞こえてきた。

全開の通用口から、外を見る。七月の空の下、ハーフパンツ、或《あ》るいはジャージにTシャツの女の子の群れ。トラックのゴール付近に集まって盛り上がっている。

体育はD組と合同で、男子は体育館でバスケ、女子はグラウンドで短距離のタイムトライアルをしていた。僕は既に規定のゲーム回数をこなし、体育館の片隅で手持ちぶさたの時間を過ごしていた。コートでは、むさい声と足音と汗とボールが飛び交っている。

程なくチャイムが鳴り、解散となる。僕はコートに戻り、汗まみれのクラスメイトたちと後片付けを始める。体育館に体育教官室や更衣室が併設されている関係で、女子たちがぞろぞろと戻ってきては、通用口から体育館に入ってきて、一様に暑さとだるさと日焼けについて囀《さえず》りながら、だらだらと更衣室へと流れてゆく。

両脇にボールを抱え、コート脇のボールカゴに放り込んだところで、肩を叩かれた。

振り返ると、長身で長い脚の女の子が仁王立ちしていた。ランニングパンツ&タンクトップ姿の川野愛香だった。

「設楽、放課後カメラ持って生徒玄関前集合ね」

唐突に言ったところで、男どもの視線の束が川野に集中した。片付け作業はストップ。『神の本気』『具現化された完全無欠』『〃美少女〃の歩くウィキペディア』など、様々な呼称で表現される鷹羽高校のビジュアルクイーンの出現に、灼熱《しやくねつ》の体育を終え、融解気味だった体育館の空気が一気にざわめいた。慌てて髪型を直す奴《やつ》もいる。

「なに」と応えると、川野は「逃げちゃダメだからね♥」と破壊的にキュートな笑みを満面に浮かべ、ウィンク付きで念押しした。そして、ハイビスカスでデコレーションされた太陽のような愛想を振りまき、取り囲む男子たちを幻惑すると、「じゃあ、あとで」と人の返事も聞かず、軽やかなステップで去った。

もう驚きはしない。これを計算ずくでやったのなら、腹の中はブラックホールのような漆黒と形容されようが、川野の場合完全に天然と推察される。女子の中に敵がいないことから、それは衆目（主に男子）の一致するところだ。

「洋輔！　お前いつの間に」「まさか、付き合ってないよな」「なんでお前が」

囲まれ、羨望と疑念と怨嗟《えんさ》の声を喰《く》らう。

「生物部から野鳥撮影の協力をお願いされてるだけ」

そう応えておく。納得はされなかったが、それが事実だ。

地味系の写真部員。可もなく不可もなく。それが鷹羽高校における僕の立ち位置だ。

望んで川野の知り合いになったのではない。去年のクリスマスイブ、いきなり押しかけてきて、わたしの専属カメラマンになってくれと依頼された。川野は生物部員で、撮影の対象は野鳥。純粋に写真の腕前を買ってくれたようで、僕は岡江と相談の上、川野がスナップのモデルになってくれることを条件に承諾した。

片付けが終わる頃、グラウンドで女子の授業を受け持っていた桑畑《くわばた》が戻ってきた。

「さっき盛り上がってたの、川野ですか」

僕は通用口のところで声を掛ける。

「ああ、まったく」

桑畑は、少し悔しげに、苦笑気味に応える。

三十少し前の体育教師。熱血とまではいかないが、熱さと冷静さをいい具合の配合で併せ持っていて、適度にイケメンで、適度にマッチョで、マニアックな女子には好かれている。

「川野のやつ、また100mの高校記録を塗り替えた」

「べつに驚きはしませんけど」

川野は去年も体育の時間に、当時の高校記録を塗り替えた。無論、非公式記録だが、現時点で日本最速の女子高校生ということになる。

「練習もなしに、11秒40だ。考えられん。俺のもとで鍛え上げれば、高校短距離三冠も夢じゃないんだがな」

桑畑は陸上部の短距離コーチでもある。

「都の陸連でも時々話題になる。こっちも結構プレッシャーかけられてんだ。なぜ川野が陸上をしていない。なぜあれほどの才能を放っておく。指導がなっていないってな。本人の自主性に任せていると応えてはいるんだが」

桑畑は力なく息を吐く。「なあ設楽、お前最近川野と仲いいらしいじゃないか。今からでも遅くない、なんとか説得してくれんか」

陸上部への勧誘か。川野は去年、桑畑の勧誘を断っている。

「インターハイの予選はとっくに終わったでしょ」

「今年出ていれば、最高に盛り上がったんだろうがな。だがあと一年ある。あの逸材を埋もれさせておくのは罪だと思わんか」

「川野は罪を問うようなことはしないと思います」


放課後、生徒玄関に行くと、川野が待っていた。となりに、見知らぬ女の子がいた。

「設楽、一緒に偵察に行く彩夏ちゃん。生物部で動物の飼育係やってるの」

川野が僕に紹介すると、彩夏と呼ばれた女の子は、「国府田彩夏です」と丁寧に頭を下げ、「国府田動物クリニックの娘です」と余計な情報を付け加えた。

川野がショートカットで爽やかなイメージであるのに対し、彩夏は全体的に地味で、おとなしそうな雰囲気だ。向日葵《ひまわり》と月見草。彩夏には失礼だが、川野と並ぶとそんなイメージが湧く。

「彩夏ちゃんが、近所でキビタキを見たって言うから、それを調査。いたらすかさず撮る」

「キビタキ？」

聞いたことがない名だ。「それ鳥？」

「あの、黒と黄色と白の綺麗な鳥です」

彩夏が応えた。細く、気後《きおく》れしているような口調だ。

「わたしの専属カメラマンなんだから、そのくらい勉強しておいてよね」

川野は挑発的に人差し指を突きつける。別に野鳥に興味はないし、と言いかけて、彩夏の目を見て言葉にする前に呑み込んだ。不安、決意、覚悟――様々な感情が、瞳の中に渦巻いていた。少なくとも彩夏は真剣なのだ。

行き先は武蔵村山市。彩夏の地元でもあるという。最寄り駅は武蔵砂川。耳慣れない駅名だ。僕のイメージは、福生《ふっさ》の近く、横田基地の辺り、なんかすごく遠い……。しかし、ケータイで路線検索をすると、同じ西武線沿線で、学校がある上石神井から三十分もかからず行けることがわかった。東京が狭いのか、東京の鉄道網がすごいのか。

三人で上石神井からいざ武蔵村山。車中、一応ケータイで撮影対象の情報を仕入れる。

キビタキは春から夏にかけて日本に姿を見せる渡り鳥で、画像を見ると、確かに黒と黄色と白のコントラストが美しい。雑木林があれば、都市部にも飛来するらしい。寒くなるとフィリピン方面に渡っていき、越冬する。

問題は大きさだった。十三センチから十四センチ。スズメの仲間……。

川野は並んで座っている彩夏に向かって「飛んでる姿とか撮れたらいいね」などとほざいている。半年以上僕と行動を共にしていながら、動体の撮影は難易度が高いということを一切学習していない。

「今日は本格的な望遠撮影の準備はしてないし、準備してても飛んでいる鳥をきちんと撮るのはかなり難しいけど」

彩夏の手前、「そんなの絶対無理」とは言えず、ソフトな表現をしたが、「設楽ならできるよ」と川野がひと言で斬って捨てた。吊《つ》り革《かわ》をつかむ手に少し力が入った。

小平《こだいら》を過ぎると、車窓が短時間で都市から郊外へと変化してゆく。そして、到着。

武蔵砂川は駅前商店街などというものが存在しない、高架にホームがついただけのような駅だった。駅前にコンビニが一軒と、小さなタクシー乗り場があるだけ。駅を出た途端に畑が見えるなんて……。その中で、点在する雑木林、疎《まば》らに建つ住宅やマンションが妙に新しい。上石神井から二十数分で、こんなのどかな風景に出会えるとは意外だった。

駅を出ると、しばらく高架（というより土手）沿いの道を歩き、川沿いの遊歩道に入った。歩きながら地図を検索すると、残堀川という名前であることがわかった。徐々に市街地に近づいているようで住宅の密度も増してくる。ただ、遊歩道の右手は、高いコンクリートフェンスが続いているだけだ。しかも有刺鉄線付きの金網フェンスとの二段構えだ。

「この向こう側には何があるの？　公園？」

僕は彩夏に並ぶと、フェンスのほうを親指でさす。

「何もないです」

彩夏がちらりと僕を見て、すぐに視線を落として応える。鼻梁《びりょう》から口許に掛けてシャープで、意外とといっては失礼だが、整った横顔であることに気づく。

「何もないって。でっかい原っぱが続いているとか」

「そうですね」と彩夏。「春から秋にかけては草原になります」

彩夏も詳しくは知らないようだったが、以前、大規模な自動車工場とテストコースがあり、工場が閉鎖されたあとは、整地され、平原になっているという。ケータイで航空写真を呼び出すと、確かに街の中に巨大な空白地が鎮座している。西の米軍横田基地、南の昭和記念公園と比べて小ぶりではあるが、調べると、武蔵村山市と立川市をまたぎ、百ヘクタール以上あることがわかった。

「キビタキを見たのは、この辺なんです。たぶん、広場にいる昆虫を狙ってたんだと思うんですけど」

　彩夏は律儀に説明してくれる。

　フェンスに沿ってスギなど種々の針葉樹が並んでいて、対岸の歩道にはプラタナスの並木。青空の下、濃い緑のベルトが遊歩道とともに北に向けて一点透視を描いている。

　ケータイのマップを少しスクロールすると、現在位置から北に二キロほどのところに多《た》摩《ま》湖、狭《さ》山《やま》湖を中心とする里山地帯があった。

「野鳥見るんだったら狭山湖の辺りがよくない？」

「山に行けば鳥さんがいるのは当たり前でしょ。街中で見ることに意味があるんだよ、わかってないねえ」

　偉そうに川野が口を挟む。「それに狭山の辺りは散々行ったし」

　川野の事情など、知ったことではない。彩夏の手前、言葉にはしなかったが。

「キビタキは優秀な昆虫ハンターなんですよ。普段は枝に止まって獲物を探して、見つけると一気に飛んで捕まえるんです。飛んでいる虫を捕まえることもあるんですよ」

　川野と違い、彩夏の説明はわかりやすくアカデミックで、気遣いがある。

「捕食の瞬間はマストだね」

　川野が余計なひと言。空中捕食の瞬間など、プロでも機会と奇跡に恵まれないと撮影は困難だろう。

「とりあえず、上を注意しながら歩きましょう」

彩夏が言い、川野と彩夏は遊歩道の上に張り出した木々の枝を見上げながら、ゆっくりと歩き始めた。

僕はカバンからデジカメを取り出し、ふたりから少し離れると、川野にレンズを向け、最初のシャッターを切る。夏服の後ろ姿。岡江の趣味はまだつかみ切れていないが、定番の透けブラ、短めのスカートから出る長い脚を狙う。機会があれば、ローアングルで。

ただ長いだけではない脚——桑畑の苦笑が頭に浮かぶ。去年、川野は体験という形で陸上部の合同練習に参加したが、一週間で辞めてしまった。桑畑が再三にわたり入部を勧めたが、川野は『鳥さんが好き』のひと言で、生物部に電撃入部した。

『野性の走りだがフォームは理にかなっている。天才という言葉の意味を、初めて体感した』というのは、桑畑の川野評だ。おまけに今日、自らが持つ100mの非公式高校記録を塗り替えた。

シャッターの電子音に気づいたのか、彩夏が立ち止まり、振り返った。

「何を、しているんですか」

困惑の中に、ほんのわずかな恐怖。

「あ、気にしないで。川野を撮ってるだけだから」

「気にしないで？」

彩夏は口を結び、咎めるような視線をよこす。「そんな盗撮まがいの……」

「あ、いいの、彩夏ちゃん」

いいタイミングで川野が割って入ってくれた。「鳥さん撮ってくれる代わりに、モデルを引き受けたの。動く人を撮る練習なんだって」

川野は〝表向き〟の条件を信じ切っている。

「ギブ&テイクって感じ。ただ、鳥を追うのも、動体撮影の練習になるから、まあ一石二鳥ってところかな、鳥だけに」

白々しく言ってみたが、彩夏はなぜかうつむく。耳と頬が紅潮していたが、その原因が怒りなのか、恐怖なのか、羞恥なのか判断がつきかねた。

「彩夏ちゃんも撮ってもらいなよ」

「わたしは、そんな……」

彩夏は言葉を詰まらせる。しかし、問答無用の拒絶感はない。

「アップでは撮らないよ。川野と込みで、生物部の活動報告みたいな感じで撮るから」

あまり追い込むのは得策ではないと思い、緩い条件を出す。川野は「活動報告なら部報に載せようよ」と大喜びし、強引に撮影ＯＫの空気をつくってしまった。

再び、歩き出すふたり。今度は彩夏もフレームに収める。時々背筋を伸ばすと、身長も体型も川野と大差ないことがわかる。腰のラインは川野より少し丸く、女性らしい。こちらを見ることはないが、カメラを意識しているのは明らかだった。

罪悪感を覚えるのは、いつものこと。

川野をモデルにした本当の理由。

それは、〝フェティシズムの捕獲〟のため。

成績優秀性癖特殊の岡江と、成績低迷経済不況の僕の利害が一致し、発動した不埒《ふらち》なプロジェクト。僕が女の子のフェチ写真を撮り、岡江に差し出す。見返りに僕は金銭的対価を得て、学習指導も受けられる。

そのモデル第一号が、川野愛香だった。

確かに川野は無防備だった。隙だらけだった。さほど苦労することなく、透けブラや半袖からのぞく腋《わき》の下、スカートの奥の撮影に成功した。

しかし、読み違いもあった。岡江の特殊性癖ぶりが、僕の想像を超えていた点だ。

『ただ単に際どい写真なら、別に君でなくても撮れる』

岡江曰く、胸を抉《えぐ》るような物語性や、脳をつかんで引きずり回すような感情の移ろいが活写されておらず、フェチ度が足りないという。

僕らの生活圏で、川野愛香以上の被写体には、まず出会えないだろう。こちらは川野に近づくために、わがままに付き合わされ、撮りたくもない野鳥の撮影をさせられているのだ。

じゃあフェチの基準を教えてくれ——僕は岡江に言った。幾度となく。岡江は『義務と恥じらいの距離感がぼくを惑わせる』などと意味不明なことを言い、『この距離感を理解し変化をとらえ、写真として具象化するのが君の仕事だ。君ならできる』とさらに意味不明な言葉を繰り返すばかり。暗中模索の危険な撮影行——

「設楽、塀の向こう側が見える場所があるんだけど、行ってみようよ」

枝を見上げながら歩くのに飽きたのか、川野が振り返り、言う。「原っぱだから、鳥さんが飛んでる姿が撮れるかも」

「運がよければキビタキもいるかも」

彩夏も同意し、僕らはひたすら一直線の遊歩道を北上した。通学カバンの他に、機材バッグもぶら下げている僕の発汗量が倍増したのは言うまでもない。

数百メートル行くと、ようやく右手のフェンスが途切れ、橋と車道と交差点が現れた。車道は東に延びている。つまり、平原の北端に到達したのだ。遊歩道を右折すると、唐突に右手の風景が開けた。

北面には金網のフェンス以外視界を遮る物がなく、扁平《へんぺい》な風景が見渡せた。本当に〝草原〟という表現が相応《ふさわ》しい、横長で空の面積がとてつもなく大きい空間。人工的に均《なら》された地面ではあるが、そこを低木と緑の絨毯《じゆうたん》が覆い、植物と昆虫にとっての楽園を形成しているように見える。

「設楽はここで飛んでくるキビタキを狙って。わたしたちもっと上流を見てくる」

川野は言って彩夏の腕をとると、僕の返事も聞かず、点滅している青信号を走って渡っていった。ため息。まだこの我田引水気味の天衣無縫さに慣れることができない。そこが可愛いという声が圧倒的だが、そんなのは〝現場〟を知らないからだ。

残堀川はこの交差点の少し先から北西に流れを変え、横田基地の北を通り、狭山方面に続いていた。マップの脇に、上流の遊歩道は桜並木が有名で、春先は人気の花見スポットになると表示されていたが、今の僕と真夏には余計な情報だった。

ケータイを閉じ、ポケットにつっこむ。ふと視線を感じ、中砂大橋の交差点を見ると、帽子を目深にかぶり、臙脂のハーフパンツにTシャツ姿の女の子がこちらを見ていた。ジョギング中に立ち止まったような風情だ。不審者と思われたのだろうか。

「こんにちは」と会釈すると、女の子はうつむき、上流のほうに走り去った。

キビタキの撮影に心を切り替える。彩夏の目撃情報だけで、もうどこかに移動しているかもしれないキビタキを——しかも飛翔姿を狙うなど、東京の空で流星をとらえるようなもの、と思ったが、とりあえず彩夏のために最初の十五分くらいは義理で金網の向こうを監視することにした。

数分で考えを改めた。

キビタキらしきカラフルな野鳥はいっこうに現れなかったが、名も知れぬ野鳥が時折視界をかすめてゆく。黒い鳥、嘴がオレンジ色の鳥。生い茂る雑草のすぐ上を、低空で通り過ぎてゆく。体が反応した。僕はデジカメのＳＤカードを野鳥用に換装、今度は撮るつもりで構える。来た、と思った瞬間には、鳥はフレームの外へ通り抜けていた。シャッターすら切れなかった。屈辱感。確かに動体の撮影はまだ修業途上ではあるが、野鳥如《ごと》きにコケにされる謂《いわ》れはない。

僕をあざ笑うかのように、視界に出現する野鳥ども。数回シャッタータイミングを逃して、ようやくスピード感がつかめた。つかめたが、今の僕に飛ぶ被写体を正確に追う技量がないことを痛感させられた。何度シャッターを切っても、一羽も写らない。ＩＳＯ感度、シャッタースピード、絞り——最適なパラメータを探りながら夢中で鳥を追う。カラスでもスズメでも、とにかく動く鳥を狙う。何羽も、何羽も。

奔流のように湧き上がってきた意地とプライドが時を忘れさせた。どのくらい時間が経《た》ったのか、絞りがうまくいかないと気づき、空を見上げると、暮れかかっていた。単純に光量が少なくなっていたのだ。空の縁がオレンジ色に変色し始めている。ケータイを見ると午後六時過ぎ。一時間半かけて、収穫なし。

そういえば川野と彩夏は？　一時間以上も戻って来ないとなると、相当上流まで行ったのか、と思ったところでケータイが鳴った。川野だった。

『そのまま上流に歩いてきて、待ってるから』

草原の北面沿いの車道を中砂大橋まで戻り、遊歩道の上流方向を見ると、百メートルほど先に制服のふたり。合流後どこまで川を遡《さかのぼ》ったのか聞くと、川野は、暑かったから十分ほど歩いて、一時間ほど〝お茶をしていた〟と応えた。済まなそうな顔をしている彩夏の手前、怒りの感情をかなりソフトに変換して川野に伝え、当然伝わらず、川野がイオンの巨大な複合ショッピングモールを見たいと言い出し、僕と彩夏は一時間ほど付き合わされた。冷房がオアシスのようで、気がついたら楽しんでいたけど。

ショッピングモールを出たのは午後七時過ぎだった。太陽はもう街並みの向こうだ。僕らは、遊歩道を戻り、武蔵砂川駅に向かった。彩夏は地元ではあるが、自宅は駅の反対側なので、駅まで僕らを送るという。

すずかけ橋まで戻ったところで、川野が「アイス食べたい」と言い出した。対岸の少し先にコンビニがあった。

川野は、「買ってくるけど、食べたいひとー」と手を挙げたが、僕も彩夏もショッピングモールのフードコートで既に食べていた。

「あとで欲しいって言ってもあげないよ」

川野はノーリアクションの僕らに言うと、一人すずかけ橋を渡った。

アイスか——遠くなってゆく川野の背中を見ながら、岡江の〝フェティシズムの捕獲〟とやらに関してひらめくものがあったので、ケータイで川野を呼び出し、僕と彩夏の分も買ってくるようお願いした。スティックタイプのものを。

『彩夏ちゃん今日三個目だよ』と川野は呆《あき》れたような口調で言ったが、川野の声が漏れ聞こえたのか、「愛香ちゃんは四個目なのに」と彩夏が呟いた。

僕と彩夏は先に行く。この先の新残堀橋で合流する。そう段取りを決め、川野も承諾した。川野は都道沿いの歩道を歩き、僕と彩夏は遊歩道を進んだ。

これが岡江のストライクゾーンかどうかわからないが、川野がアイスクリームをなめる口許を撮ってみようと思い立っていた。雑誌やテレビでもよく見られるシーンだ。

並んで歩くと緊張させると思い、彩夏の少し後ろを歩いた。

まだ明るさが残る空の外縁と、黒く沈んだ街の稜線《りょうせん》。黒の中で光る街明かりと、行き交うヘッドライト。その手前で、彩夏のシルエットが美しく映えていた。淡い残光は、彼女の半身をわずかに縁取るだけ。川野より少し丸みを帯びたスタイルのせいか、官能的でもある。体が動く。少し距離を取り、風景と彩夏のシルエットのバランスを見てシャッターを切る。いい感じだ。彩夏が立ち止まり、振り返った。僕は撮り続ける。少し戸惑う顔も。

「これも、活動報告なんですか？」

「ごめん、綺麗だったから」

正直に応える。「シルエットが」というひと言は省略した。

「わたしが？」

彩夏が困惑気味に応えた瞬間、僕の背後から誰かがものすごい勢いで追い越していった。ハーフパンツに、Ｔシャツ。ジョギングにしては速すぎる——咄嗟《とっさ》に反応できないでいると、唐突に、彩夏のシルエットが消えた。いや、遊歩道の路面で揉み合うふたつの影。

「いや！」

彩夏の悲鳴。僕と彩夏の距離は十メートルと少し。

「どうして！」「やめて！」「どうして来てくれなかったの！」「だからわたしはそんな女の子じゃ！」「お願い！」

交錯し合うふたつの声。単純に走っていて衝突したわけじゃない。

「ちょっと、何してる！」

彩夏に駆け寄ろうと足を踏み出すと——

「それはらめぇーー！」と彩夏の絶叫。同時にシルエットが立ち上がり、走り去ってゆく。何かを盗まれた!?　僕は彩夏に駆け寄る。

「ケガは？」

彩夏は顔を強《こわ》ばらせながらも、即座に首を横に振る。

「取り返してくる」

僕はカバンと機材バッグを彩夏に託し、シルエットの後を追った。

時間のロスは二秒もなかっただろう。この時点で、不審者との距離は十数メートル。

僕が加速すると、小走りでこちらの様子をうかがっていた不審者も加速した。走りながら、ちょうどコンビニから出てきた川野の姿を見つける。

「泥棒だ追いかけてくれ！　先の橋で挟み撃ち！」

僕は不審者を指さし、対岸に向け声を上げる。川野は少しだけ僕の前方を見遣り、それだけで状況を理解したのか、道路を１００ｍ非公式高校記録を持つ脚力で走り出す。

一瞬だけ見えた顔――不審者は、中砂大橋で見たあの女の子だった。状況はわからないが、彩夏を尾行していたのかもしれない。

やがてカーブに差し掛かり、不審者の背中がコンクリートフェンスの向こうに消える。なかなか追いつけないもどかしさの中、対岸の川野を見ると、どんどん加速し、僕を置いてゆく。川野が不審者に先行したことを確信した。これで川野が先回りして新残堀橋を渡り、遊歩道に入れば挟み撃ちにできる。しかし、僕のほうは息が上がり、限界が近づいていた。追うことは出来ないが、進路を川野に阻まれ、こちらに逃げ戻ってきたときに対処すればいい。相手は女の子だし。

カーブを曲がりきったところで、前方に人影が見えた。川野だ。

「川野!」

減速したところで足がもつれ、その場に崩れ落ちる。呼吸が苦しい。

「設楽、捕まえてないの?」

川野が聞いてくる。

川野しかいなかった。

「え? 川野のほうに行ったとばかり……もしかして逃げられたの……か?」

這いつくばり、路面を見ながら応える。

「わたし、見てないよ。そっち戻ったんじゃないの?」

川野の声が頭上から落ちてくる。

「戻ってきてないって。川野、もしかして逃がしたのか?」

僕は遊歩道に尻をつき、川野を見上げる。

「逃がしてないもん! 誰も来なかったもん!」

カーブに差し掛かった時点で、コンクリートフェンスに視界を遮られ、僕は不審者の背中を見失った。しかし、対岸の川野にはずっと見えていたはず。

「確かに追い越したんだけど……感覚的には、橋を渡る距離を差し引いても、わたしのほうが速かったはずなのにぃ！」

川野も街灯の間の暗がりで不審者の姿をいったん見失ったという。

「でも次の街灯のとこにはまた現れて、また見えなくなって……」

僕と川野の話を総合すれば、不審者は街灯と街灯の間の暗がりのどこかで消えたことになる。僕の感覚でも、直線の段階で川野が十メートル以上先行しているとみていた。途中カーブはあったが、カーブ自体は緩やかで、遊歩道と対岸の道路でそれほど距離の差が出るとは思えなかった。先回りはできていたはずなのだ。

遊歩道の片方は残堀川。片方はそびえ立つコンクリートのフェンス。背後からは、僕が追っていた。不審者にはフェンスを乗り越える時間も、川に降りる時間もなかったはずだ。

「あの、大丈夫ですか？」

彩夏が追いついてきた。僕のカバンと機材バッグを重そうに肩に掛けていた。

「あーーー！」と川野が素《す》っ頓狂《とんきょう》な声を上げた。「アイスの袋どこかに投げちゃった！」

新残堀橋近くの公園で事情を聞き、消えた不審者が彩夏につきまとっていたストーカーであることがわかった。僕と彩夏はベンチに座ったが、川野は全力疾走中にアイスクリームを失ったショックで、ひとりブランコに座り、へこんでいる。

「変な封筒渡されて」

彩夏は自分で自分の両腕を抱き、応える。

「封筒はどうしたの」

「イタシブセって書いてあって、呪いのお札みたいだったから、塩をかけてお焚《た》き上げしました。灰は近くのお寺に事情を話して引き取ってもらいました」

お寺……。

「盗まれたのは？　大事なもの？　警察に届けないと」

「あの、いいんです。日記みたいなもので、金銭的な価値はほとんどないですし」

そう話す彩夏の顔は、不安と羞恥に彩られていた。

「そのストーカーに心当たりは？」

彩夏は首を横に振る。「何度か姿を見て、覚えてはいたんですけど、まさかストーカーとか思わなくて……」

「たとえば特徴は。警察沙汰にしなくても、行動パターンがわかれば捕まえて、やめるよう説得することだってできる」

面倒なことになったとは思ったが、放っておくこともできなかった。

「……そうですね、姿を見たのは、だいたい夕方の六時過ぎから七時半とか、そのくらいまでかな」

ただ、それがわかったところで、その時間帯に網を張ることくらいしかできない。あとは不審者が消えたプロセスだが――

「川野、確かに先行してたんだよな」

僕はブランコの川野に声を掛ける。

「あたりまえじゃん。街灯の下通るときは、ちゃんと見えてたもん」

仮に逃げた不審者が女子高校生なら、川野より速いことはあり得ない。高校生でなくても、日本で川野より速い女性は、数人程度だろう。

「川に飛び降りたり、フェンスをよじ登ったりなんてことは？」

「ない」

川野は即答する。「そんなことしたら、絶対わかる」

しかも川面までは四メートル程度。飛び降りればただでは済まないだろうし、大きな音もしたはずだ。

岡江の力が必要だった。

3　ぼくがお嫁にもらってあげる　再び七月十五日　金曜

「午後七時半くらいになると帰ってしまうストーカーね」

岡江はスポーツドリンクを飲み干すと、ペットボトルをカバンにしまう。すずかけ橋の都道沿いの歩道には、プラタナスの並木があり、心地よい日陰を提供してくれている。

「さ、検証再開」

僕と岡江は休憩を終え、再び太陽の下に出ると、すずかけ橋を渡り、遊歩道に入る。

岡江はスマートフォンを取り出し、GPSを使ったジョギング用アプリを呼び出すと、実際に歩いて、彩夏と不審者が揉み合った地点から、新残堀橋までの距離を測った。次に対岸に渡り、川野が走り始めた地点に向かう。川野は確か、道路の川側を走っていた。何度かクラクションを鳴らされながら、僕と岡江は、川野が走った距離を測る。道路脇に群生しているススキやオギが時折肘や腕に当たり、肌を傷つけるが、岡江は気にする様子もない。

数百メートル歩き、川野がアイスを買ったコンビニ付近に到達する。

「不審者が逃げた距離は、新残堀橋をゴールとするなら四百十メートル。川野愛香が不審者を追って走った距離は、新残堀橋を渡るアプローチも含めて四百メートル。GPS

測定の誤差を考慮に入れても、不審者のほうが長い距離を走っているね。追い始めた時点で、川野愛香が先行していたことになる」

　岡江は少し何かを思案する。「一度駅に戻ろうか」

　僕と岡江は武蔵砂川駅まで戻った。西の空が茜《あかね》に染まり始めていた。


　駅前のコンビニの駐車場で待っていると、程なく私服姿の彩夏がやってきた。

　川野は呼んでいない。岡江の『ターゲットと直接会い、人間性に触れることで、フェティシズムはその香りと客観性を大きく削《そ》がれることになる』という理解不能な主張で。いないほうが話が混乱せずに済むから、僕も反対しなかった。

　彩夏は岡江の姿を認めると、驚いたように立ち止まり、おずおずと歩き出し、通りを渡ってきた。

「B組の岡江。ストーカーのこと話したら、力になってくれるって」

　僕は彩夏に紹介する。彩夏は耳を真っ赤にして「国府田です。ほんとにほんとにごめんなさい」と何度も頭を下げた。

　岡江も特殊性癖に目をつむれば、長身で成績優秀、ロシア人の血が1／8混じった、モデルフェイス。鷹羽高校においては川野愛香と双璧をなす存在だ。

「さて、国府田彩夏さん」

岡江が突然彩夏の両肩に手を置き、顔を覗き込んだ。彩夏の目が岡江の顔に吸い寄せられ、全身に力が入るのがわかった。

「不審者を逃がしたのは君？」

優しく柔らかな声。「正直に応えて」

彩夏は目をぎゅっと閉じ、強く首を横に振った。岡江はさらに顔を近づける。

「盗まれたのは、ただの日記？」

彩夏の目が見開かれた。

「大事な物なんだろう？　もしあれが公表されたら？」

「……学校にも……お嫁にも行けなくなっちゃう……」

彩夏は弱々しく首を振り、目には涙の膜。

「絶対見られたくない？」

彩夏はうなずく。二度、三度と。

「もう一度聞く、不審者を逃がしたのは君？」

岡江の言葉が触媒となり、当時の状況と反応し、僕の中で瞬時に仮説が構築された。

前方には川野が回り込んでいる。後方からは僕が追っている。街灯と街灯の間の暗がり。遊歩道にあったのは？　ツツジの植え込み——よく剪定されたツツジは、高さと幅数十センチ、長さ数メートルの直方体を形成していた。

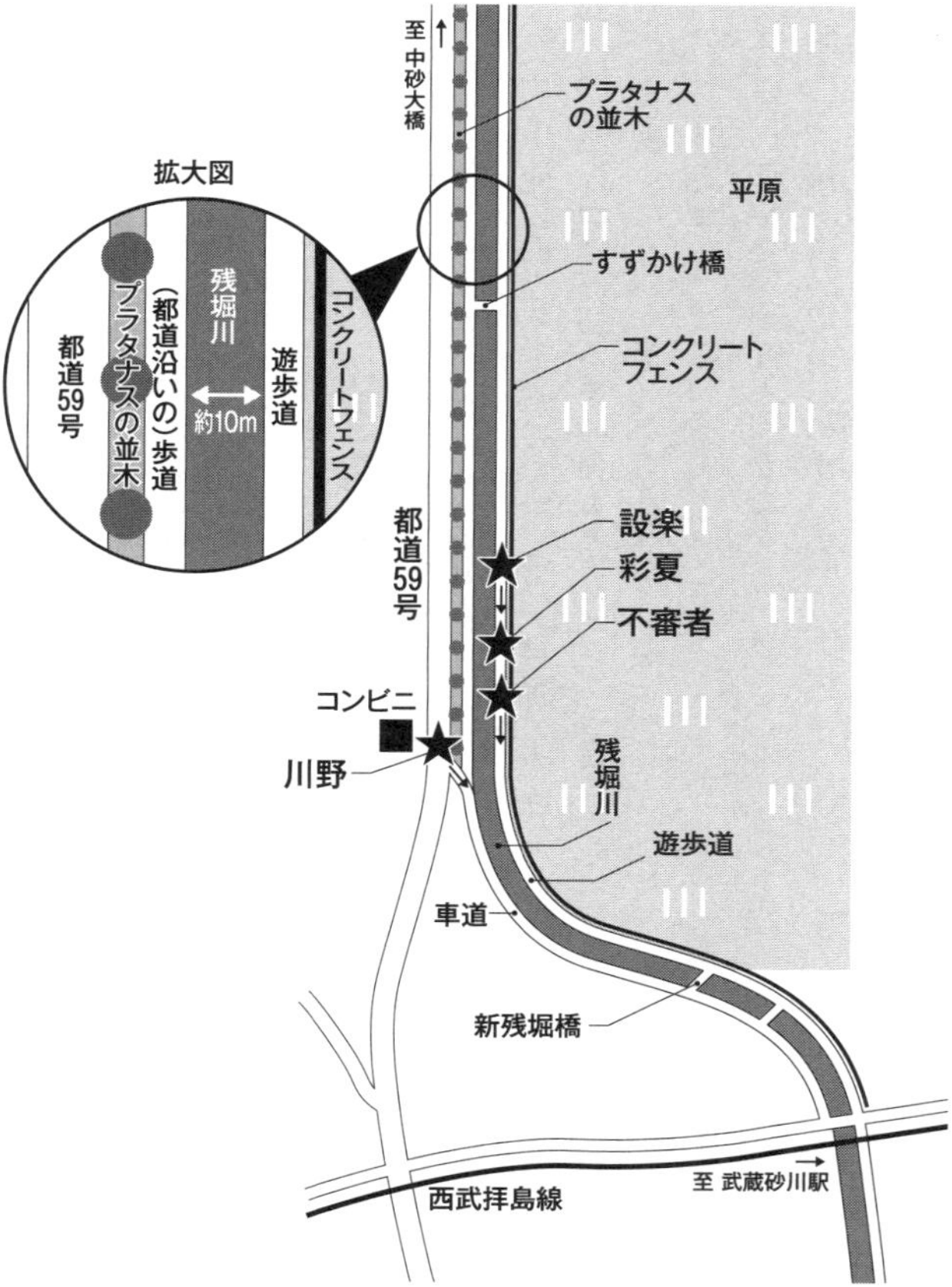

至 中砂大橋
プラタナスの並木
平原
すずかけ橋
コンクリートフェンス
拡大図
都道59号
（都道沿いの）歩道
プラタナスの並木
残堀川
約10m
遊歩道
コンクリートフェンス
都道59号
設楽
彩夏
不審者
コンビニ
川野
残堀川
遊歩道
車道
新残堀橋
西武拝島線
至 武蔵砂川駅

不審者はカーブと暗がりを利用して、ツツジの新残堀橋側の陰に隠れた。僕はカーブのせいで不審者の姿を見失っていた。だからカーブの途中で、不審者の背中が見えないことに何の違和感も持たなかった。結果、僕はまんまとツツジの植え込みに隠れた不審者に気づかず、追い越してしまった。

不審者は僕が行ってしまうと、遊歩道を逆戻りした。当然、彩夏と鉢合わせしてしまう。しかし、不審者は彩夏にとって絶対見られたくない〝日記〟を持っていた。

『公表されたくなかったら見逃せ。自分のことは言うな』

不審者は、そう彩夏を脅した。加えて彩夏は僕のカバンと機材バッグを抱えて、運動能力が極端に落ちていた。おそらく簡単に脇をすり抜けられた。

僕らに「上流に向かって逃げた」と言えば済んだが、〝日記〟を絶対公表されたくない彩夏は、犯人が逃げ切るまで何も言うことができなかった。結果的に、不審者が忽然と消えてしまったという状況ができあがった。

「逃がしていません」

彩夏は言い切った。岡江も引かない。

「日記は毎日持ち歩いているのかい？」

「特別なときだけ……」

「具体的には？」

「ストーカーさんに接してからは、そのことを書き残そうと、毎日……」

なぜか国府田の頬がどんどん赤くなってゆく。

「ストーカーに何かされたのかい？」

国府田は激しく首を横に振る。

「いえ、封筒を渡されただけで、それ以外は何も……」

ならばなぜ、お嫁に行けないなどと――

「その日記の存在は、誰もが知っていたとか？」

「いいえ……誰にも言ってません」

日記はB５判程度で三百ページ以上書き込める。革製のカバー付きで重量は国語辞典級。勝手に開けられないよう、鍵付きの革ベルトで留められるようになっている。彩夏はその日記帳の形状を説明した。

「じゃあ、その日記は昨日たまたま持っていた。そう解釈していいんだね」

「はい……」

不安がぶり返したのか、彩夏が視線を下げる。岡江が「顔を上げて」と声をかける。

「もし公表されて、君がお嫁に行けなくなったと感じたなら、ぼくが君をお嫁にもらってあげる。設楽でもいい。好きな方を選んでいいから」

これには僕も彩夏も言葉を失った。岡江ファンの女の子なら失神するだろう。

「おい岡江、いい加減なことを……」

「ぼくは真剣さ、設楽。ぼくは彼女に真実を求めている。だからぼくは彼女が真実を話すことによって被る損害に対して、対価を提示している。これは取引だよ」

岡江はもう一度、彩夏を見据える。「くどいようだけど、不審者を逃がしていない?」

彩夏は目を閉じ、何度か深呼吸をして、再び目を開ける。

岡江はしばらく彩夏の目を見据える。彩夏も目をそらさない。

「わたしは、逃がしていません」

「わかった、信じるよ」

岡江は彩夏の肩から手を放し、微笑《ほほえ》んだ。

彩夏の背中が高架下の地下道に消える。

「国府田彩夏協力説が潰れたとなると、不審者は遊歩道を戻っていないことになる。状況的には、イリュージョンのままだな」

盗まれた日記は、普通のノートや書籍以上の重量があった。そんな日記を抱えたまま、例えばロープなどを使い、フェンスをよじ登ったり川に飛び降りたりというトリックがこなせるのか。いや、それ以前に僕らがあの遊歩道を通ることを、不審者が事前に予測することができたのか。予測出来なければ、トリックの準備すらできない。

「人間が煙のように消えるわけないさ」

風が吹き抜け、岡江は乱れた前髪を指先で直す。「国府田彩夏が正直に応えたことで、仮説のひとつが否定されたんだから、次の仮説の検証に入れる」

「次の仮説って……」

「時間も頃合いだ。早速行ってみようか」

岡江は言うやいなや、歩き出す。僕はわけもわからず後を追うが、途中で意図が読めた。もう午後七時を過ぎていた。向かう先は、再び残堀川遊歩道。

五分ほどで新残堀橋に着いた。不審者が消失したのは、今からちょうど二十四時間前。事件が起きた時間帯だ。街灯が点《とも》っていたが、足元は既に暗く沈んでいる。

「ぼくの仮説が正しければ、ここは重要なポイントになる」

岡江は入念に周囲を見回したあと、スマホで何かを検索した。行き交うヘッドライトが僕らをなめてゆく。眩《まぶ》しさに僕は目を細める。

岡江は検索を切り上げると、新残堀橋を渡り、遊歩道の対岸の道路を歩いた。

遊歩道のほうを見ると、街灯と街灯の間は確かに暗いが、全く何も見えないという状態ではないことがわかった。不審者が暗がりで何かをしても、川野は気づいただろう。

しかし、数十メートル歩くと、突然すべての視界が遮られた。

僕は立ち止まり、「岡江」と声をかける。

岡江も突然現れた〝壁〟を見遣りながら、「ああ、これかも」と応える。

成長したススキとオギの壁。

「夕方通ったときはそんなに気にならなかったのに、今になるとまるで壁だね」

ススキとオギは道路の川側に密生していた。川野の走った距離を測るときに一度この道を歩いたが、その時は、葉と葉の間から、わずかに遊歩道が見通せたのだ。

「川野愛香は、一定時間、遊歩道が完全には見えていなかった」

岡江は独り言のように言った。

ススキとオギの群生地帯は長さ五十メートルほど。群生地帯の一番上流側から下流側まで、遊歩道を見ながら歩く。時折、葉と葉の間から街灯に照らされた遊歩道が見えるものの、新残堀橋のたもとから、上流に向かって数十メートルの区間が見えにくい状態だ。

「川野愛香はおそらく嘘《うそ》を言っていない。何かがあったとすれば、このススキの群生に視界の大部分を遮られていた時間だね」

川野の速さなら、ススキとオギの群生を抜けるのに五秒から六秒程度だろう。だが五秒か六秒で何ができる。

「まあ、明日にでも不審者候補の人物に会ってくるから、君は引き続き国府田彩夏と川野愛香の面倒を見てくれないか。本当の意味での決着がつくのは、たぶん八月七日以降だと思うけど」

岡江は何事もなかったかのように言うと、「さあ、帰ろうか」と僕の肩を叩いた。

4　ストーカーの正体　七月十六日　土曜

一応生物部の活動、ということで僕も川野も彩夏も制服姿だ。午前十時から遊歩道をうろうろしながらキビタキの姿を探している。川野は短いスカートをなびかせながら、北へ南へ精力的に動いている。武蔵砂川駅で合流した際、『今日は絶対見つけるために勝負パンツはいてきた』と宣言したが、意味不明だ。

日向《ひなた》と日陰のコントラストが強い遊歩道。岡江の動向は気になったが、一昨日《おととい》、苦杯をなめさせられた野鳥たちに対するリベンジも重要だった。僕は彩夏とともに、中砂大橋付近の木陰で待機していた。先週、彩夏がキビタキを目撃した地点だという。

「あ、昨日のこと、岡江が任せろって。今日不審者と会ってくるって」

僕は川側の鉄柵に寄りかかり、となりで律儀に頭上の枝を眺めている彩夏に言った。

「え……もうわかったんですか？　誰なんですか？」

彩夏が目を丸くして視線を僕に向ける。正面から直視され、髪型やメガネが野暮ったいだけで綺麗な子なのだと実感する。

「それが、僕にもわからない」

「でも、迷惑じゃないのかな、岡江さん」

「本人は結構愉《たの》しんでるみたいだけど。あと、本当の決着は八月七日以降だって」

「八月七日？　どうして？」

「さあ。凡人に岡江の考えてることはわからないと思う」

岡江はスマホで何かを検索していた。何を調べていたのだろう。不審者＝ストーカーに関しては、彩夏にも心当たりがないのだ。なのになぜ、具体的な日付が導き出せるのか。

事件のことを話したくても、その糸口すらつかめなかった。従って、真面目にキビタキを探すしかなかった。

事態が動いたのは「そろそろお昼にしない？」と言おうと思った十二時四十分。

「いた！」

彩夏の声。さした指の先。遊歩道に大きく張り出した枝の先端付近に、小さな影。カメラを向ける。ズームの途中で、黒、白、黄色の三色が認識できた。キビタキだ。

五十メートルほど下流にいた川野が猛然とダッシュしてくるのが、視界の端に見える。

「設楽撮ってー！」と川野。声がでかい！　と言おうとした瞬間、キビタキが飛び立った。

「ばかか！」と叫び、走りながら、レンズを飛んでゆくキビタキに向ける。構図や絞りなどどうでもよかった。すべての設定をオートにし、奇跡を願い、シャッターを切る。切り続ける。川野があっという間に僕を追い越してゆく。キビタキは東へ進路を変える。僕と川野は中砂大橋の交差点を右折、草原北面の車道に入る。キビタキはそのまま草原に急降下する。

テンションMAXの川野が金網のフェンスにとりつき、乗り越えようとする。

「愛香ちゃんダメだって！」

彩夏が遅れて走ってきて、後方から声を上げる。集中を切らすな——キビタキは一瞬草むらの中に消え、すぐに上昇してくる。首尾よく狩りは成功したようで、嘴の先に小さな影。そして、こちらに向かってくる。夢中でカメラを振る。

「エサ捕ってるよ！」と川野の声。

「わかってる！」

叫んだときには、キビタキは僕らの頭上を通過し、北の方へ飛び去っていった。

「あー行っちゃった……」

金網フェンスにまたがったまま、北の空を見遣る川野が、残念そうに声を落とした。

「愛香ちゃん降りて降りて、あぶないよ」

彩夏があたふたしながら川野のスカートを引っ張っていた。「パンツも見えてるよ」

岡江から電話があったのは、昼食後の午後二時頃。キビタキをはっきりとらえた写真が一枚もなく、川野にひとしきり罵倒され、彩夏に慰められ、いろんな意味で気力を失い、イオンの広いフードコートで涼をとっているときだった。

『不審者と話をつけて、日記も返してもらった。中は見られていないから、月曜にでも設楽のほうから国府田彩夏に返しておいてもらえないか。それと、もう不審者は彼女につきまとわない』

事件は、岡江の読み通りだったようだ。

「で、どうして八月七日なんだ？　人間消失のイリュージョンと関係あるのか」

川野と彩夏は、少し離れたテーブルで、アイスコーヒーを飲んでいる。

『あると言えばある。それに、イリュージョンなんてどこにもない。状況をもう一度冷静に見直して、ちょっとイマジネーションを広げれば、自《おの》ずと答えは出てくるよ。ぼくの仕事はここまで。あとはよろしく。〝フェティシズムの捕獲〟も含めてね』

日記は取り返した。あとは自分でなんとかしろ、か。〝本当の意味での決着は八月七日以降〟がヒントなのだ。

八月七日。僕は検索し続けて、ある日程の最終日に引っかかった。そこから芋づる式に真相と思われる解答にたどり着いた。岡江と直接問答するほど体力が残っていなかったのでメールで済ませる。

『不審者は藤井詩愛梨《ふじいしえり》？』

岡江からの返信は一分後。

『正解』

『じゃあ、あとはこっちで段取《だんど》る』と送り返した。

月曜日、僕は岡江から受け取った日記を彩夏に返し、誰にも口外しないようにと釘《くぎ》を刺してから不審者の正体を明かし、もうつきまとうことはないと説明した。その後、桑畑に事情を話し、協力を要請した。

5　ハイレベルなおっちょこちょい　八月十二日　金曜

桑畑の尽力と、都の高校陸連の特別な計らいで武蔵野市の市営陸上競技場を借りることが出来た。

今日も快晴。僕と彩夏はトラックの内側に入り、その時を待つ。このイベントの意図は、既に話してあった。

私立府中修徳高校から、陸上部の山沖《やまおき》監督と短距離選手の藤井詩愛梨が来ていた。ほかに見物と思われる東京都高校陸連のおっさんが数人。僕らを〝引率〟してきた桑畑は、その中に交じり、愛想笑いの安売り中だった。

表向きは、鷹羽高校写真部と放送部の合同撮影練習会。理由に関しては、川野が信じる程度のリアリティーがあればいい。岡江を通じ、放送部から何人か来てもらった。堂々と川野を撮影できるということで、ムービーカメラ三台、全員男子という編成だ。

藤井詩愛梨がトラックでアップをしている。やや浅黒い肌と、引き締まった体躯《たいく》、強靭な筋肉が張り付いた脚。アフリカ系アメリカ人の父と日本人の母をもつスプリンターだ。容姿はややエキゾチックで地黒の日本人、という印象。生まれは沖縄で、中学進学と同時に陸上に専念するため上京、府中修徳に入学した。そして今年の都大会で100m、200m、400m、さらにフィールド競技を加えて四冠を達成。カール・ルイスの再来と騒がれた。ちなみにカール・ルイスは伝説のスプリンターで、陸連のオジさん世代のヒーローらしい。続くインターハイでも短距離で三冠を達成した。その、インターハイ・陸上の最終日が、八月七日だった。

アップを終えたらしい藤井詩愛梨が、山沖監督とともにやってきた。僕と彩夏は会釈する。彩夏は小さな声で、「こんにちは」と言った。

「事情は聞きました。こちらも寮母さんから詩愛梨の様子が変だとは聞いていたが、まさか君につきまとっていたとはね。済まなかった」

五十過ぎくらいの、精悍《せいかん》さの中に優しさが同居する中年男で、一目で一流の指導者であるとうかがわせる雰囲気を持っていた。

「さあ、詩愛梨、謝りなさい」

「ごめんなさい。おっちょこちょいってよく言われるの」

詩愛梨は少し変なイントネーションで言い、頭を下げたあと、僕に笑いかける。「あと、ありがとうヨウスケ」

「僕の力じゃない」

陸上関係者の誰もが、純粋に見たかったのだ、藤井詩愛梨と川野愛香の勝負を。だからこんな大がかりなイベントが実現した。

残堀川の遊歩道で消えた不審者。結果的にそれは藤井詩愛梨だった。

岡江は遊歩道に消失トリックの余地がなく、彩夏が不審者に協力したという可能性が否定された時点で、生身で川野より速く新残堀橋を抜ける方法を模索したという。そして、単純に川野と同等かそれ以上の走力を持つのは誰か、という考えに至った。

不審者は同世代の女の子。そして、川野は現時点で日本トップの高校生スプリンターだ。岡江はスマホで首都圏の高校の陸上大会の記録を片っ端から調べ、都大会短距離三冠の藤井詩愛梨を見つけた。その記録はどの地方大会のものよりも優れ、去年のインターハイの優勝記録をも上回っていた。

岡江は不審者候補を藤井詩愛梨に絞り込んだ。

高校は府中で、詩愛梨は体育学科。府中修徳高校のホームページや掲示板で、体育学科と陸上部のタイムスケジュールを確認。体育学科陸上部の特別強化選手が午後のほとんどの時間を練習に費やし、午後五時半には上がることを突き止めた。そして詩愛梨が住んでいる寮の門限が午後八時だということも。

走力、ストーキングが時間限定だった理由が不審者の行動とマッチする。岡江は続けて画像検索で府中修徳高校の体操着、陸上部の練習着を調べ、僕や彩夏の目撃情報と合致することを確認。その後、府中修徳高校を訪ねた。

藤井詩愛梨はなぜ彩夏につきまとったのか——

単純に川野愛香と間違えたのだ。

「陸連も私も、詩愛梨に雑念を与えてはいけないと思って、川野君のことは黙っていたんだが……」

山沖監督は言う。「詩愛梨はどこからか川野君の存在を知ってしまった」

「本当の意味で日本一になりたかったの。日本一になって、コージに相応《ふさわ》しい女になりたかったの」

詩愛梨が言うと、既に事情を知っているらしい山沖監督は苦笑した。

「垣原光二《かきはらこうじ》という男です。去年、陸上の合同練習会に参加して、そこで川野君を知ったらしい」

「コージは今、ブンデスリーガで戦っているの。日本最速のサイドアタッカーだって」

詩愛梨が得意そうに目を輝かせる。「コージがわたしに日本一になれって言ったの。だから、どうしてもアイカと勝負したかった。東京で勝ってもインターハイで勝っても、わたしの記録はアイカより遅かったから」

１００ｍ非公式高校記録を持つ川野の情報は、垣原光二によって詩愛梨に伝えられたのだ。垣原は詩愛梨の彼氏だという。しかし、ドイツのブンデスリーガと言えば世界トップクラスのサッカーリーグで、日本人選手がブンデスリーガのチームに所属すれば、それだけでニュースになるはずだが、垣原という選手には全く覚えがなかった。

「垣原君はハンドボールの選手でね。春まで中崎《なかさき》電気工業のエースで、日本代表の主力でもあったんだ。俊足が持ち味で、より速く走りたいと、陸上競技の練習に積極的に参加していたんだが、巡り巡ってこんなことになるとはね」

山沖監督がフォローする。ハンドボールにも『ブンデスリーガ』があることは、初めて知った。

垣原は先月上旬、川野の存在を詩愛梨に伝え、日本一になれと無責任にけしかけ、チームのキャンプに合流するため日本を発ったという。

「ただ、垣原君も大らかというか、頓着しない性格で、川野君の記録は覚えていたが、名前を完全には覚えていなかったようで、詩愛梨にはきちんと伝わらなかったんだ」

山沖監督が済まなそうに続けると、詩愛梨は頰をぷっくりと膨らませた。

コウダアヤカ。カワノアイカ。似ていると言えば似ているが……。

「わたしにはアヤカって聞こえたの。見た目も似てるし」

確かに背格好は似ている。しかも陸上部ではなく、生物部に所属しているという共通点がある。ハイレベルなおっちょこちょいなら間違えるかもしれない。

「詩愛梨も、日常会話は問題ないんですが、読み書きと細かいリスニングにまだ慣れていないようで」

山沖監督が言った。聞けば、沖縄時代は家庭でも学校でもほぼ英語で会話をしていたという。

事の発端は、詩愛梨が本大会に出場しない川野との対決を望んだことだ。名実ともに日本一になるために。

東京に不案内で、鷹羽高校の生徒に知己《ちき》もなかった詩愛梨は、唯一のつながり、陸上部の桑畑に、それとなく標的が生物部に在籍していることを聞き出した。あとは実際に上石神井に足を運び、標的の特定作業に入った。もっとスマートなやり方もあっただろうが、インターハイに向けた練習の中で、できることは限られていた。というか、厳しい練習とストーキングを両立させた詩愛梨に対し、感服さえしてしまう。

『異たし伏』——詩愛梨は日本式に勝負を挑みたいと思い、たぶん『果たし状』と書きたかったのだ。おそらく勝負したい旨と日時が書かれてあったのだろうが、恐怖に支配され、字面から呪い関係のものと勘違いした彩夏は『お焚き上げ』してしまった。

『どうして！』『やめて！』『どうして来てくれなかったの！』

遊歩道で彩夏と揉み合ったときの言い合いも理解できる。ただ、彩夏の『わたしはそんな女の子じゃ！』の意味は理解できていない。国府田は手紙を読んでおらず、自分が川野愛香と間違われていることは知らなかったはずなのだ。

思考を打ち破るように、鼻歌交じりの川野がスキップしながらトラックに出てきた。タンクトップにランニングパンツ。学校の体育と同じ格好だが、今日はきちんとスパイクを履かせてある。

川野に気づいた詩愛梨の表情が引き締まる。

「じゃあ、行くから」

詩愛梨は微笑し、山沖監督とともにスタートラインに向かう。インターハイを終え、八日に東京に帰ってきた詩愛梨は休養十分。川野にも「撮影会だけど、速いやつ連れてきたから本気で走れ。でないといい写真が撮れない」と言ってある。

川野は適当に手脚を動かしてストレッチらしきものをすると、何度かダッシュを繰り返す。陸連のおっさんどもも雑談をやめ、川野を注視する。スターターと記録員は陸連のスタッフが担当する。添え物の放送部員たちも、気合い十分撮影準備万端のようだ。僕もカメラを手にゴール付近に移動する。

スターターが声をかける。緊張感のない川野は、あほみたいな笑顔で僕らに手を振ると、スタートラインに向かう。スターティングブロックの調整は両名とも既に済んでいる。ライン上で詩愛梨が握手を求めるのが見えた。川野は普通に応じる。たぶん相手がインターハイ王者であることを知らない。

位置に着く。

用意——スタート!

同時にシャッターを切り始める。

僕の脳裏に、七月十四日の遊歩道が映像となって浮かぶ。

詩愛梨は、何か彩夏の持ち物を持ち去れば勝負に応じてくれると思い、彩夏がひとりになる機会を狙っていたという。それが、川野がアイスを買いに行き、撮影のため僕が距離をとったあの瞬間だった。

そして、揉み合い、彩夏の荷物に手を伸ばした。一番反応が激しかったのが、あの日記だ。詩愛梨は日記を手に、走り去った。

背後からは僕、対岸から川野が追い始める。

しかし、詩愛梨は川野より早く、新残堀橋に到達、橋を抜け、そのまま走り去ったのだ。

周囲が明るかったなら、川野は逃げ去る詩愛梨を発見できたかもしれない。しかしあの時間帯、周囲は既に闇に沈み、車の往来が激しかった。車道を走った川野の視界は、否応《いやおう》なく対向車のヘッドライトにさらされる。暗い部分は、さらに見えにくくなり、しかも、途中からはススキとオギの群生が遊歩道を見えにくくする。

川野が新残堀橋に到達したとき、時間的に詩愛梨も新残堀橋付近にいたはず。しかし、なぜ川野は気づけなかったのか。それも橋を渡る車のせいだ。岡江との検証作業で体感した。交通量は多く、対向車の眩《まばゆ》い光源は、残堀川の下流側をすべて闇に包む。しかも川野は自分のほうが速かったと思い込み、意識を遊歩道の上流側に向けていた。

程なく、僕の眼前をふたつの弾丸が通り抜けていった。そして、ゴール。見学者たちから上がる感嘆と呻《うめ》き。

川野の力は圧倒的だった。

電光掲示板の表示。川野愛香11秒31。藤井詩愛梨11秒53。詩愛梨はインターハイの優勝タイムを上回ってきたが、川野も非公式高校記録を上回った。１００ｍにおいて、０コンマ2秒差は大差に等しい。

川野は再びあほみたいな笑顔になって僕の前に駆け寄ってくると、胸を張ってVサインをした。その背後で悔しそうにうつむき、肩を上下させている詩愛梨の姿。

詩愛梨は川野には勝てない。

だったらなぜ、詩愛梨はあの日、川野より長い距離を走りながら、川野より早く新残堀橋を走り抜けることができたのか。その答えを検証するのも、今日の直接対決の目的だった。

勝負はもう一回戦。休憩を挟み、今度は400m。

休憩時間が終わり、川野と詩愛梨が、今度は400mのスタートラインに着く。3レーンと5レーンを使うようだ。

そして、スタート。

前半は予想通り川野がリードした。

そう、遊歩道の対岸を走る川野も、前半はリードしたに違いない。だから僕も川野も、遊歩道を逃走する詩愛梨に先行したと思い込んだのだ。いや、確実に先行していた。

トラックではバックストレートから最後のコーナーにかかる。コーナーを抜けると、最後の直線になる。川野の顔が少しゆがんでいた。詩愛梨は無表情。

「行けー！」と絶叫する山沖監督の声が響いた。そこに「足を前に！　上半身を揺らすな！　我慢だ！」と川野に叫ぶ桑畑の声が重なる。

カーブを抜けた最後の直線――ふたりは並んだ。そして、少しずつ、少しずつ詩愛梨が引き離してゆく。

同じ状況が、あの遊歩道でも起こっていた。

解答のヒントは桑畑の言葉にも隠されていた。体育で、川野が非公式高校記録を出したあの時だ。

『今年出ていれば、最高に盛り上がったんだろうがな』

なぜ盛り上がる？　東京に藤井詩愛梨がいるからだ。100mに関しては、川野の力は圧倒的だ。現にインターハイ王者を寄せ付けなかった。しかし、短距離の専門家である桑畑は熟知していた。同じ無酸素系運動の短距離だが、100mと200m、400mでは、全く走り方が違うということを。それが『俺のもとで鍛え上げれば、高校短距離三冠も夢じゃないんだがな』という言葉に集約される。

夢じゃない――川野でも今の状態では200m、400mで勝つことは難しいという意味だ。

『100は川野の野性パワーだけでも十分勝てるだろう。ただ真っ直《ます》ぐ速く走るだけだからな。極論すれば、積んでいるエンジンのでかさがそのまま差となる。しかし200や400は、野性の力だけではどうにもならん』

俺のもとで鍛え上げれば――

『400にはコーナリングの技術とコーナーで減速してから再び加速する瞬発力、トップスピードを維持する持久力、疲労しても体の軸がぶれない上半身の筋力、50秒以上スピードを維持できるスタミナが必要になる。脚力だけではどうにもならない。いくら川野に地力《じりき》があろうとも、コーナリングの技術と持久力と筋力は、練習を積み重ねないと身につかん。200は同格、400では藤井詩愛梨が圧倒すると俺は見ている』

桑畑はそう語った。

詩愛梨が逃走した遊歩道は、大きくカーブを描いていた。そして持久力の差。ラストの直線で、勝負は決した。

先にゴールを駆け抜けたのは、藤井詩愛梨だった。

藤井詩愛梨53秒70。川野愛香55秒52。

詩愛梨はまたもインターハイの自己記録を上回ってきた。ゴールと同時に山沖監督に抱きついて喜んでいる。遊歩道に続き、二度目の勝利だ。

『川の向こう側で誰かが追いかけているのはわかったけど、とにかく逃げ切ることしか考えてなくってさ』

競走した相手が川野だということを詩愛梨はまだ知らない。特に言う必要もない。

一応ケアが必要かと思い、僕はゴール付近でうつむき、肩で息をしながら悄然《しょうぜん》とたたずむ川野に歩み寄る。

「相手はずっと練習積んできてるんだ。かなわなくて当たり前なんだよ。てか、練習しないで、藤井さんに食い下がるなんて、すごすぎ」

自分でも驚くほど陽気に声をかける。

「なんでキビタキちゃんと撮れなかったのよ」

川野はうつむいたまま言う。

「今それ言うか」

「それが気になって、上手く走れなかったんだもん」

言い訳か。実にわかりやすい。ちなみに僕と彩夏は、七月いっぱいキビタキの捜索に付き合わされた。しかし、姿を見せたのはあの日だけだった。

「川野！」

桑畑がやって来た。「練習なしで55秒半ばなんて驚いたぞ。正直もう1、2秒かかると思っていたんだがな」

川野の記録は今年のインターハイ女子４００ｍの5位に相当した。

「悔しいか。わかるぞその気持ち。だがな、俺と一緒に練習すれば、お前は必ず藤井詩愛梨に勝てる。保証するぞ」

どさくさ紛れの勧誘か。実にわかりやすい。詩愛梨に生物部のことを聞かれた時点で、川野がらみの事情があると気づけよ、と思ったが、桑畑は『藤井詩愛梨から直接電話があっただけで舞い上がってしまった』と開き直った。

「先生、今日はちょっと気分が乗らなかったんです、設楽のせいで」

噴き出したかったが、我慢した。桑畑が怪訝《けげん》そうに僕を見る。

「僕のせいみたいです」

「そう、設楽のせい！　絶対キビタキ撮るから！」

川野はぷいっと顔を背《そむ》けると、走ってトラックをあとにした。詩愛梨がきょとんとした顔で、控え室に消える川野の背中を見送った。

「スポーツマンシップは期待できませんね」

僕は桑畑に言った。

実は、一枚だけキビタキをはっきりとらえた写真があった。枝から飛び立ったキビタキを追って、走りながら撮った一枚。

僕はデジカメのディスプレイにその画像を呼び出し、眺める。キビタキが草原に急降下し、再び上昇してきた瞬間だ。エサをくわえ、上空を飛び去ろうとするキビタキの黒い影。その手前に、金網をよじ登る川野。アングルは下から。広がったスカート。

おそらくこれが川野の言うところの『勝負パンツ』なのだろう。

お尻の部分にプリントされたキビタキ……。岡江の〝フェティシズムの捕獲〟にはそぐわない、削除対象だ。それよりこんなもの、どこに売っているんだ？

「あ、これ、狭山にある野鳥ミュージアムで売ってるんですよ」

いつの間にか彩夏がとなりにいて、ディスプレイを覗き込んでいた。「一緒に行ったときに買ったんです。わたしはウグイスを」

なるほど……。

「この写真、一応川野には見せてないんだけど」

岡江に見せるつもりもない。

「だったら、わたし欲しいです」

「そっち方面の趣味が？」

「いえ……あ、はい……愛香ちゃん可愛いし……」

急に声がつやっぽくなり、頬が上気する。

とりあえず言ってみると、彩夏は頬を赤らめてうーんと考え込む。どうやら彩夏も岡江と同じカテゴリの人間のようだ。

「いくら払える？」

「撮られるのは、好き？」

意識して冷淡に言ってみる。

彩夏は落ち着きを失い、うつむき、視線を彷徨《さまよ》わせ、手を握ったり胸に当てたり、口の中で何かぶつぶつ呟いたあと、意を決したように顔を上げる。

「恥ずかしい……です……」

「いやなんだ」

「い、いやじゃ……ないです……」

僕は彩夏から少し離れ、カメラを構える。ファインダには自分の肩を抱き、妙に体をくねらせ、呼吸を荒くした彩夏の姿。相当鬱屈したものを溜め込んでいるようだ。

しかし、ビジュアルに関しては、髪型とメガネと制服の着こなし。それを少し変えれば、どんどん輝くような気がする。性癖的にも、性格的にも、恋や嫉妬抜きで、女に〝変化〟させることは可能かもしれない。

岡江ならどう彼女をプロデュースするだろう。まだ夏休みは半分。試行錯誤する時間はある——なんてことを考えている自分に気づき、頭《かぶり》を振る。

僕は岡江の世界に取り込まれつつあるのだろうか。背筋が少しぞくっとする。

七里ヶ浜ヴァニッシュメント&クライシス

0　青井佳純　九月二十三日　金曜（祝日）の明け方

ひっくり返すと、ウジヤスは手足をばたつかせてもがいた。背中のお皿が重くて、起きあがれないのかもね、とユウイチが言った。アヤカは、かわいいねと言いながら、ウジヤスの気色悪い腹をなでる。

確か、ここはランちゃんの家の庭。ウジヤスはランちゃんの大事な大事なお友達。小学校に通うランちゃんは、ベランダの白いイスに座ったまま、こっちを見ている。日だまりの中、楽しそうに笑っているけど、少し元気がないみたい……。

ユウイチもアヤカも幼く、どちらも通っている幼稚園の制服を着ている。ウジヤスを挟んで、わたしもいる。同じ幼稚園の制服を着た、幼いわたし。

「怖くないよ、カスミちゃん」

アヤカが優しく声をかけてくる。ランちゃんも「大丈夫だよ」と言う。でも気持ち悪くて触れない。ユウイチとアヤカにできることが、自分にはできない。悲しくて、悔しくて、焦った。このままでは仲間外れにされてしまう。ユウイチを独り占めにされてしまう。わたしは「いけない」と言って、立ち上がる。

「帰るのか、カスミ？」

ユウイチが聞いてくる。

「おうちのお手伝いがあるの」

うそだった。本当はユウイチの気をひきたいだけ。足にまとわりついてきたウジマサを振り払うように、通りに出た。少し待ったが、ユウイチは追ってこなかった。走って帰った。涙が止まらなくなった。

そこで、自分が十七歳であることを思い出し、これは夢だと認識した。

視界が一瞬白くなり、やがて天井が見えた。寝起き早々、淡い嫉妬と焦燥感、そして罪悪感に包まれていた。目尻に涙がたまっている。夢の中の感情を引きずった朝は、気が重い。意識しすぎだろうか。それとも何かの暗示？　十年以上も前の古い記憶の断片——

今日は国府田彩夏が来る日だった。

1　設楽洋輔　九月二十三日　金曜（祝日）

波音の中、穏やかな風が頬を撫でる。

澄んだ空の青と、風紋を刻んでいる砂。その向こうにデフォーカスされた白波。シャッターに指を添え、ファインダにイソシギをとらえたまま——連写。カラフルな背景にグレーと白が入り交じった、地味な姿。エサを求めて浜辺をよたよたと歩くのが特徴だ。

「ほんとに千鳥足だね」

緊張感の欠片もない声が耳元に降ってきて、僕の集中力を削ぐ。確かにイソシギはチドリの仲間だと図鑑に載っていた。

僕は低い姿勢から身を起こし、振り返る。

「うるさいよ」

「でもさ、来てよかったよね」

川野愛香はコンビニで買ったレジャーシートの上に座ったまま、うーんと伸びをする。今朝方までの雨が嘘のような透明な青空。振り返ると、海岸近くまで迫った緑の山並みと丘陵。その丘陵に張り付くように、瀟洒《しようしや》でカラフルな家々。ザッツ湘南《しようなん》。

「わたし晴れ女！」

川野は海に向かって言い放つ。体のラインが浮き出る薄いブルーのカットソー、白いハーフパンツ姿。少しだけ覗いたおへそ。そのナチュラルに美しい姿は午後の陽光を浴び、ファッション誌のグラビア（南欧ロケ風）のように映えている。僕はそれが習性であるかのように川野にレンズを向け、シャッターを押す。悔しいが、川野は綺麗だ。この写真も、売れば高値がつくことは間違いない。買う側がノーマルな感性の持ち主ならば……。

川野が僕に気づき、透明感ゼロのVサインを投げてよこした。台なしだ。黙ってさえいれば、あらゆる種類の〝美〟を兼ね備えているが、本人の美意識だけが欠如している。

海に目を向けると、沖合数十メートルほどのところを、波待ちのサーファーたちが遊《ゆう》弋《よく》している。九月も下旬の七里《しちり》ヶ浜《がはま》。シーズンオフだが、連休のせいか、散歩をする地元の人たちに交じって観光客の姿も散見できた。

今回のターゲットは、海鳥だ。

政経の時間、嫌というほど聞かされた『失われた二十年』という言葉。僕らの人生がすっぽり収まる、日本全体が不遇の時代。努力や願いが報われ、叶《かな》う可能性が希少な時代。しかし、川野愛香は意に介さない。いや、そんな小難しいことはそもそも考えない。

スーパーモデルの如き容貌とスタイルを持ち、性格は天然天真爛漫《てんしんらんまん》、身体能力は、陸上100m非公式高校記録を持つひとりアベンジャーズ状態。それなのに、溢《あふ》れる武器をひとつも活かすことなく、地味の象徴である生物部に身を置く奇天烈《きてれつ》さ加減も、周囲にとっては〝萌《も》え〟要素なのだという。僕的には、単に『ばか』と表現すれば済むと思うが。

とにかく、彼女は努力せずとも、願わずとも、多くのものを手にし、引き寄せる力を持っていた。

その川野の『学園祭の写真展さ、山とか街の鳥だけじゃ、味気ないよね』という味気ないひと言で、ことは動き始めた。というか、同じ生物部の国府田彩夏が過剰反応した。

『従兄《いとこ》が、七里ヶ浜でレストラン兼ペンションやってるんですけど』

頬を赤らめた彩夏は、なぜか肩を怒らせ、メガネの奥の瞳を膨張させ、拳を握って絞り出すように言った。残暑が居座る八月下旬の土曜日、撮り損ねたキビタキを求めて、三人で立川、武蔵村山近辺を彷徨《さまよ》っている最中のことだった。

『九月になれば、シーズンオフで安く泊まれるんです！　ろ、露天風呂もあるんです。わたし、九月の連休にまたアルバイトに行くので、ご一緒にどうですか』

中学三年まで、彩夏は鎌倉市の稲村ヶ崎《いなむらがさき》に住んでいたという。七里ヶ浜の動物病院で獣医をしていた母親が独立し、東京に小さな動物病院を構えるのに合わせて、武蔵村山市に引っ越してきたと川野から聞いていた。

それでも、毎年夏休みは稲村ヶ崎に戻り、そのペンションでアルバイトをするのが恒例となっていて、この夏も一週間、アルバイトをしたという。

『あ、愛香ちゃんのおふおふお風呂、こっそり撮ることも、で、できます』

彩夏は川野が帰ったあと、そっと申し出てくれたが、明らかに僕の〝副業〟を曲解していたので、やんわりと断った。岡江の性癖とフェチは、たぶん被虐的妄想少女には難解すぎるだろう。岡江のアドバイスで髪型を変え、メガネもちょっとお洒落なものに買い換え、服装も割と体のラインが出るものを選ぶようにさせたせいか、性格も少し大胆になってきたように思える。

ともあれ、川野は0コンマ2秒で彩夏の話に飛びつき、僕も反対はしなかった。写真にバリエーションが増えるのは僕としても望むところだし、海は嫌いじゃない。

「そろそろ休憩しようか、アイス食べたい」

川野は立ち上がり、傍らに置いた真新しいデジカメをパンツのポケットに突っ込む。

「あそこの公園の向かいにあるお店がいい」

川野のしなやかな指先は、海に突き出た緑に覆われた小さな岬をさしている。稲村ヶ崎公園だ。その指先が少し左に移動する。公園入口から、道路を挟んだ向かいに、日帰り温泉を含むレジャー施設があった。確か、海に面した側はカフェテラスになっていた。

「先行ってる」

川野は自分のバッグだけを持って、さっさと行ってしまった。海鳥を撮る、といっても、キビタキの時のように、川野から本気は感じられない。変に意地になり、夏休みがキビタキ探しで終わっただけに、単純に海に来たかっただけなのかもしれない。一応川野もデジカメ持参だったが、彩夏や風景のスナップばかりで、鳥を撮るつもりはないようだ。

僕の収穫は、今のところウミネコやカモメ、イソシギくらい。あとウミウでも撮ることができれば、最低限の体裁は整うだろう。川野は一応シロエリオオハムという渡り鳥を撮りたいと言っていたが、「季節的にいないと思いますが」と彩夏は首をひねっていた。

機材をバッグに押し込み、砂浜からコンクリートの階段を上る。海岸沿いの国道に出て、横断歩道がある稲村ヶ崎公園の入口まで歩いていると、「うわっ」という声と、「ぎゃっ」という悲鳴が交錯し、続いて何かが倒れる金属音が響いてきた。

悲鳴は川野の声だった。見回し、道路を渡った向かいの歩道に、ふたつの影を見つける。片方は川野だ。もう片方は片膝をついている。半ズボンとTシャツ。短髪。小学校高学年くらいの男の子だ。倒れた自転車と、凝固した空気。駐車場に面した場所で、車の周囲にいる何人かが、遠巻きにして様子をうかがっている。

タイミングよく信号が青になり、僕は走って横断歩道を渡った。

「大丈夫か、川野」

川野と男の子の間には、自転車のカゴに入っていたらしいタッパーがふたつと、ペットボトルが落ちていた。タッパーはどちらも逆さになり、中身がぶちまけられている。ペットボトルにもペースト状の中身が入っているようだ。男の子は無言で自転車を起こし、歩道の隅に置くと、しゃがみ込んだ。鎌倉方面から走ってきたようだ。

「避《よ》けた方に突っ込んでくるんだもん」と苦笑いの川野。「大丈夫、当たってないから」

「君も大丈夫か、ケガは？」

　僕は男の子に声をかけたが、男の子は少し焦ったようにタッパーを手に取り、中身を拾い集めていた。見たところ擦り傷など外傷は認められなかった。

「この子、結構運動神経よくて、上手く着地したんだよ」と川野。

　大事なくてよかったと思いつつ、地面にぶちまけられた〝中身〟を見て少しのけぞった。片方は薄いクリーム色のペースト状のもので、もう片方はうねうねと蠢《うごめ》いていた。

　大人の小指ほどの大きさの白い芋虫の群れだった。

「川野……なにこれ」

「釣りのエサなんじゃない？」

　川野は特に取り乱した風もなく応える。川野の上着とハーフパンツには、ペースト状の物体が染みをつくり、サンダルの甲の部分には芋虫が二、三匹うねっていた。川野はサンダルの芋虫に気づくと、「あ、ここにもいるよ」と屈み込み、躊躇なく手でつかんで、男の子のタッパーに投げ入れた。

「君、名前は？」

川野が声をかけると、男の子は顔を上げた。途端に、表情に驚愕《きょうがく》が刻まれ硬直した。至近距離で見る川野の顔は、健康な男子のハートを瞬時で粉砕する威力を持つ。しかも男の子と視線の高さを合わせるため上半身を折った状態で、胸元が全開だ。

「貴明《たかあき》……えっと……ごめん。ちょっと急いでて」

貴明は謝ると、「その服、うちで洗濯するよ」と申し出た。

通りかかる何人かが、ぶちまけられたものを見て、顔をしかめてゆく。

「なんで？　洗濯はどこでしても同じでしょ」

川野は言いながら特に気味悪がることもなく、百匹以上いるであろう芋虫を無造作に拾い集めては、タッパーに放り込む。

「そうじゃなくて、誠意というか、賠償というか」

貴明も芋虫の回収を再開し、言う。

「そんな難しい言葉わかんないよ。それより急いでいるんでしょ」

川野はペースト状の物体をいきなり両手ですくい、タッパーに移す。中にはゴマのような小さな固体が混じっている。何かをミキサーにかけたもののようだ。色合いは、芋虫と同じ。ペットボトルのペースト状の中身も、芋虫色……まさか——

川野は汚れた手を、そのままカットソーの裾で拭った。芋虫とペーストをタッパーに回収した貴明は、もう一度「ごめん」と言って自転車に乗ると、江の島方面に走り去った。

「一度戻ろうか。着替えたほうがいい」

「彩夏ちゃんに怒られるかな」

川野は汚れた部分をつまみ上げる。彩夏はペンションの一階にあるレストランで、アルバイト中──「上着もパンツも、彩夏ちゃんのなんだけど」

川野が怒らなかった理由が判明した。

「なんだか最近、かっこいい服着るようになったよね」

2　青井佳純　九月二十三日　金曜（祝日）

「彩夏ちゃん、一年見ない間にすごく綺麗になってたよ」

悠一《ゆういち》の、男の子にしては少し線が細い背中に言った。

北棟裏の木陰にある小さな小屋。生物部の飼育舎だ。『管理者』と書かれた札には、『生物部部長・草凪《くさなぎ》悠二』の表記。金網越しに、白とグレーの愛らしいウサギ（ネザーランド・ドワーフ）が三羽見える。悠一は給餌扉を開け、上半身を突っ込んで、水の容器を取り替えていた。

悠一は、休日だろうが祝日だろうが、朝と午後の決まった時間に、ここに通う。飼育舎と言っても、ウサギが三羽と、ハムスターが五匹いるだけ。生物部員は悠一とわたしを含めて八人だけど、ヤン、フレデリカ、アッテンボローの三羽の世話をするのは悠一だけ。わたしたちは、五匹のハムスターの世話と、季節ごとの動植物の観察、研究が主な活動になる。ちなみに今年のテーマは、『河川の護岸と水生生物の共生』だ。

「大葉頼む」

悠一が感情のない口調でわたしに言う。

飼育舎のとなりには大型のプランターが並んでいて、数種のハーブが育てられている。悠一は市販のハーブ用土壌を使わず、赤玉土、腐葉土、バーミキュライト、苦土石灰《くどせっかい》を自分で調合している。これも、他の部員には触らせない。

わたしは大葉を何枚かちぎって、上半身を飼育舎に突っ込んでいる悠一に手渡す。その時悠一の背中と、わたしの胸が触れる。

「鷹羽高の生物部の人も来てるから、あいさつに行こ」

声が上ずるのを抑えながら言う。

「うん……」

悠一は気のない返事をしながら、忙《せわ》しなく手を動かし、エサの容器に市販の牧草と刻んだ人参、大葉を補充する。ヤンとフレデリカが寄ってきて、小さな口で牧草を食べ始める。ピーターラビットのモデルと言われるだけあって、とても愛らしい。悠一にしかなついていないけど。

悠一は給餌を終えると半身を外に出し、給餌扉を閉じ、施錠した。

「でも、どうして今頃？」

悠一は少し肩をすくめる。白い制服と、羨ましいくらいの綺麗な肌。目鼻立ちは日本人形のように端正で、激しい感情を表現することは滅多にない。

「学園祭用に、海鳥の写真を撮りたいんだって。カメラマンも連れてきてるみたい」

「国府田って、鳥類の研究に鞍替《くらが》えしたのか？」

悠一は手を叩き牧草を払うと、ハンカチで額に浮かんだ汗を拭う。そんな何気ない一挙手一投足に見とれてしまう。

「一緒に来た女の子が、野鳥の観察をしてるらしくて」

「この辺に珍しい鳥はいないんだけどな」

悠一は南の方向を見遣る。校舎越しに、海と七里ヶ浜。

「シロエリオオハムいないかなって、その女の子は言ってるみたいだけど」

お昼頃到着して、すぐに海に行ってしまったので、まだその子には会っていない。彩夏は、考えるより行動する子だと言っていた。

「この時季にはいないと思うけど……」

オオハムは冬に渡ってくる鳥で、六月くらいまでは太平洋岸でも見られるのだけれど。

「それは向こうも承知してるみたい。いたらラッキーって感じだって」

「そう」

悠一は興味なさそうに言って、急ぎ足で通用口から校舎に入った。

「待ってよ、どうしたの？」

わたしも悠一を追って、校舎に入る。通用口のすぐ脇が生物教室だ。悠一は生物教室に入ると、机の上に置いた荷物を手に取った。

「一緒に行こうよ、彩夏ちゃんも会いたがってるから」

言いながら、不安を覚える自分がいる。

夏休み、彩夏がバイトに帰ってきたが、生物部の合宿と重なり、わたしも悠一も彩夏に会うことはできなかった。会うのは一年ぶりだ。見違えるほど女らしくなった彩夏を見て、悠一はどう思うだろう。

「今日は行けない」

「どうして？」

「ウジヤスとウジマサがいなくなったんだ」

一瞬、わたしの中の時間が止まる。

「伝爺《でんじい》は？」

「昼過ぎまでずっと探してくれたけど、見つかってない。もう家に帰ってると思う。あとは俺が探すことになってるから。とにかく今日中に探し出さないと」

「勝手に帰ってくるでしょ。前逃げたときもそうだったじゃない。あの子たち賢いから」

「盗まれた可能性が高いんだ」

悠一は一瞬目許に恐怖を浮かべ、拳を握りしめる。「それに、健介《けんすけ》さんが……明日帰ってくる。さっき奈々子《ななこ》さんから電話があって」


学校から徒歩で稲村ヶ崎まで戻り、踏切で悠一と別れる。その後ろ姿を、江ノ電が通り抜け、遮る。悠一が来ないなら、急ぐ必要はなくなった。わたしは駅前の通りに戻る。彩夏がバイトしている『ドラゴン・ストップ』とは反対方向だ。

藤堂《とうどう》健介——幼少の頃、肩で風切って歩く姿を何度も見た。襟の高い学生服を着て、頬には大きな傷があり、当時のわたしには、身長三メートル、体重二トンくらいに見えた。

かつて湘南を中心に、十を超える暴走族（現在は絶滅危惧種）を束ね、ケンカは四百戦無敗とヒクソン・なんとかさんと遜色《そんしょく》ない戦績を誇り、さらにその半生が竹内力主演で映画化されると噂《うわさ》まで立った、伝説の番長（現在は死語）。今は大阪ミナミの大きなクラブで〝警備総代〟をしていると駐在さんが教えてくれた。要は用心棒のリーダーだろう。

「なああ佳純《かすみ》ちゃん」

駅前を通り抜けるとき、改札の向かいにある花屋のおじさんが声をかけてきた。

「あ、こんにちは」

幼い頃からお世話になっていて、生物部に入るときも、花や植物の育て方をみっちり教わった。

「風の噂で、健介が帰ってくると聞いたんだけど……」

おじさんは強ばった笑みを浮かべている。「何か知ってるかい」

駅前の商店街は、健介さんを狙う人たちの襲来と、迎え撃つ健介さんとの乱闘で、一度ならず店先を蹂躙《じゅうりん》されている。

――ただでさえ危険なのに、もしウジヤスとウジマサの失踪を知った健介さんが、激怒MAX状態になったら、稲村ヶ崎の小売り流通業は壊滅してしまうかもしれない……。

ふと今朝方の夢を思い出す。肌が白く綺麗だった蘭《らん》ちゃん。ウジヤスとウジマサは体が弱くてあまり学校に行けない蘭ちゃんの親友だった。十年前、蘭ちゃんは亡くなる直前に、ウジヤスとウジマサを兄の健介さんに託した。健介さん曰く〝蘭の分身〟で、〝マジ大切なバディ〟だ。五年前、健介さんが『ミナミの偉い社長さん』にスカウトされ、大阪に行くときには、彩夏に託され、二年前、彩夏が東京に引っ越したあとは、悠一に託され、草凪家の庭で育てられていた。

『大阪でも飼えるだろうに』

『それが、社長の身辺警護で、いつ襲われるかわからんと……』

『カタギの仕事じゃないってことか……』

そんな大人たちの会話を漏れ聞いたことがある。

乱暴だったけど、人一倍妹思いだった健介さん。その形見の失踪は、稲村ヶ崎あげての一大事だ。

そして、悠一の家――草凪家は現在リフォーム中で、ウジヤスとウジマサは、江崎伝次《えざきでんじ》、通称伝爺の家の裏庭に一時的に移されていた。伝爺は、カメ仙人という異名も持ち、カメの飼育ではこの辺で右に出る者はいないけど……。

「……ああ、やっぱり帰ってくるんだな」

何も応えないわたしの表情を読んで、おじさんは悟ったようだ。

わたしはおじさんに会釈して、伝爺の家に向かう。

商店街から、尾根伝いの路地に入る。山肌が迫る坂を登るのは、いつもながら大変だ。

暫《しばら》くして、渋い焦げ茶の門柱が見えてくる。鍵はいつも締まっていない。木造の古めかしい二階建ての裏手に回ると、木製の柵に囲まれたテニスコートほどの庭が見えてくる。体長一メートル近いケヅメリクガメが二匹、庭の中央に掘った穴の中でじっとしていた。ドリーとテリーの兄弟だ。母屋に近い大型水槽では、カミツキガメのブラッシーが不機嫌な顔をしていて、中型水槽にはミドリガメが十匹近く、元気に運動していた。そして、空のケージがふたつ、庭の片隅に置かれていた。ひとつは床板がなく、地面に直接被《かぶ》せるタイプの、高さ一メートル、直径二メートルほどの半球形の大型ケージ。地面の部分には直径五十センチほどの穴が掘られていた。そのとなりには、一辺が二メートルほどの直方体の鉄製ケージ。新調したばかりのウジヤスとウジマサのお家だ。

「伝爺！」

声を上げると、ドリーがむくりと頭を上げ、こちらを見た。薄いクリーム色をベースとした茶色いマーブル模様の甲羅が綺麗なドリーは、わたしを一瞥《いちべつ》すると、興味なさそうにまた穴の中に頭をしまい込んだ。

「佳純か。なんだ」

縁側に伝爺が出てきた。小学生のように小柄だが、体力は五十代だと自称するおじいちゃんだ。タンクトップに迷彩柄のハーフパンツ姿。『昔は陸軍でシャーマンを一人で三両葬った』というのが口癖で、シャーマンが呪術師ではなく、アメリカの戦車だと知ったのは最近のことだ。

わたしは木戸を開けて庭に入った。

「ウジヤスとウジマサが盗まれたって……」

「悠一に聞いたのか」

伝爺はふんと鼻を鳴らす。「今朝、散歩から帰ってきたら、いなくなっとった。出かける前は確かにいたんだがな」

伝爺は白く薄くなった頭をさすり、わたしの胸元に視線を落とす。去年米寿を迎え、最近少し腰が曲がってきたが、女の子を見るエロい視線はいまだ健在だ。

「明日、健介さんが帰ってくるんでしょ」

「ああ、最悪の場合、県警の機動隊が一個分隊ほど必要になるかもしれんの」

伝爺は縁側にあぐらをかき、腕を組む。「まあ、見つからなくても、ケン坊はわしが命がけでなだめる。悠一には男らしく覚悟を決めとけと言ったがの」

健介さんも、戦争経験者の伝爺には一応の敬意を払っているというけど……。

「ところで佳純、お前いくつになった」

「70のD」

「そうかそうか、そら大きゅうなった」

伝爺はまるで孫の成長を喜ぶかのように、何度もうなずく。

「彩夏ちゃんが来てるから、探すお手伝いあまりできないかもしれないけど……」

「壽々花《すずか》さんとこの孫が来とるか。佳純と同級だろ。綺麗になっとるか」

「なってる」

「そろそろ婿《むこ》選びも必要かの。今度壽々花さんと相談がいるの」

伝爺は自分の膝をぽんと叩く。「まあ、ウジヤスとウジマサのことはわしと悠一でなんとかする。駐在にも、町内会の方にも連絡を入れといたから、心配はいらん」

もし、わたしがウジヤスとウジマサを見つけたら、悠一は振り向いてくれるだろうか。

「そろそろテリーを散歩させる時間だの」

伝爺がゆっくりと立ち上がった。それを機にわたしも伝爺の家を出て、『ドラゴン・ストップ』に向かった。

白い壁と、小さな門と『DRAGON・STOP』と手書きされたライトブルーの看板。

その背後の壁に、『藤堂豪太《ごうた》　奈々子』と書かれた小さな表札。建物は鉄筋四階建てだが、外壁は木造の南国風に化粧してある。

オフシーズンではあるけれど、九月の三連休、ペンションはそれなりに忙しかった。とは言っても、てんてこ舞いなのは、一階のレストランの方だけ。イタリアンを中心に、オリーブオイルと魚介をふんだんに使った地中海料理が自慢だ。

扉を開けると、カウンターに奈々子、厨房《ちゆうぼう》に豪太さんの後ろ姿。ちょうどお客さんがはけたらしく、エプロン姿の彩夏はテーブルを拭いて回っていた。

「奈々ちゃん、悠一来れないって」

奈々子に声をかける。オーナー夫人であり、わたしの従姉《いとこ》でもある。まだ二十六歳だが、実質的に店を仕切っている。「学校の方で用事があるみたいで」

嘘をつく。藤堂家にウジヤスとウジマサの失踪を知られるわけにはいかない。

「相変わらず淡泊なやつ」

奈々子は肩をすくめる。その仕草は洗練されていて綺麗で優雅で格好良くて……。

「佳純ちゃん！」

彩夏がタオルで手を拭きながら小走りで向かってきたが、イスの脚に躓《つまず》いて前のめりに倒れた。「はわわ」と立ち上がったところで、外れて床に落ちたメガネを踏んづけてしまい、ツルの部分が派手に曲がってしまった。ドジっこぶりは相変わらず……。奈々子が大声で笑い、彩夏は困った顔で、ツルが曲がったメガネをポケットにしまい込んだ。

「大丈夫？　彩夏ちゃん」

わたしが聞くと、「あとで直します」と涙目になっていた。

「悠一、学校の用事で外せないみたいで」

「そう。悠一も部長さんだし、仕方ないか」

彩夏は泣き笑いのような表情で応えた。

「ねえ佳純、彩夏、せっかく健介さんが帰ってくるんだから、明日は彩夏の友達も一緒に夕食会でもしようか」

奈々子がとんでもない提案をする。「健介さんね、出入りで大活躍してシマをかなり広げたんだって。それで特別休暇もらったみたい。出入りとかシマとかよくわかんないけど」

豪太さんが苦笑する中、彩夏は「うぅ、楽しみです」と満面の笑顔。

彩夏にとって、藤堂健介、豪太の兄弟は従兄に当たる。身内という距離感もあるのだろうが、彩夏があの怪獣に近い猛獣と仲良しなのは、驚嘆に値する。

「佳純ちゃん、ウジヤスとウジマサは元気？　健ちゃんも久々の再会だもんね」

彩夏に全部話して、健介さんを宥《なだ》めてもらおうか——でも、そんなことしたら、悠一は彩夏を……。

「元気だよ。明日、連れてくるから」

大丈夫、自然に言えた。決心がついた。悠一を救うのはわたし。ついでに稲村ヶ崎の小売り流通業も——

3　設楽洋輔　九月二十三日　金曜（祝日）

あと一時間もして、夕暮れ時になれば、海岸もきっとロマンチックな風景になる。しかし、僕らはなぜか海に背を向け、小さな商店街（といっても全長三十メートルくらい）の道を高台へ向かいながら歩いていた。

　車が二台すれ違うのがやっとという通りの両側は、スーパーやお肉屋さんの他に、小洒落た雑貨屋さん。そして、僕と川野の足もとには、海鳥ではなく、体長一メートルはあろうかという大きなカメがゆっくりと這っている。

　飼い主の小柄なおじいさん＝江崎伝次さんは『ケヅメリクガメ』と説明してくれた。今は散歩中だという。名前はテリー。商店街の人たちは馴染《なじ》みのようで、テリーテリーと声をかけてゆく。テリーはえっちらおっちらとマイペースだ。

　なぜリクガメ・テリーとの散歩に相成ったのか――

　僕と川野はカフェテラスを諦め、海沿いの国道からペンションへと向かう道に入った。その直後、僕らの脇をシルバーのクラウンが通り抜け、昨夜来の雨でできた水溜まりを踏み、川野に大量の水飛沫《みずしぶき》を浴びせていった。リアシートに乗っていた小学生くらいの女の子（美少女！）が振り向き、済まなそうな顔をしていたのが印象に残った。

　川野のパンツのポケットにはデジカメが入っていたので、壊れた場合の弁償を考え、僕は持っていたカメラで遠ざかるクラウンを撮影した。ナンバーは押さえられた。その後、「大丈夫か」と言いつつ、濡《ぬ》れ鼠《ねずみ》でぴょんぴょん跳ねる川野を撮影した。客観的には鬼畜な行為だが、岡江にそう仕込まれたのだから仕方がない。

そこに通りかかったのが、カメを連れた江崎伝次さんだった。

江崎さんは『濡れた婦女子を狙うとは、にいさんようわかっとるの』と岡江と同類のような言葉を僕にかけると、『嬢ちゃん、稲村ヶ崎の住民を代表して詫《わ》びる』ときょとんとする川野に言った。ちなみに川野のデジカメは無事だった。

お互い自己紹介を済ませ、江崎さんは着替えを買ってやると国道から一本入った雑貨屋さんに立ち寄った。テリーは大人しく店の前で待っていた。江崎さんは川野にTシャツを買い与え、「どれ、わしが着せてやろう」と川野と一緒に試着室に入ろうとして、店員に羽交《はが》い締《じ》めにされていた。問題はあるが悪い人ではなさそうだ、とその時判断した。ともあれ、着替えは済み、ハーフパンツの汚れは、ウェットティッシュで拭うと目立たなくなった。

お礼がてら話を聞くと、江崎さんの家には、テリーをはじめ、多くのカメが飼育されているという。それで川野が見たいと言い出し、僕と川野は江崎さんの家に向かっている。

「兄のドリーはどちらかというと冷静で泰然としていての、散歩も三日に一度くらいでいいんだが、テリーは気性が荒くて、元気でな。毎日散歩に連れて行かんと、機嫌が悪い」

テリーに合わせてゆっくりと歩く江崎さんは言った。

「テリーって何食べるの？」

川野が興味深げに聞く。

「普通に野菜と果物をカットして与えとる。たまに動物性タンパクが必要だな」

「夏とか大変じゃない？」

「このカメはもともとアフリカ産だから暑さと乾燥には強い。気をつけるのは冬場だな」

「アフリカの子じゃ寒がりだね。暖房したりするの？」

川野は江崎さんとテリーを見比べる。

「リクガメのドリーとテリーの場合は、冬は小屋に移して暖房する。だが、カメの種類によっては冬眠するからの。飼育しながら冬眠させるのも、カメ飼いの腕の見せ所だの」

「へぇ、カメって冬眠するんだ」

川野は生物部員のはずだが……どうやら鳥以外の知識は皆無のようだ。

商店街の通りをしばらく行って左に折れる。道幅は狭くなり、登り勾配が少しきつくなる。周囲は古い木造住宅と瀟洒な家が混在する住宅街になった。時折すれ違う住人が江崎さんに頭を下げ、テリーに声をかけてゆく。この辺ではちょっとした〝顔〟のようだ。

やがて、私道らしき狭い路地に入り、正面にこぢんまりとした木製の門が見えてきた。その奥には、渋い瓦屋根の日本家屋。門をくぐると、テリーは母屋には向かわず、先陣を切って裏手に向かった。

江崎邸の裏は山の斜面に面した広い庭だった。山側には池があり、大小十数匹のカメが、思い思いの場所でくつろいでいた。庭を囲むように高さ一メートルくらいの木製の柵が設置されていて、母屋の縁側と接続された部分に、小さな木戸がついていた。縁側には小型のカメのものらしい水槽とケージが並んでいた。

「本格的ですね。全部趣味なんですか?」

僕は柵に寄りかかり、中を撮影しながら聞く。

「ま、長生きの象徴だからの。あやかりたいものでな」

江崎さんが木戸を開けると、テリーがのそりと中に入ってゆく。庭の中央に大きな穴があり、その中にテリーと同じ柄、同じ大きさのカメがいた。兄のドリーだろう。柵を隔てたとなりにある穴が、テリーの穴か。庭の隅には空の大型ケージがふたつあり、片方のケージ内の地面には、直径五十センチほどの穴が掘られていた。別のリクガメのケージなのだろうか。

「ここのカメみんな触っていい?」

川野は気持ちが逸《はや》るのか、前のめりになって木戸をくぐった。小学生か。

「せっかく海に来たんだから海の生物も必要なんだよ」

川野はそう言ったが、だったらなぜリクガメを撮影させるのだろう。暮色に染まった木漏れ日の中、ドリーとテリーの表情をアップでとらえながら思う。泰然としたドリーの顔は古代ギリシャの哲学者のようで、明らかに川野より賢そうに見えた。

横目で縁側を見ると、川野が小型のカメを胸に抱き、デジカメで自分撮りをしている。完全に本来の目的——海鳥を撮りに来たことを忘れている。ため息をつき、片膝をついた状態から立ち上がると、「あっ」と川野のよく通る声。

「設楽、アオジ！　木の上」

川野が左手にカメを鷲《わし》づかみにして立ち上がっていた。右手の指は斜面上方の木々の一点をさし示している。川野は目的を忘れていなかった——いや、本能的に体が反応したのだろう。川野は持っていたカメを目を白黒させている江崎さんの頭に乗せると、猛然と斜面に向かって走り出す。

僕もすぐに対象を見つける。夏休みにキビタキを散々探したせいか、視覚が野鳥探索用に進化したようだ。枝の上に小さな姿。スズメより少し大きく、羽の模様はスズメのようだが、少し尾が長く、腹部は黄色い。

僕はカメを踏まないよう、斜面の方へ移動しつつ、レンズを上に向ける。ほとんどシルエットで、距離もある。きちんと写るかどうか——案の定、川野の野性ダッシュで驚いたアオジは、チチチと鳴きながら枝を飛び立つ。カメラを下ろすと、川野が「逃がすか！」と池を飛び越え、斜面にとりつき、忍者のようにわさわさと登ってゆく。

「おお、すばらしい体術」と背後から江崎さんが驚嘆する声。

川野は二十メートルはあろうかという急斜面を十数秒で登り切ると、頂の縁に腕を引っかけ、何度かデジカメのシャッターを切る。構えや撮り方など、基本的なことはレクチャーしたが、腕はたかが知れている。あの大きさの野鳥は僕でもとらえるのが難しい。

「あの向こう、何があるんですか？」

振り返り、江崎さんに聞く。

「尾根の先は隣町で、確か公園になっとるはずだが」

「あ、カメ!? あれれ」という声に視線を戻すと、川野の体が斜面の半分程までずり落ちていた。しかし「とりゃ」という気合いとともに、数秒でまた登り切り、デジカメを構えると、いきなり、「おーい」と声を上げる。こちらにではなく、斜面の向こうに。

「そこのバスケ少年、カメ見なかった？　五十センチくらいのやつ！」

少し間があき、「うそつくな！」と川野。『バスケ少年』と話しているようだ。

川野はしばらくして、「もういいよ！」と毒づいて、滑るように斜面を降りてきた。せっかく着替えたのに、Tシャツもパンツも土で汚れていた。

「ねえ、あの崖の向こうにカメがいたんだけど、一瞬で消えた」

川野が頬を膨らませて言った。「あいつがどこかに隠したんだ」

これが、僕らに降りかかった奇妙な事件のはじまりだった。


太陽はもう水平線の向こうに隠れていた。僕らは縁側続きの日本間で、ちゃぶ台を囲み、まったりとした時間を過ごしていた。川野はミドリガメを膝にのせ、つついて遊んでいる。


玄関を開ける音がして、「こんばんは」と女の子の声。やって来たのは彩夏ではなく、髪をショートにした可愛らしい女の子だった。肌は少し焼けていて、肩の出たトップスと普段着チックなデニムパンツが地元住みっぽくてキュートだ。

「彩夏は忙しいのか」

江崎さんが問うと、女の子は「うん」とうなずいて、僕らに向き直った。

「はじめまして、青井《あおい》佳純です。彩夏ちゃんとは幼稚園から一緒なんです」

女の子はそう自己紹介して、ぺこりと頭を下げ、持ってきた紙袋を川野に手渡した。

「ありがと、佳純ちゃん。アオジがいたのに設楽が上手く撮れなくて、わたしが代わりに撮ろうと思って」

初対面から馴れ馴れしい川野は、下着の上に僕のパーカを羽織っている。汚れたTシャツとカットソー、パンツは、江崎邸の最新型ドラム式洗濯機の中だ。

江崎さんが着替えを持ってきてくれと、ペンションにいる彩夏に連絡を入れてくれたが、彩夏はレストランが忙しいらしく、彩夏から連絡を受けた青井佳純が着替えの入った紙袋を持ち、代わりに来たという次第だ。

川野は着替えて戻ってくると、「ところでさ、設楽にも佳純ちゃんにも見てもらいたいんだけど」と思い出したように言い、自分のデジカメを取り出す。「カメが消えたの」

「さっき言ってたやつ？」

「めっちゃ怪奇現象なんだけどさ」

川野はデジカメのディスプレイに自分が撮った写真を呼び出した。

夕暮れも深まった雑木林であることを差し引いても、写真は薄暗すぎた。斜面＝尾根の頂に腕を引っかけて撮った写真だ。尾根の向こう側は下り傾斜になっていて、傾斜の先は芝生が敷かれた公園になっていた。

そして、芝生の上に、平べったい何かがひっくり返っていた。形はカメだ。甲羅を下にして、四肢を広げた姿。ここから逃げて、斜面を乗り越え、下り傾斜を落ちたのだろうか。

「ウジヤスだ……」と佳純が息を呑んだように呟いた。途端に、江崎さんの咳払《せきばら》い。佳純が振り返り、江崎さんと一瞬だけだが目配せ。

「ウジヤスじゃな」と江崎さん。

「でもね、ほんの何秒かで消えたんだよね」

川野の言葉に、僕はディスプレイに視線を戻す。川野は次の写真を呼び出す。一度斜面をずり落ちて、再び登ってから、同じ場所を撮った写真だった。

ウジヤスが転がっていた辺りには何もなく、少し離れたところに、ジャージ姿の小学生くらいの少年が立っていた。川野と押し問答した少年だろう。少年の背後にはハーフコートのバスケットコートがあり、少年は小脇にボールを抱えていた。

「ねえ、カメ、どこにもいないでしょ」

確かに芝生の上、斜面、バスケットコートにもそれらしい姿はない。

写真のデータを確認する。ひっくり返ったウジヤスは、17時49分22秒に撮影され、少年が写った写真は17時49分29秒に撮影されていた。その間、7秒。川野は意地になったらしく、動画モードにして周囲の様子を撮影していた。

「あいつが隠した」

川野は断言する。「裏返ったカメはそんなに速く動けない」

ウジヤスの姿と、庭にあるふたつの空のケージがつながる。

「もしかして、カメが逃げたんですか」

僕が言うと、江崎さんと佳純の間の空気に、わずかだが緊張感が走る。

「気づいたかの。恥をさらすようだが、預かっとるカメを盗まれてしもうた。実は朝からわしも探しとったんだが」

江崎さんは苦笑しつつ、自分の頭をなでる。

「ケージはふたつですよね。いなくなったのは二匹ですか?」

「ああ、二匹ともな。せっかく彩夏と悠一が受け継いで育ててきたのに、わしが預かった途端こうなってしもうて、面目ない次第じゃな」

彩夏が転校する際に、悠一なる人物に託したのだろう。現在の彩夏の自宅がマンションタイプなら、大型のカメの飼育は難しい。

「あの……彩夏ちゃんには心配させたくないから、カメが盗まれたこと黙っててくれますか?」

佳純は江崎さんを少し睨《にら》むように一瞥し、僕らに向き直る。「彩夏ちゃん、たぶん自分も探すって言い出すと思う。そうなるとお店に迷惑が……」

佳純もカメの失踪は知っているようだ。

「国府田が飼ってたカメなんだったら、知らせた方が……」と僕。

「もともとは彩夏ちゃんのカメじゃないんです。元の飼い主の人が転勤で……転勤先が動物が飼えなくて、仕方なく彩夏ちゃんに預けていったんです。それで、二年前、彩夏ちゃんが引っ越すとき、悠一……うちの生物部の部長が飼育を引き継いで……」

引き継いだ先の家がリフォームのため、ウジヤスとウジマサは一時的に江崎邸に移されていた、と佳純は説明した。

「盗まれたんなら、写っていた子供が何か事情を知っている可能性があります」

僕は言いながら画像を見る。薄暗く、手前に木々があるせいで顔はよく見えない。

「この辺のガキは大概知っとるが、この子は知らんの。七里の子じゃろう」

江崎さんが言う。「最近は知らん住民が増えてしもうた」

「今から子供を探すのは、難しいですね」

外はもう暗く、バスケ少年も帰宅した可能性が高い。ヒントは動画だけだ。見た限り、地面に掘り返されたような跡はなく、ウジヤスを隠せそうな木陰や箱、遮蔽物《しゃへいぶつ》も見当たらない。芝生の他はバスケットコートのみ。動画には少年がバスケットコートに戻っていく姿も映し出されている。そして、少年がバスケットコートを横切り、少し明るい場所に出た瞬間、ディスプレイに目が吸い寄せられた。遠目だが、横顔が確認できた。

川野とぶつかった少年、貴明によく似ていた。川野は全く気づいていないようだ。

「国府田は無理でも、僕らは動けます。こっちには実際に目撃者がいるわけですし」

僕は提案する。「Tシャツを買っていただいたお礼もしていませんし」

「いや、客人にそんなことはさせられん。まあ、その心だけいただいておくかの」

江崎さんの口調が、微妙に変化したような気がした。

4　青井佳純　九月二十三日　金曜（祝日）

伝爺の家を出ると、既に暗くなっていた。わたしは坂を下りながら悠一のケータイに電話を入れ、ウジヤスの目撃情報を伝えた。

『じゃあ、上の街の方探してみる』

悠一が応える。悠一はウジヤスとウジマサが持ち込まれていないか、鎌倉市中心部から藤沢方面まで、何軒ものペットショップを訪ねて回っていたという。

「このこと、藤堂の家には知らせないでおくことにしたの」

彩夏に、とはあえて言わない。「鷹羽高の人も伝爺も、納得してくれたから」

伝爺は準備が整ったら、もう一度バイクで探しに出るという。設楽君と川野さんの前で演じた、探《さぐ》り探りのアドリブだったけど、伝爺とのアイコンタクトはうまくいったと思う。

『確かに合わす顔ないよな。でも見つからなかったら、国府田に話して、力を借りないと。とにかくこれは、俺と伝爺の問題だから』

一方的に切られた電話。深呼吸して、涙はこらえた。

勉強はできるけど、見た目は少し地味で、スポーツもそれほど得意じゃなくて、興味があるのは生物で、浮いた噂は一切ない。それが、悠一だった。頼られるのはテストの前くらいだけで、女の子たちも、外見の良さ、スポーツやキャラで目立つ男たちばかりを見ていた。でもわたしは知っている。悠一が実は情熱家で、責任感が強くて、笑った顔がとても優しいことを。幼馴染みの特権。わたしだけの悠一。告白はしていないけど、お互い通じ合っている。中学の時は、そんな状況に浸っていられた。

でも、中学三年の春、彩夏が引っ越すとき、悠一はわたしの想像以上に彩夏との別れを惜しみ、悲しんだ。確かに、彩夏のお母さんは獣医で、彩夏も動物、特にほ乳類の飼育や生育に関することは、誰よりも経験が豊富で詳しくて、中学時代の生物部の活動は、ほとんど悠一と彩夏の二人三脚だったけど……。

悠一の、彩夏への信頼の大きさを肌身で知った。

高校に入り、わたしは生物部の副部長になって、悠一を一生懸命補佐した。がんばっている姿を見て欲しかった。でも、ウサギには触らせてくれない。わたしはただの小間使い。ずっと悠一のそばにいられるのだからと、不満に思わないようにした。悠一にとって彩夏は、単に生物部の相棒として頼れる存在でしかないはずだったから。

去年の夏休み、『ドラゴン・ストップ』でバイトするため、一週間だけ里帰りした彩夏。夜、ふたりで出かける悠一と彩夏を偶然見かけ、あとを追った。行き先は学校だった。そっとのぞくと、悠一は、彩夏とふたりでウサギの世話をしていた。悠一は、めったに見せない笑顔で、誰にも触らせないウサギを、彩夏に任せていた。胸の奥に小骨が刺さったような感覚。大丈夫、彩夏は恋愛とは無縁の、絵に描いたような人見知り系地味少女——その時も、自分にそう言い聞かせた。

だけど、その彩夏が今年、見違えるほど綺麗になって稲村ヶ崎に戻ってきた。モデルのような女の子と、クールな感じの男の子を引き連れて……。

5　設楽洋輔　九月二十三日　金曜（祝日）

「あれは逃げたカメじゃなくて、ここで死んだカメの幽霊なんだよ。だから消えたの」

川野がつかんだミドリガメを振り回しながら言う。

「もっと現実的な視点に立ったほうがいいと思うけど」

僕と川野は、主のいなくなった家で、留守番をしていた。がらんとした日本間にふたりきり。江崎さんは『ドラゴン・ストップ』に電話を入れてくれ、帰り道のわからない僕らのために彩夏に迎えに来るよう頼むと、川野の目撃情報を基《もと》に、逃げたカメを探すべく、バイクで出かけていった。佳純も捜索に加わるという。

「つべこべ言わずにさ、実際見てみればいいじゃん。刑事ドラマでほら、現場お百度参りってよく言うじゃん」

たぶん〝現場百遍〟と言いたかったのだろう。用語の使い方はともかく、川野もたまには真っ当なことを言う。

僕は機材バッグからデータ保存用のノートパソコンを取りだし、ネットにつなぎ、グーグルマップを呼び出す。道なき尾根を越えるという荒技は使いたくない。しかし、一目で落胆する。バスケットコートがある公園（正式名称は七里ヶ浜ハナミズキ公園）まで行くには、坂を下り、駅前の道を迂回《うかい》しつつ、尾根を大きく回り込む必要があった。

江崎さんがバイクで行ったのもうなずける。七里ヶ浜は、基本的に海岸の近くまで山が迫った地形だ。稲村ヶ崎の街も尾根や丘陵部に張り付くように広がっている。しかし、マップを航空写真に切り替え、表示の倍率を下げると、特異な街並みが浮き彫りになる。

稲村ヶ崎のすぐ北西、ひとつの尾根を境に、碁盤《ごばん》の目のような住宅地が広がっていた。山を削ってつくられた新しい住宅地だ。住所は『七里ガ浜東』。航空写真だけでも、高級そうで瀟洒な住宅が立ち並んでいるのがわかる。そう言えば、川野に水をかけた車が登っていったのは、七里ガ浜東へと続く道だった。

稲村ヶ崎と七里ガ浜東は背中合わせ。そして、背中同士を行き来する道はない――

「やっぱあの崖登るのが一番早いね。わたしもう一回行ってくる。さっきは公園まで降りなかったし」

「国府田が迎えに来るのに」

それ以上に、川野が〝現場〟を踏んだところで、何かがわかるとも思えない。

「だったら、設楽はここで待ってなよ」

川野は玄関から靴を持ってくると、「じゃ、行ってくるね」と庭に降り、カンガルーのような足取りで闇に溶け込んでいった。直後に、斜面を登るガサガサという音だけが響いてくる。ため息。しかし、川野がいなくなったことで、思索に没頭できる。

まず、逃げたカメの価値を考える。江崎さんは預かったカメと言っていた。『転勤していった元飼い主』がそれなりの人物なのだろう。先程の江崎さんと佳純の態度を見ればなんとなく想像はつく。

――ぎゃっ！

悲鳴のようなものが聞こえたが、川野の声だったので無視して考察を進める。

もうひとつ、貴明の存在も無視はできなかった。川野の動画に映っていた少年を貴明と仮定するなら、そして貴明がカメ失踪に関わっているのなら……端的に言えば盗んだとするなら、『たまに動物性タンパクが必要だな』という江崎さんの言葉も、重要な意味を帯びてくる。川野にぶちまけた芋虫と得体の知れないペースト状の物体も、カメのエサと考えることができる。川野と衝突したとき、貴明は明らかに焦っていた。盗んだという罪悪感から生じたものとすれば、不自然ではない。ただ、貴明が稲村ヶ崎の子供ではないとするなら、江崎さんのパーソナリティーや行動パターンなど、簡単には把握できないだろう。

『やっぱあの崖登るのが一番早いね』

無意識にだろうが、川野は犯人にとって最良の犯行経路を示した。カメが江崎邸に一時的に移されたという事実と、江崎邸の立地を把握していなければ思いつかないだろうが、これは稲村ヶ崎に協力者がいれば解決する。とりあえず貴明を探す——そこまで考えたところで、玄関がガラガラと開く音がした。

「設楽君？　愛香ちゃん？」

彩夏の声。僕が「縁側の部屋にいる」と応えると、たんたんと軽やかな足音とともに、彩夏が姿を見せた。

「あれ、愛香ちゃんはどちらに？」

「ちょっとした探検に」

紫のチュニックから出る、レギンスパンツに包まれた細い脚。着こなしは悪くない。岡江のアドバイスを守っているようだ。

「探検？」とちゃぶ台の向かいに座った彩夏が、メガネをかけていないことに気づく。

「メガネは？」

「バイト中に壊れてしまいまして……あとで直していただけますか？」

彩夏はポケットから、ツルの曲がったメガネを取り出した。ただ、メガネのない彩夏の顔は新鮮で、華が感じられた。もう少しで、川野に次ぐ〝岡江専属モデル〟に相応しくなるだろう。

「そうそう、さっき佳純ちゃん来ましたよね。佳純ちゃん、生物部の副部長で悠一とはステディな仲なんですよぉ」

彩夏は、七里ヶ浜学園高校生物部の部長で、幼馴染みの草凪悠一が、僕らのところに挨拶に来るはずだったが、急に来られなくなったと説明した。ウジヤスとウジマサの捜索だろう。

「ふたりね、中学の頃からおつきあいしてて……もう高校生なんだから、もうそれはそれは、それなりに……」

彩夏は少し頬を紅潮させてうつむく。その脳内妄想劇場で、佳純と悠一はいったい何をさせられているのだ？　と思ったところで、暗闇から聞き慣れた声――

「設楽！　今度は伝ちゃんが消えたよ！」

6　青井佳純　九月二十三日　金曜（祝日）

机に置いたケータイをじっと見つめる。悠一からは電話もメールもない。まだ探しているのだろうか。こちらから電話かメールして、うざく思われないだろうか。でも、不安で声を聞きたいという衝動も強かった。

階下で玄関が開く音。もしやと思い、部屋を出て、階段を半分まで下りる。

悠一ではなく、弟の真人《まさと》だった。

「こんな時間までどこほっつき歩いてたの」とキッチンの方から母の声。

「言ってなかった？　緒川《おがわ》さんのお別れ会」

真人が応える。確か、真人と同じ五年二組の女の子だ。

「それ、昼食会って言ってたじゃないの」と母。

「緒川さん、また体調崩してさ、大事をとって病院に行ったの。それで夕食会になったの」

「それにしたって遅いじゃない」

「別にいーじゃん」

真人は面倒くさそうに言うと、階段を上ってくる。目が合う。

「ねえ、悠一見なかった？」

「見てないよ」

真人は素っ気なく言うと、わたしの脇を通り過ぎ、自室に引っ込んだ。

突然、脳裏に川野さんが撮ってきた映像がよぎる。バスケットコートにいた少年――

真人の友達の貴明君に似ていた。

　わたしは階段を上り、真人の部屋の扉を開ける。

「真人、貴明君の家さ……」

「ノックくらいしろよ！」

　着替え中でパンツ一枚だった真人は、非難がましい視線を向ける。

「貴明君の家って、確か東二丁目の……連絡とれない？」

「タカに何の用だよ。あいつん家《ち》厳しいから、夜は無理だよ。明日にしろよ」

　追い出されるように自室に戻り、ケータイの前で深呼吸する。貴明君の存在は、ウジヤスとウジマサを見つける突破口になるかもしれない。

　十年以上前の記憶がフラッシュバックする——国道沿いの駐車場での決闘。健介さんひとりに対し、相手は七人。物陰からのぞいているわたし。健介さんは囲まれ、ケガをし、鼻血を出していた。そこに蘭ちゃんが、あの病弱だった蘭ちゃんが兄のために消毒薬を持って割って入り、巻き込まれた。蘭ちゃんのケガ自体はたいしたことなかった。ちょっと膝小僧を擦りむいただけ。だけど、健介さんは相手を許さなかった。七人全員を病院送りにし、警察に捕まり、鑑別所に行った。今でも、はっきりと記憶している。怒り狂った藤堂健介の羅刹《らせつ》のような姿。蘭ちゃんのことになると、見境がなくなる野獣——

大丈夫。わたしには悠一を救う策がある。ケータイを手にとる。

7　設楽洋輔　九月二十三日　金曜（祝日）

転がり込んできた川野のせいで、カメ失踪が、彩夏にバレてしまった。ウジヤスとウジマサの名は出さなかったが、江崎さんが飼っているカメのうち、二匹が盗まれたことを話さざるをえなかった。そして、川野にバトンを渡す。

「またほんの何秒かで消えたの。今度は探し回ったけど、ほんとどこにもいなかったの」

興奮気味に話す川野が撮ってきた動画――

暗い公園。遠くにある街灯が、少し先にあるバスケットコートの一部を照らしている。カメ消失の時と同じカメラポジション。同じアングルだ。規則的に植えられた細い木々の間の暗がりに蠢く影。背を曲げた人間の後ろ姿にも見える。

「なんかいたから、動画モードで撮り始めたの。機転利くでしょ」

川野が得意げに解説を入れる。裸眼の彩夏が、目を細めて動画に見入っている。

『伝ちゃん？』

川野が声をかけると、影がすっと立ち上がって振り向き、通せん坊をするように両手を大きく広げた。暗い上、手前の植え込みのせいで見えづらかったが、僕には小柄な背の曲がった老人がこちらを向いたように見えた。

『伝ちゃん、カメは見つかった？』

川野が声をかける。影はこちらの様子をうかがっているようで動かない。

『わたしだよ、愛香！　今そっちに……ぎゃっ！』

突然画面が乱れた、というか、派手に回転していた。どうやら尾根を越えようとして、斜面を公園側に転げ落ちたようだ。僕が聞いた悲鳴は、たぶんこれだ。画面が静止したのは、およそ五秒後。川野は上手く受け身をとり、素早く体勢を立て直したが、影が立っていた場所には、誰もいなかった。

『またぁ？』と川野の声。

再び画面が動く。辺りを見回しながら、公園内を歩き回っているようだ。確かに街灯は疎らで、暗くはあるが、ほんの数秒で人が隠れられるような場所はない。樹木も小型のもので、とてもではないが人が隠れられる太さはない。

「ハナミズキですね」と彩夏。「まだ若いし、登れるような木じゃないですね」

デジカメを持った川野は、バスケットコートまで行ったが、やはり人の気配はなく、がらんとした空間が広がっているだけ。

『もしかして……おばけ？』

喉から絞り出すような声がスピーカーから漏れだした直後、映像がものすごい勢いで動き、乱れ、途切れた。

「怖くて逃げてきたの？」と彩夏。

「お腹すいただけ」と意味不明の言葉で強がる川野。

それにしても、今度は江崎さんの消失？　実際、目にしたのは川野だが、デジカメから直接再生した動画は細工不可能で、川野にも細工するような知恵があるとは思えない。

一応、最初のカメが消えた顚末《てんまつ》を話し、画像も彩夏に見てもらったが、首を傾げるだけだった。

彩夏のケータイが鳴った。

「あ、悠一！　久しぶり、元気だった？」

電話に出た彩夏の顔が、喜色に彩られる。「……うん、ウサギさんたちは元気？」

彩夏の幼馴染みで、佳純の恋人だという生物部の部長か。体が反応し、川野のデジカメを手に取ると、微笑を浮かべ近況を話す彩夏を撮影する。夏休み前は、引き攣《つ》った愛想笑いがほとんどだったが、この笑みは自然で可憐で〝活きて〟いる。

「伝爺のカメがいなくなったのは聞いた……え、伝爺が？」

笑みが消えた。「連絡が取れないの？　今、伝爺の家にいるんだけど、留守番お願いした設楽君たちを迎えに来て、戸締まりしてくれって連絡もらって……」

彩夏は電話の相手としばらく言葉を交わし、切った。

「伝爺……伝次さんと連絡が取れなくなったって」

江崎さんがバイクで出かけて、二十分程か。だったら川野が見たのは？

岡江の力が必要だった。


彩夏がポストの裏に隠されていた鍵で（！）勝手知ったるように戸締まりをして、川野は洗濯機から乾燥まで済んだ衣服を回収して、僕らは江崎邸を辞した。

「草凪って人も、佳純ちゃんもカメ探しで一緒に遊べないって、タイミング悪いよね」

川野が紙袋を振り回しながら言う。ここには野鳥を撮りに来たんだろ、などと野暮なツッコミは入れない。僕らは坂を下り、駅前の商店街と狭い路地を抜け、十分ほど歩いて、『ドラゴン・ストップ』に戻った。午後八時を過ぎていたが、一階のレストランはまだ営業中だった。マッチョオーナーとオーナー夫人（美人！）に遅くなったことを詫び、レストラン脇の白い木造の階段を上った。

二階と三階にツインルームが四部屋ずつの造り。四階は藤堂夫妻の住居だ。

２０１に川野と彩夏が宿泊し、２０２は僕が独占させてもらっている。各部屋にバスルームはあるが、『ドラゴン・ストップ』の売りは屋上にあるオーシャンビューの南国風半露天風呂（男女時間入れ替え制）だった。

部屋に入り、荷物を置くとノートパソコンを起動させ、岡江に電話を入れる。

『首尾はどう？』

岡江の男にしては艶《つや》やかな声が鼓膜をなでる。

「海辺の川野は綺麗だったけど、岡江の口に合うかどうか」

『まあいい。楽しみにしているよ』

岡江和馬は、眉目秀麗成績優秀だが、性癖特殊の友人だ。僕はその岡江の密命を受け、川野をモデルとしたフェチ写真の撮影を〝副業〟としていた。手法は〝盗撮〟。岡江好みの写真が撮れれば、高額でデータを買い取ってくれ、懇切丁寧な学習指導を受けられる。成績不振、経済状況不安の僕は、必要に迫られて岡江ワールドの住人となっているのだ。

『それと、国府田彩夏の開発具合は？』

「外見は随分垢抜《あかぬ》けてきたけど、内面はなんか変になりつつある」

岡江は『ふふっ』と笑う。『彼女の場合、内面を変える必要はない。ビジュアルを川野愛香に準ずるまでに高め、内面はそのまま。そのギャップからフェティシズムは生まれるんだ。そう、彼女自身がお嫁に行けないと嘆けば嘆くほど、彼女からは溢れる蜜のような……』

「えー、えー、わかったから」

要は彩夏の内面変化にストップをかけろということだ。僕は岡江を遮り、本題に入る。

「実はまた人が消えた。ついでにカメも」

僕はことの経緯を話す。岡江も脳機能を切り替えたようで、静かに僕の話を聞いた。

『君が見たこと、聞いたこと、撮影したもの、川野愛香が撮影したもの全てをぼくに送ってくれ。あと、江崎邸の裏庭の構造と、尾根を挟んだ公園の位置関係、君の見解も文書にして一緒に送ってくれ』

岡江の要求は簡潔だった。僕は川野のデジカメのデータを含む、全ての画像データ、動画データをノートパソコンにコピーし、岡江に送信した。

次に、今日起きたことを箇条書《かじようが》きにし、若干の印象や考察を加え、メールする。

ノックもなしにドアが開いた。あほ丸出しの笑顔がはち切れんばかりの川野だった。

「ご飯出来たって、設楽！　おっなか空いたよね！」

考えることは多かったが、確かに空腹だった。


一階のレストランでは、窓際の席が確保されていた。カウンターには地元の人らしいバーコード頭の中年。僕と川野が向かい合って座っていると、彩夏とオーナー夫人の奈々子さんが料理を運んでくる。格安で泊まらせてもらっているのだが、サーモンとヒラメのカルパッチョ風と、シーフードのグリル、パエリアと、見た目にもカラフルな皿

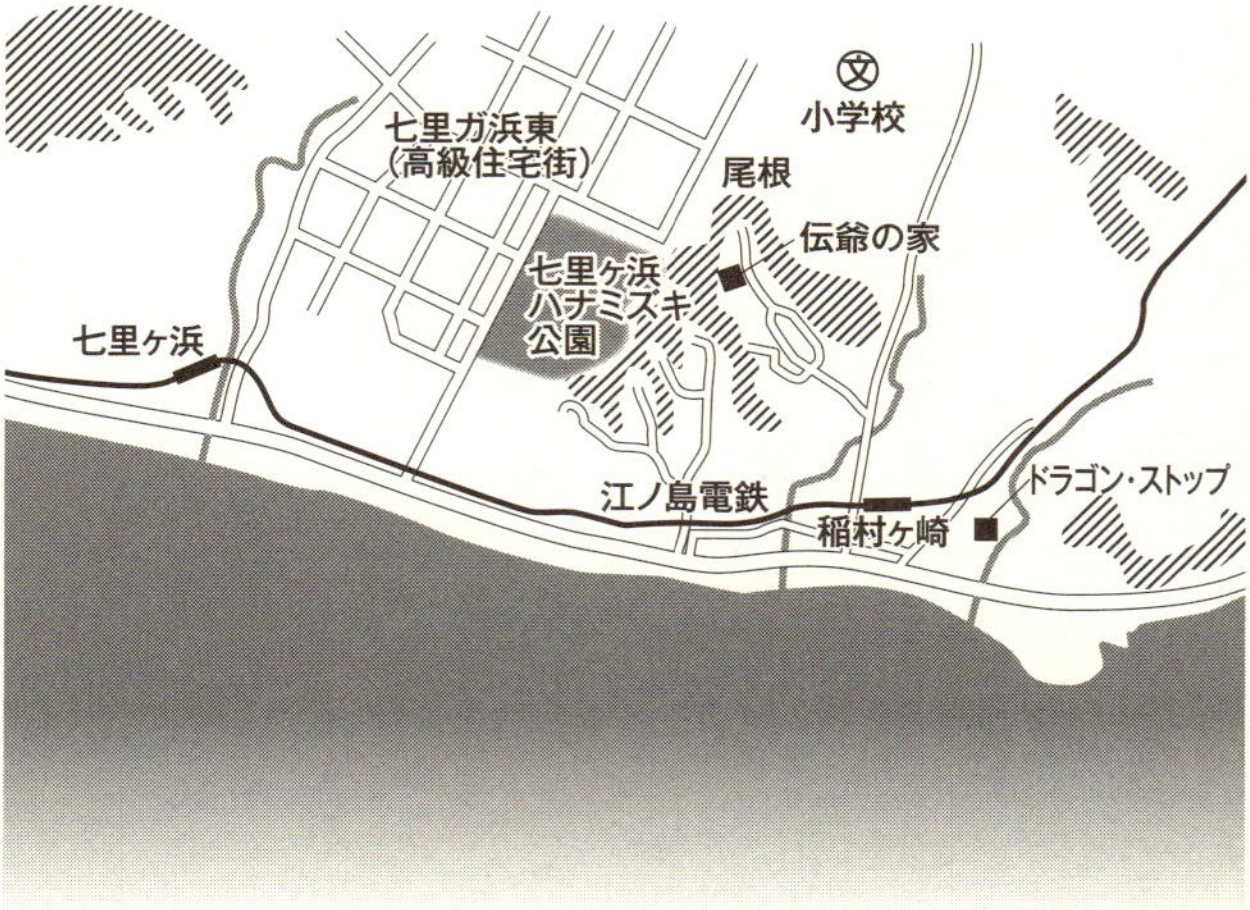

七里ガ浜東
（高級住宅街）
小学校
尾根
伝爺の家
七里ヶ浜
ハナミズキ
公園
七里ヶ浜
江ノ島電鉄
稲村ヶ崎
ドラゴン・ストップ

が目の前に並んだ。丁重に丁重に感謝の辞を述べた。

一緒に料理を運んできた彩夏が、そのまま川野のとなりに腰掛ける。窓から見える夜の海と街明かりは、岡江に毒されつつある僕の心に、素直な感動を与えてくれる。ひげ面で（でも優しそう）筋骨隆々のオーナー、藤堂豪太さんがつくった料理は、どれもおいしかった。

「明日ね、わたしの大好きな健ちゃんが帰ってくるんです」

食事も進みリラックスしたのか、彩夏は目をキラキラさせて言う。

「健ちゃんて、恋人さん？」と口から海老《えび》の尻尾《しっぽ》を出している川野。

「ううん、従兄なの。豪太のお兄さん」

藤堂健介。それが、彩夏の大好きな従兄だという。

「明日歓迎会ここでやるから、君たちも一緒にどう？」

カウンターから奈々子さんが声をかけてきた。

「なんだ？　キョシンヘイが帰ってくるのか？」

カウンターに残っているバーコードさんが、素っ頓狂な声で反応した。「だったら明日は急患が大量に来るかもしれんな」

「弁野《べんの》先生、大袈裟《おおげさ》ですよ。兄貴ももう大人ですし」と厨房から豪太さんの声。奈々子さんも「そうですよ」と笑っている。

「何を言う、伝説の暴れん坊だろう、健介は。今頃神奈川県警も出動準備しとるぞ」

バーコードさんは言って、ガハハと笑う。文脈からキョシンヘイ＝巨神兵と推測する。

「ミナミの藤堂と言やあ、大阪府警も泣いて謝るリーサル・ウェポンだ。ひとりで機動隊一個小隊分に匹敵する戦力を持ってるという話を聞くな」

ケータイでそっと検索し、機動隊一個小隊が、約三十人で構成されていることを知った。

「信じないでくださいね。気は優しくて力持ちのタイプなんですから、健ちゃんは」

彩夏が小声で言う。〝弁野先生〟は地元の開業医だという。とにかく、親族か親しい人以外には、一撃で街を火の海にする巨神兵的な存在なのだろう。

転勤した街の人――大阪の巨神兵。これで、僕の中で筋道が構築された。江崎さんと佳純の狼狽《ろうばい》と、巨神兵・藤堂健介の帰還は、おそらくリンクしている。

食事を終え、川野は上機嫌で露天風呂へ行き、僕は２０２号室に戻り、資料作成の続きを始める。暫くして、ドアがノックされた。彩夏だ。僕は部屋に招き入れる。

「ところで、江崎さんのこと、警察に相談した方がよくない？」

僕が言うと、彩夏は、少し緊張した面持ちでサイドテーブルのイスに腰掛ける。

「伝爺……ひとりでふらりと出かけることがよくありまして、近所の人も、二日三日いなくても気にしないんです。長く家を空けるときは、悠一か佳純ちゃんにカメの世話を頼んでいくんですけど……」

すぐに警察へ通報というわけにはいかないようだ。気まぐれな老人の気まぐれな行動である可能性が強いうちは。

「明日まで様子を見て、帰ってこなかったら警察に届けることを考えよう。いいね」

「はい、それはいいですけど、あの、鍵はかけないんですか」

彩夏の表情が、不安と期待と恥じらいが入り交じったなんとも言えないものに変わる。

「わ、わかりました、み、見つかるかもしれないというスリルがたまらないんですよね」

何を勘違いしているのか、不自然なまでに胸元を開け、無防備な体勢を取っている彩夏に咳払いしつつ「見てもらいたいものがあって」と声をかけ、ノートパソコンを向ける。

「と、盗撮した……わたしの、は、恥ずかしい姿ですか?」

彩夏は頬を赤らめ僕の隣に来ると、不必要に体を押しつけてきながら、ディスプレイを覗き込む。僕は「違うから」と言いながら、川野が撮った動画を呼び出した。バスケットコートに立つ少年。僕は動画を静止させ、画面を拡大《ブローアップ》させる。

「この子を探している。名前は貴明」

川野と衝突して、川野の服を汚したとき、貴明は『その服、うちで洗濯するよ』と言った。近くに家があるということだ。「小学校五年か六年くらいだと思う」

彩夏に、この少年がカメの行方を知っている可能性があると説明する。

「見覚えないです。七里の住民かもしれません。でもこの辺の子なら通う小学校が同じはずだから、佳純ちゃんに聞いてみましょう。五年生の弟がいるから」

彩夏はどこか名残惜《なごりお》しそうに立ち上がった。

『ドラゴン・ストップ』から極楽寺《ごくらくじ》方面に歩いて五分の線路沿いに、青井佳純の家はあった。上がり込むのは遠慮し、玄関先で佳純に事情を説明する。

「佳純ちゃん、この子探してるの」

僕は彩夏が言ったタイミングで、持参したノートパソコンのディスプレイを、佳純に向ける。ディスプレイを見た佳純の表情がわずかに翳《かげ》る。

「わからない」と佳純。

「真人は？　真人なら知ってるかも」

彩夏は佳純に言う。佳純は少し困ったような顔で「どうかな」と呟く。

「真人！」

彩夏が珍しく声を張り上げる。直後、階段の上の扉が開いて、短髪で佳純によく似た少年が顔を出した。

「うお、彩夏！」

真人は叫ぶと、階段を駆け下りてきた。「いつ帰ってきたの？　いつまでいるの？」

真人は、躊躇なく彩夏にハグし、彩夏も応え、再会の儀式を済ませる。

「設楽君、こちらが真人です」

彩夏は真人から離れ、紹介してくれる。「真人、伝爺のカメが逃げちゃったの知ってる？」

「そうなの？」と真人。

僕は簡単に自己紹介をしたあと、ディスプレイを真人に向ける。

「すげえ、このパソコンいくらしたの？」と言いながら、真人は拡大された少年の姿を見る。「あ、貴明だ」

やはり、この少年は貴明だった。全てが僕の推測通りに、事が結びついてゆく。

「こっちは緒川さん。同じクラスの緒川麻里菜《まりな》」

オガワ・マリナ？　気がつくと、真人が勝手にパソコンをいじっていた。僕はディスプレイを見直す。バスケットコートの動画の次に保存したクラウンの写真が表示されていた。川野に水をかけ、走り去った、美少女が乗った車。

「今日、この子のお別れ会だったんだ」

緒川麻里菜はもともと東京に住んでいたが、生まれつき肺が弱く、一時的に空気がいい七里ヶ浜に越してきたと真人は少し興奮気味に語った。

「……それで、こんど長野に引っ越すことになって。で、貴明さ、緒川とずっと生き物係一緒にやってて、緒川のこと好きだから……」

そこまで言って、真人ははっと口をつぐむ。「あ、誰にも言うなよ。貴明が緒川好きなの、クラスのみんなにはバレバレだけど、貴明はバレてないと思ってるからさ」

どうにかして貴明に会わないと――と思っていたら彩夏が真人の両肩に手を置いた。

「ねえ、貴明君の家まで案内してくれる？」

彩夏が先回りしてくれた。真人に対しては、僕が言うより説得力があるだろう。

「わかった」と案の定、真人は即答した。

「ちょっと待って真人、家厳しいんじゃないの？」と佳純がなぜか慌てる。

「外から家を眺めるだけでいい」

僕は間髪容《い》れず言う。ケージを見る限り、消えたカメはドリー、テリーに近い大きさと考えられる。そんな大きなカメを、屋内で預かることができるのか確認できればいい。

彩夏と並んで先頭を行く真人は、山側ではなく、江ノ電の線路に沿った住宅街の道を行く。ふたりから少し離れて、僕と佳純。彩夏が真人との会話に夢中になっているのを確認し、「実は」と佳純に声をかける。

「行きがかり上、国府田に江崎さんが飼っているカメのうち、二匹が盗まれたことは伝えてある。でもウジヤスとウジマサのことは話してない」

「ごめんなさい、気を遣わせてしまって」

佳純は視線を落としたまま、口許だけで笑みを描く。

江の島方面に十分ほど歩き、左手に国道と七里ヶ浜駐車場、そして夜の海が見えてきた所で右に折れ、線路を渡り、山側＝閑静な住宅街に入る。緩やかな斜面に庭付きの瀟洒な住宅群。碁盤の目のような道。真人は、白壁の家の裏手で立ち止まった。

「ここだよ、貴明ん家」

真人は振り返り、小声で言う。夜の住宅街。確認は手早く済ませなければ不審人物扱いされかねない。生け垣の隙間からそっと庭をのぞく。庭に大型のカメはおろか、カメが入るような小屋やケージはない。家の規模も、外見こそ高級そうだが、大きさは普通だ。早足で正面玄関に回ってみるが、玄関脇に犬小屋すらない。

「真人君、貴明君の家はペットか何か飼ってる?」

「いや、貴明んとこお母さんが動物嫌いで、インコすらダメだって」

「それ最初に言ってよ、ばか」と佳純が脱力したように言った。

だったら家の中はあり得ないだろう。ならば、今夜中の特定は無理だ。

国道に続く坂に戻ったところで、佳純のケータイが鳴り、それが合図のように真人は

「もういいだろ、彩夏また明日な」と先に帰ってしまった。

路地の闇に消える背中を見ながら、真人の行動に、少し疑問を覚えた。

彩夏に『いつまでいるの？』と聞いた割には、あっさりと帰った。この場合、一緒にいたいものなのでは？　真人も女の子に興味を持つ年齢で、今の彩夏はそれなりに綺麗だ。貴明について、何か疚《やま》しいことが？

江崎邸へのウジヤス、ウジマサの一時移動、江崎邸の立地や江崎さんの行動を把握できうる人物——真人はその条件に十分当てはまる。しかし——彩夏に、江崎さんのカメがいなくなったと聞かされ、『そうなの？』と応えた真人の顔は、本気で驚いていたように見えた。咄嗟に嘘をつき、演技したようにはとても見えない。

真人は、江崎さんのカメが失踪したことを知らなかった。そう判断していいか。ならば、僕の考えすぎか。該当者は他にいるということ。

佳純が電話を切った。

「悠一、ここに来るって。悠一の方も、収穫はないみたい」

「貴明君の情報、空振りで申し訳ない」

僕が言うと、佳純は落胆を振り払うように、「そんなこと言わないでください」と首を横に振った。

数分後、国道に面した歩道で待っていると、山側＝七里ガ浜東からスクーターがやって来て、僕らの前で止まった。降り立ったのは、Tシャツにジーンズ姿の男。

「悠一」と彩夏が喜色を浮かべる。

草凪悠一はヘルメットを取ると、佳純と彩夏を一瞥し、少し強ばった表情で僕を見た。

「悠一、こちら写真部の設楽君」と彩夏。

「草凪です。話は国府田から聞いています」

いかにも生物部という、少し地味目な印象。しかし、顔立ちは端正で、理知的だ。僕は自己紹介のあと、貴明の自宅を調べるに至った経緯を説明する。

「少なくとも大型のカメはいなかったし、飼える環境もないことがわかった」

「巻き込んでしまって済まない。俺がきちんと管理していれば」

「なんで悠一が責任感じるの？」

彩夏の言葉に悠一は驚いたように目を見開き、すぐに取り繕うような微笑を浮かべる。

「もともと俺が人から預かってたカメで、伝爺に世話してもらってたんだ」

「そうなの？」と彩夏が言うと、佳純が「そう」とうなずいた。

「盗まれたんなら、外を探しても見つかる可能性は低いと思うな。江崎さんのことも含めて、明日進展がなかったら、警察に届けたほうがいいと思う」

「そうできたらいいんだけど……」

悠一は疲れたように言った。

悠一は今夜の捜索を打ち切り、スクーターを飛ばし、自宅へと帰っていった。

僕らは線路沿いの道を稲村ヶ崎方面に戻ってゆく。

「ねえ彩夏ちゃん、これ以上首を突っ込まないでくれないかな」

先頭を歩いていた佳純が立ち止まり、思い詰めたように言った。僕も彩夏も立ち止まる。

「どうして？　悠一ひとりじゃ大変だし、佳純ちゃんも大変だし」

「そうやって何も知らないふりをして……善意を押しつけて……前からそうだったよね」

佳純の声が、揺れる感情をまとう。言った本人が、自分の言葉に驚いているようだ。

「どうしたの佳純ちゃん……」

彩夏の笑顔が、いつもの引き攣ったものに変わる。

「そんな……何も理解してませんて顔でわたしを見ないでよ。悠一のことは、わたしがなんとかするから、彩夏ちゃんは奈々ちゃんを手伝ってて」

強い感情と焦りを含んだ佳純の目。カメのこと、ではなく『悠一のこと』と自覚せずに口にしてしまうほどの、張り詰めた緊張感。彩夏との過去はわからないが、状況はなんとなく想像がついた。佳純は彩夏をライバル視している。さっきの悠一と佳純の間にあった、微妙な空気――関係がうまくいっていない？

「わかった。カメの件にはこれ以上関わらない。ただ、江崎さんがいなくなったのは、見過ごせない。僕らは江崎さんを探すことに専念するよ」

僕は言い、絶句している彩夏に向き直る。「先に帰っててくれないか。僕もすぐ帰るから」

彩夏は潤んだ目で僕と佳純を見比べたが、黙ってうなずき、「またね」と佳純に声をかけ、悄然と夜の道に溶け込んでいった。

佳純も後悔したように頭を振り、何度も深呼吸したあと「ごめんなさい」と呟いた。

「ひとつ確認させてくれないかな。いなくなったカメは、藤堂健介さんから預かっていたもの？」

佳純はほんの一瞬息を呑むと、ゆっくり吐きだした。

「そうです。少し、危ない人で設楽君たちを巻き込むわけには……」

弁野先生が言っていたことも、あながち誇張ではないのだろう。

「わかった。何かわかったら連絡するよ。できれば、君と草凪君のケータイ番号教えてくれないかな」

佳純は少し迷ったようだが、それぞれの番号を交換し合った。

結局、朝まで江崎さんの消息はわからなかった。

8　設楽洋輔　九月二十四日　土曜　8:06am

朝食を済ませ、一度部屋に戻ったところで、ケータイが鳴った。岡江だった。

『今すぐ七里ヶ浜ハナミズキ公園に来てくれないか。待つのは好きじゃないんだ』

わざわざ鎌倉までやって来て、待っていたのか――

『川野愛香は連れずに、君ひとりで。できるかい？』

「たぶん」と応えておいた。岡江は『我がフェティシズムの最大の敵は、ターゲットと会うことで、被写体の現実を知ること』という理由で、川野と会おうとしない。

部屋を出たところで、朝食の片付けを終えた彩夏が上がってきた。僕は事情を話す。

川野は朝から露天風呂を満喫中だ。

「愛香ちゃんには伝爺の家の留守番をお願いして、伝爺が帰ってきたら設楽君に連絡する係にしましょう。設楽君はカメ探し係ということにして。わたしは今日もバイトで動けないと思いますけど、何かあったらなんでも言いつけてください」

「大丈夫。それで十分だよ」

彩夏が入浴中の川野を引きずり出し、鍵の在処《ありか》や役目をしっかりレクチャーし、僕はほっかほか状態の川野を伴って、岡江が待つ七里ヶ浜ハナミズキ公園に向かった。

彩夏から、巨神兵・藤堂健介の神奈川来襲の報を受けたのは、出発して五分後だった。

9 青井佳純 九月二十四日 土曜 8:32am

『健ちゃん、小田原に着いたって。つい今しがた連絡があった』

彩夏からの電話――まだ八時半を回ったばかり。朝一番で大阪を発ったようだ。

「どうしてわたしに知らせてくれたの？」

『設楽君が、そうしろって』

「わかった。設楽君には、ありがとうって言っておいて」

昨日、取り乱したのがばかみたいに思える。冷静になって考えれば、彩夏の設楽君への眼差《まなざ》しといい、彩夏に辛《つら》く当たったときの設楽君のフォローといい、ふたりの間には深い信頼と絆《きずな》が感じられた。彩夏はいい人を見つけたようだ。

『わたしは今日も豪ちゃんのところでバイトだけど、何かあったら連絡してね』

「うん。昨日はごめん。彩夏ちゃん、いつまでも友達でいてね」

間髪容れず『うん』と返ってきたとき、涙がこみ上げてきた。

ケータイの路線検索で、健介さんが最短で九時四十八分に稲村ヶ崎駅に到着することがわかった。朝いちで捜索を再開した悠一からは、まだウジヤス、ウジマサ発見の連絡はない。伝爺が見つかったという連絡も。

とにかく貴明君に会わないと。着替えて玄関に降りると、真人が自転車で出かけたところだった。荷物はない。サッカー部の練習ではないようだ。

「マーってどこに行ったの？」

わたしは奥にいる母に声をかける。昨日も帰りが遅かったし、少しだけ気になった。

「緒川さんの見送り会だって。九時半に学校の前に集合って話だけど」

奥から母の声が返ってくる。それにしては早過ぎる気がするが、見送り会なら同じクラスの貴明君も見送りに来るはず。九時半なら、ギリギリ九時四十八分までに駅に戻れるか。

それに、緒川麻里菜の見送りのことは設楽君にも伝えないと――

10　設楽洋輔　九月二十四日　土曜　8:49am

坂道を登り、江崎邸にたどり着いたが、江崎さんは戻っていなかった。警察への連絡は、悠一と佳純と相談の上になるだろう。

「留守番頼む。僕は一度向こう側の公園を見てくるから」

川野に言うと、川野は「任せといて。カメには野菜あげればいいんだよね」と目を輝かせていた。このまま鳥からカメに鞍替えしてくれた方が、撮影する立場としては楽でいい。

「よろしく」

僕は母屋の裏手に回り、ため息を兼ねた深呼吸をすると、尾根の斜面にとりついた。背中にノートパソコンとカメラが入ったバッグを担いでいたとはいえ、登り切るまでに川野の五倍の時間を要した上に、パーカの胸と、パンツの膝の部分が土で汚れてしまった。

尾根の頂に立つと、木々の間から公園が見下ろせた。下まで二十メートルほどか。慎重に傾斜を下ったが、所々剥き出しの切り株や大きな石もあり、転げ落ちても傷ひとつなかった川野の強運と体術に素直に感心する。

下まで降り、植え込みを越えると、岡江が悠然と立っていた。カメと江崎さんが消えたハナミズキのすぐ脇だ。手にはｉＰａｄ。

「結論から言えば、カメは貴明なる小学生とその一味が盗み出した」

岡江は挨拶もなしに話し始める。昨夜のうちに、岡江には、藤堂健介のキャラクターと帰還も含めた、全てのデータと僕の考察を追加送信していた。

「動機は、生き物好きで綺麗な緒川麻里菜との別れに際し、珍しい動物を見せてあげたいという、恋心を上手く表現できない少年のせめてものメッセージかな」

岡江はiPadのディスプレイを僕に向ける。空になったふたつのケージの画像。

「一味のうち、最低ひとりは江崎氏の生活習慣と稲村ヶ崎の状況を把握していた」

当然だ。早朝とはいえ、稲村ヶ崎の住宅街を大きなカメを持ったまま抜けるのは、目撃されるリスクが高い。犯人は、僕や川野と同じように尾根を越えたのだ。

問題はその共犯者が誰であるかなのだが。

「犯行とほぼ同じ時刻に、現場付近を歩いて回ったけど、現場から駅前まで、早朝からサーファーはいるし、老人たちの散歩も目立った。話を聞くと、江崎氏の散歩の時間は多くの人が知っていた。それで昨日の早朝、大きな荷物を持った小学生を見なかったか聞いてみたが、目撃証言はひとつもなかった。商店街の人もね」

早朝から聞き込みとはご苦労なことだが、電車のない時間にどうやって来たのだ。

「犯行が早朝、しかも江崎氏の散歩の間隙と際どいタイミングだったのは、犯人が深夜に外出できないという立場にあるから。つまり、主犯が貴明君という傍証になるね」

貴明は、家が厳しく午後八時以降外出できない――

「盗んだ側の論理だが、用を済ませたら、戻しておけばいいくらいの気構えだった。しかし、ウジヤスとウジマサは藤堂健介なる怪獣のような人物から預かったもので、その藤堂健介が今日帰ってくるために、江崎、青井、草凪の三名は慌てふためいた」

僕も昨夜のうちに構築できた、事態の構図だ。

「ただ、これだけではふたつの消失事件の説明はできないな」と僕。

「根本的なところで、何か錯誤がある」

岡江は言い、肩をすくめる。

「データが足りない？」

「データ？　君はまだこの公園の違和感に気づいていないのかい？」

岡江は腰に手を当て、ポーズを作る。「もっと限定すれば、このハナミズキに」

「木に何か細工が？」

僕はとても人間が登れそうにない木を見上げる。

「錯誤とは、君自身に掛かる言葉だよ。そもそも君はちゃんと川野愛香が撮った動画を見たのかい？」

今度は数メートル離れ、岡江とハナミズキを眺める。そして、気づく。縮尺が映像と違う。川野の動画より、実際目の当たりにしたハナミズキの方が小さく見える。

「気づいたかい。江崎氏の身長はいくつだい？」

「150センチくらいだと思う」

岡江は180センチ。しかし、岡江と江崎さんの身長差以上に、スケール感がちがう。

「これは消失の重要なヒントだね。このヒントを活かすために、当事者と会おうか」

「青井佳純？」

応えたところでケータイが鳴った。昨夜交換したばかりの佳純の番号だった。

佳純からの情報——九時半に小学校で緒川麻里菜の見送り会が行われ、貴明が来る可能性が高い。

川野同様、岡江も〝持っている〟存在だ。そして、岡江もどこかに電話していた。

佳純の電話から五分後、僕と岡江は、七里ガ浜東の高級住宅街を疾走するBMW・カブリオレの後部座席に並んで座っていた。オープントップで、直接風を感じ、事件に関わっていなければ爽快この上ない。長い黒髪をなびかせ、颯爽《さっそう》とハンドルを握っているのは、実写版ミネ・フジコのような美女だった。サングラスをかけ、白いサマーセーターに黒いスリムのレザーパンツを、少しラフに着こなしている。

「設楽君、和馬より素直そうで、真人間に近い印象だ、うん」

彼女が話しかけてくる。名は、岡江瑠衣《るい》。岡江の姉で、岡江三姉妹の二女だという。

二十代後半くらいか。ちなみに和馬は長男だが、立場的には末っ子だという。

「今度一緒にどっか行かない？」

瑠衣さんは言って、ミラー越しに僕を見る。「君となら楽しめそうだ」

「現実逃避に、友人を巻き込まないでくれるかな」

黄昏《たそがれ》チックな表情で外を見たまま、岡江が言う。

「和馬にはまだ社会人の厳しさはわかるまい。現実逃避は必ずしも後ろ向きな行為ではないのだよ。ジャンプのために屈む、という意味もあるのさ」

東京・鎌倉間のドライブは現実逃避の一環らしい。しかし、瑠衣さんがあの『丘ルイ子』だったとは。『別冊マーマレード』で『ビッチ・ストライク！』を連載している超人気マンガ家だ。コミックスは十七巻まで出ていて、累計二千万部超。ＢＭＷに乗っていてもおかしくはない。

「ま、和馬もいいタイミングで声をかけてくれたな。弟の急病ということで、仕事場を抜け出すことができたんだからな。ま、和馬の性癖は病気みたいなものだがな」

瑠衣さんは、宝塚の男役のようにはははと笑う。早く現場を踏みたい弟の要請を、姉が受けた、という形のようだ。

カーナビが目的地への到着を知らせ、車は真新しい小学校の前で止まった。手造りらしい花で飾られた校門の前に、担任らしい男と十数人の少年少女がたむろしていた。緒川麻里菜の同級生たちだろう。その中に佳純が交じっていた。

車を降りると、瑠衣さんは「メンズ漁《あさ》り」と称して、海の方へと走り去った。

岡江が「あの子が青井佳純？」と確認してくる。高校生は彼女ひとりだ。僕と岡江は小学生たちの間を抜け（岡江は女子小学生たちの視線を釘付けにしていた）、不安げに佇《たたず》む佳純へと歩み寄る。

「青井佳純さん？」

岡江が対女の子用セクシーちょい艶アンニュイボイスで語りかける。僕は目を白黒させている佳純に、岡江を紹介する。

「もともと今日合流する予定だったんだけど、カメがいなくなったと聞いて協力したいって。大丈夫、昨日言ったことは守るよ。こいつ、少し正義感が強すぎて」

済まないと思いながら、口から出任せを吐く。

「大体の経緯は設楽から聞いた。この中の誰が貴明君かな」

「それが……いないんです。真人も」

僕は周囲を見渡し、真人の不在を確認する。ケータイを見ると、午前九時二十五分。

「どうやら君の弟が犯人の一味だった可能性が高くなった。だったら君には緒川麻里菜の自宅に案内してもらいたい。彼女の自宅と、この小学校を結ぶ線のどこかに、ウジヤスとウジマサはいるはずだから」

真人が共犯者？　だったら昨夜の反応は矛盾している。それとも岡江には何か考えがあるのか。僕は「どうしてそう言いきれる」と反論してみる。共犯者候補の真人のことと、昨夜の反応についての情報も、岡江に送信していた。

岡江はため息をつき、僕を見る。

「順を追って説明しようか。主犯が貴明君なら、犯行機会は日中だけだ。本来なら、昨日のうちに目的を果たし、夕方にでも江崎邸に返しておけばいいとでも思っていたのだろうね。しかし、アクシデントが生じてしまい、イベントは今日に延期された。ぼくはそう考えている」

目的は、珍しいカメを緒川麻里菜に見せること。アクシデントとして思いつくのは――

「緒川さんの体調不良か」

「そう、緒川麻里菜は急遽《きゅうきょ》病院へ行き、それで昼食会だったはずのお別れ会は、夕食会になってしまった」

緒川麻里菜はおそらく鎌倉市中心部の病院に行き、午後、戻ってきたときに、彼女が乗ったクラウンが川野に盛大に水を浴びせかけたのだ。

「貴明君としては、昼食会の前か、終わってクラスメイトたちが帰ったあと、目的を果たしたかった。しかし、夕食会のあとでは、夜になってしまう。つまり、貴明君の活動時間外になってしまう。そのため、急遽エサが必要になった」

貴明が川野に浴びせかけた、芋虫とペースト状の物体――

「一度江崎邸に返して、翌朝また盗み出すのはリスキーだからね。貴明君は盗んだウジヤスとウジマサを一泊させる必要があった。そして、目的遂行のチャンスは今朝だけになった」

「別に夕食会なり、今この場にカメを連れてくればいいだけの話じゃないのか」

「君にはわからないのかい、少年の恋心が。彼は緒川麻里菜が好きなんだろう？　でも周りにそれは知られたくない。だから、なるべくなら一対一で自分たちだけのイベントを達成させたい。しかもその動物は無断で借りたものだ。悪戯感覚とはいえ、大勢の目にさらすのはリスキーだろう。そのくらい想像してくれないかな」

貴明の恋心は周囲にバレバレでも、貴明自身は胸に秘めているつもりなのだ。

「貴明君の協力者は、貴明君の自宅以外のどこかで一晩ウジヤスとウジマサを匿《かくま》った。そこがどこなのかわからない以上、貴明君の行き先に的を絞るしかないんだ」

「真人君を共犯者に考えた理由は」

「貴明君とともに不在なら、一緒にいる可能性を考えた。真人君は見送り会に行くと言って家を出たんだろう？　だったら貴明君と一緒に、独自の見送り会をしていてもおかしくないと思っただけさ。確証はないが、可能性は高いと判断している」

岡江は佳純に向き直る。「というわけで、君の力が必要なんだ、青井さん」

「あ、でもわたし、そろそろ行かないと」

佳純は不安げにケータイに目を落とす。「悠一を呼びます。悠一に案内を」

「そうか、君は藤堂健介を出迎えるんだったな。時間を稼ぐために」

佳純が「え？」と声を上げる。全てを見通している、岡江の目。時々怖い。

「いいだろう、君の策に乗ろう」

岡江は佳純の両肩に手を置く。「それで、ひとつ確認させてくれないかな」

佳純は「何を？」と消え入りそうな声で応える。

「君は江崎氏のカメが盗まれたと設楽に言ったそうだけど、それはうそだね？」

佳純は表情を強ばらせ、絶句した。

「国府田彩夏にウジヤスとウジマサの名を伝えさせなかったのは、心配をかけまいという心遣いではなく、元飼い主である国府田彩夏が、その正体を知っているからだね」

正体？

岡江は妖艶に「ふふっ」と笑う。

「これがカメの失踪を聞いた真人君の反応の意味さ」

ウジヤスとウジマサの正体？　盗まれたのがうそ？　岡江はどんな構図を完成させているのだ？


午前九時半過ぎ、川野に水をかけたクラウンが校門前にやって来て、後部ドアから緒川麻里菜が降り立った。白いワンピース。美しく、儚《はかな》げな姿。だけど、友に恵まれた清々《すがすが》しく邪気のない笑顔。緒川麻里菜とクラスメイトたちは、別れを惜しみ、抱き合い、ほんの五分ほどで儀式を終えた。「さよなら」「ばいばい」と声が交錯する中、緒川麻里菜は再び車上の人となり、去った。

　岡江と簡単な打ち合わせを済ませた佳純は、硬い表情で稲村ヶ崎の駅へと向かった。岡江がグーグルマップを表示させたiPadを見せ、小学校と緒川麻里菜の自宅の位置関係を確認する。そこへ軽快なエンジン音とともに、スクーターに乗った悠一が現れた。事情は佳純からレクチャー済みだ。岡江と悠一が簡単に自己紹介を済ませる。

　小学校は稲村ガ崎五丁目で、緒川麻里菜の自宅からはほぼ一本道。車がたどったコースは容易に想像がつく。

「途中に小さいが公園があるね。ここがイベント会場かな」

　岡江が笑みを浮かべる。「時間がない。草凪君は先行して、犯人を確保してくれ」

「そこにウジヤスとウジマサがいるんだな」

　悠一が確認するように言うと、岡江は笑みを浮かべる。

「少なくとも犯人か共犯者は」

　時間は九時四十分になろうとしていた。

11　青井佳純　九月二十四日　土曜　9:49am

　江ノ電の緑の車両が目の前を通り抜けてゆく。ホームの端にある階段を下り、線路を渡る身長二メートル近い大男。襟足の長いオールバック。紺のアルマーニ。黒いシャツの胸元を開け、金色のネックレスが見える。手首にはブレスレット。なぜか駅員さんが直立不動で敬礼をした。駅舎を出たところで藤堂健介さんは眩しそうに顔を歪《ゆが》め空を見上げる。

「いい天気じゃのう」

健介さんが誰ともなしに言うと、わたしが駅前に来てから、ずっと緊張した面持ちで改札を見ていた花屋のおじさんが、これ以上ないくらい引き攣った愛想笑いで「そうですね」と応えた。たとえ独り言でも、応えないと街が破壊されるという噂は本当のようだ。バッグに入れたケータイを一瞥すると、わたしはこれまでの人生全てをかけた勇気を持って、背後から健介さんに駆け寄る。

「健介さん」

人間山脈がゆっくりと振り返った。

「わしのー背後に立つたぁ、ええ度胸じゃのう」

据わった目。太い眉。凄《すさ》まじいばかりの威圧感。見下ろす顔。萎縮しちゃだめ――

「悠一に頼まれて、迎えに来ました」

「うぬは泣き虫佳純か。しばらく見んうちに乳がでかくなったのう」

巨大ヒトデのような手が、わたしの頭に置かれる。「で、ウジヤスとウジマサもでかくなったか。一緒に行くかのう、佳純」

早速来た——花屋のおじさんが手に持ったハンカチを噛《か》みしめて、恐怖と不安とが狂騒的に入り交じった表情でこちらを見ていた。大丈夫、わたしが連れ出すから。

「悠一の家、今リフォーム中で伝爺の家に預けてあるんです」

「じゃあ、伝助のとこじゃ」

「それが伝爺のカメが逃げ出して、伝爺と悠一、ずっと探し回ってて。伝爺の家今誰もいなくて、鍵も締まってて」

とにかく言うべきことは言えた。「だから、先にドラゴン・ストップで少しお休みしては？　豪太さんも奈々ちゃんも待ってますし、蘭ちゃんにも手を合わせて……」

健介さんは口をへの字に結び、目を細め、わたしをにらみつける。気取《けど》られた？

「なんだとぅ、お？　コラ」

数々の修羅場《しゅらば》をくぐり抜けた歴戦の怪獣には、わたしのような小娘のうそは通じないのだろうか。ドサリと何かが倒れる音。どうやら花屋のおじさんが失神したようだ。わたしも失神してしまいそう。でも、彩夏と藤堂家に何も伝えず、設楽君にうそをついてまで用意した時間稼ぎの策——失敗させるわけにはいかない。

「わかったぞ、佳純ぃ、お前ら何かサァプライズを考えとるな」

健介さんは、「じゃあ、そのサァプライズに乗っちゃるかのう」と、伝爺の家とは反対方向、ドラゴン・ストップに向けて肩で風を切り、風速五メートルくらいの乱気流を巻き起こしながら歩き出した。ひとまず、うまくいったようだ。

慌てて出てきた花屋のおばさんが、ぐったりして、ピクピクと痙攣《けいれん》しているおじさんを抱きかかえつつ、わたしに何度も頭を下げた。

12　設楽洋輔　九月二十四日　土曜　9:54am

「藤堂健介は、ドラゴン・ストップに向かったようだね」

ケータイから伸びるイヤフォンを着けている岡江が、優雅に歩きながら言った。駅前に着いた佳純に電話をかけ、つないだままにしている。

「彼女、緊張はしているけど、言うべきことは言っているね。たいしたものだ」

僕らは早足で住宅街の真《ま》っ直中《ただなか》を北上している。歩き始めて、五分。悠一はスクーターで先行し、もう姿は見えない。それより佳純のうそとはなんだ。ウジヤスとウジマサの正体って？

やがて、前方に、スクーターを降りた悠一の姿が見えてきた。向かいには、少年の姿。岡江の推測は、今回も正鵠《せいこく》を射ていたようだ。悠一と貴明が、僕と岡江に気づいた。岡江が指摘した、小さな公園に面した通りだった。

「貴明君だね」

岡江は悠然と歩み寄り、声をかける。貴明はうつむいたままうなずいた。泣き腫らした目をしていた。別れのあと、しばらく泣いていたようだ。

「この公園でウジヤスとウジマサを彼女と対面させたわけだ。喜んだかい麻里菜ちゃんは」

貴明は「まあ」と応え、洟《はな》をすすった。

「別に親に言いつけようというんじゃない。すぐに返してもらえれば」

悠一が貴明に、優しく語りかける。

「飼い主が許すって言ってるんだ」と岡江。「用が済んだのなら、君が昨日盗み出したアルマジロとアリクイを早急に江崎邸に送り届けたい」

、、、、、、、

――！！？？

絶句しつつも横を見ると、悠一は当然のことのようにうなずいたあと、はっと我に返ったように岡江を見た。えっと、なに？

13　青井佳純　九月二十四日　土曜　9:59am

健介さんの六畳間くらいの背中を見ながら歩く。その六畳間が止まった。すぐ先にドラゴン・ストップの海と空を模した青い看板が見えているのに。

「やっぱり、サァプライズの準備中に俺がサァプライズするかの」

健介さんは回れ右をして、今来た道を戻り出す。

「あの、伝爺の家は誰もいなくて」

わたしは追いすがり、声をかける。

「ああ、わかっとる。そう言えと言われてんだろうが」

なすすべもなく駅前まで戻りながら、「ピンチです」とつないだままのケータイに小声で言った。せっかくの計画がこんなに早く破綻するなんて……。

14 設楽洋輔　九月二十四日　土曜　10:00am

「ウジヤスがアルマジロで、ウジマサがアリクイだけど」

悠一は怪訝そうな表情で応えた。「もしかして、本気でカメだと？」

これが、佳純のうそ？

「藤堂健介が青井佳純の制止を振り切って、江崎邸に向かって歩き出したようだね」

岡江がイヤフォンに指先をあて、割り込んできた。「貴明君、事情が変わった。ウジヤスとウジマサを大至急返してもらおうか」

「真人がバスケ公園に連れてった……」

バスケットコートがあった、七里ヶ浜ハナミズキ公園のことか——

「草凪君、藤堂健介は駅前を過ぎたようだ。江崎邸までどのくらい？」と岡江。

「七、八分くらいかな。健介さんの足なら」

「草凪君、君は貴明君を連れて真人君を探してくれ。見つかったら、公園にウジヤスとウジマサをスタンバイさせててくれ」

岡江の指示で、悠一は「乗って」と貴明を促す。ここで、交通違反だと制止する気もない。僕は「気をつけて」と言って送り出した。

「僕はどうすれば」

「全速力で公園に行き、藤堂健介が江崎邸に到着する前に、ウジヤスを受け取り、ケージに戻してくれ。方法は任せる。ウジマサはぼくが何とかしよう」

道順は頭に入っている。ただ、距離は一キロ近いだろう。とりあえず走り出したが、運動は得意じゃない。尾根を迂回して江崎邸にウジヤスを送り届けるのは、時間的に間に合わない。残ったルートは尾根越えだが、アルマジロを抱えて迅速に越える自信はない。『方法は任せる』と岡江は言った——僕に残されたカードは？　と考えたところで、江崎邸で待機している最強のジョーカーの存在を思い出した。

走りながら、川野に電話を入れる。

息を切らせて公園に駆け込むと、バスケットコートに川野が立っていた。

「チャンピオンは誰だ!」

川野が僕に気づき、叫ぶ。悠一と貴明の姿はない。残り三分。思ったより時間が掛かってしまった。

「もうすぐ来る。小学生なんだけど」

僕は残った酸素でなんとか言い、膝をつき、呼吸を整える。

「何をこしゃくな」と川野はいきり立っている。

川野には、七里ヶ浜尾根越え選手権のチャンピオンが、川野と対戦したがっていると伝えた。リアリティーもへったくれもないが、川野にはそれで十分だった。

「設楽、チャンピオンはまだ?」

刻々と時間が過ぎてゆく。残り二分。公園の周囲は、朝の静かな住宅街。本当にこんな所にアルマジロとアリクイを隠しておけるのか?

「じらす作戦かもな」とさらに出任せ。「巌流島《がんりゆうじま》ばりに」

残り一分。バスケットコートの向こう側でガラガラと物音。直後、木々の間から台車を押した真人が、走りながらバスケットコートを突っ切ってきた。台車には『稲村ガ崎東第一小学校』と書かれた木箱。

「こっちだ！　真人君！」

真人が僕に気づく。「ウジヤスを早く僕に！」

真人は事情を聞いたのか、コートの中央で台車を止めると、中からボールを取りだした。いや、ボール状に丸まったアルマジロのウジヤスだ。そして、時間短縮の手段として、僕に向けてボール状のウジヤスを投げた。僕はくるくる回転しながら飛んでくるウジヤスをしっかりと受け止め、振り返る。

「川野、このボールを江崎さんの庭のケージに入れてくれ。そこの真人君は三十秒でやってのけたぞ！」

僕は川野にウジヤスを手渡す。残り三十秒——

「できいでか！」

川野はウジヤスを受け取り、小脇に抱えると、ものすごいスピードで斜面を駆け上っていった。「すげえ」と真人が口をあんぐりとさせている。

「設楽君！」と、悠一の声。振り返ると、同じくバスケットコートを突っ切ってくる悠一と貴明。そして、併走してくる体長八十センチほどの頭の細長い中型犬のような生物。アリクイ——ウジマサだ。ウジマサにリードや首輪状の物はついていないが、悠一についていて、そばを離れようとしない。ウジマサの方は箱から出し、走らせたようだ。

しかし、川野なしでこれを迅速に尾根越えさせるのは無理だ。どうすればいい。

そこに低くゴージャスなエンジン音。高級住宅街の中、颯爽と姿を現したのは、瑠衣さんのBMWだった。助手席には岡江の姿。

「そのでっかいの早く乗せて！」

BMWを公園の入口に横付けし、運転席から身を乗り出した瑠衣さんが声を張り上げた。

15　青井佳純　九月二十四日　土曜　10:12am

ついに、伝爺の家までたどり着いてしまった。玄関が半開きになっている。誰か留守番でもしているのだろうか。彩夏は、バイトで忙しいはず……。

「伝助も不用心じゃのう」

健介さんが、のっしのっしと門をくぐった。その時、庭の方からガシャンと金属音。

「おう、伝助、帰っとるか」

健介さんが真っ直ぐ裏庭へと向かう。わたしは覚悟を決め、健介さんについて、裏庭に回る。大きな背中の向こうに柵が見え、木戸が見え、ウジヤスのケージが見え、中にウジヤスがいた！　そして、ケージの脇には、川野さん!?

「ウジヤスぅ！　元気じゃったか！」

健介さんが、軽々と柵をまたぎ、大股でケージに歩み寄る。

「あれ？　ボールが犬になった！　お前はトランスフォーマーか！」となぜか川野さんがケージの中を見て驚いていた。

健介さんはケージからウジヤスを取り上げると、見たことのない優しい顔で胸に抱き、頭をなでた。

「その犬、ウジヤスって言うの？」

川野さんが臆することなく、健介さんに抱かれているウジヤスの頭をなでた。

「アルマジロだ、バカ野郎。それより誰だ、貴様」

健介さんが、初めて川野さんの存在に気づいた。

「伝ちゃんのカメ友」

「そうか。乳が小さいのに伝助に気に入られるとは、ただ者じゃないのう」

「ねえ、なに食べるの、これ」

川野さんが、健介さんを質問攻めにして、時間を稼ぎ始めた。これも岡江さんの指示だろう。一分、二分、会話は途切れない。健介さんも上機嫌だ。ありがとう川野さん、ありがとう設楽君、ありがとう岡江さん——

「ところで佳純、ウジマサの姿がないのう」

およそ三分がたち、健介さんが気づいた。

「お散歩、だと思います」

それくらいしか言い訳は思いつかない。焦りを感じ始めた頃、門の方で、話し声が聞こえたような気がして、振り返る。

「……で、そのサーファーてんで乗れなくて。なんちゃってだったの」

女性の声だ。でも彩夏じゃない。健介さんも声に気づき、振り返る。悠一と、見たこともない美女が一緒に歩いてきた。美女はリードを持ち、リードの先にはウジマサ。首輪ではなく、胴をベルトで固定するハーネス式のリードだ。

「ちわーす、散歩代行のルイ子です。いやーアリクイの散歩なんて初めて」

リードやベルトには、なぜかパンキッシュな金属製の鋲《びょう》や棘《とげ》が所狭しとついている。

「お前、カメを探してるんじゃなかったのか」

健介さんが悠一に言う。大丈夫、まだ機嫌はいい。

「だから、ウジマサの世話をルイ子さんにお願いしたんです。知り合いのペットショップの伝《つて》で。健介さんが帰ってきたと聞いたんで、捜索は一時中断です」

悠一は落ち着いた表情で、木戸をくぐり、ルイ子さんとウジマサを招き入れた。

「おう、美人で乳がでかいな。これがサァプライズか」

緊張が解け、わたしは縁側にぺたんと座り込んだ。池の方から音がしたので、見ると、設楽君と真人、貴明君が崖を降りてくるところだった。そこにバイクのエンジン音。続けて、「誰だ、門の前に外車横付けしとんのは」と伝爺の声。
　全部——うまくいったんだ。「ウジマサぁ」と猫撫で声で叫ぶ健介さんを横目で見ながら、わたしはほっと息を吐いた。

16　設楽洋輔　九月二十四日　土曜　0:06pm

　オーシャンビューで、南国の観葉植物に囲まれた、ジャングルチックな空間。

　僕と岡江は真っ昼間から『ドラゴン・ストップ』の屋上半露天風呂に一緒に浸《つ》かっていた。昨日から奇妙な事件に巻き込まれ、心身ともに疲労したせいか、湯が体に染みる。

「画像データは全部見せてもらったよ」

　岡江は湯船の縁に腰掛け、僕を見下ろす。「濡れた川野愛香はまあまあだったが、まだ君はフェチが何たるかわかっていない」

　男にしては華奢《きやしや》で艶《なま》めかしい肉体。僕は「そう」と生返事をして目をそらす。

「ただ、電話をする国府田彩夏の写真は出来がいい。ぼくの好みではなく一般論として」

　彩夏が、草凪悠一から電話をもらったときの写真だ。自然な笑顔が印象的だった。

「そりゃどうも」と応えておいた。

一階のレストランは営業中で、彩夏はアルバイトの真っ最中だ。藤堂健介はなぜか川野と瑠衣さんと意気投合し、『朝比奈《あさひな》を攻めてくる』とBMWに乗り、出かけていった。

そして、ついさっきひょっこり帰ってきた江崎さんだが、藤沢市に住む〝壽々花さん〟こと藤堂壽々花さんの家で一晩をすごしたという。彩夏と藤堂兄弟の祖母で、藤堂家と国府田家に隠然たる影響力を持つ資産家だ。江崎さんは、初恋の人でもあるという壽々花さんに事情を話し、健介さんを宥める算段をしていたが、勧められるがまま、つい飲み明かしてしまったと頭を掻《か》いていた。人騒がせな話だ。

とにかく、これで〝事件〟は片付いた。

夕方からは、藤堂健介の歓迎パーティーが、『ドラゴン・ストップ』貸し切りで行われる。佳純も悠一も来るという。僕らも参加する。

「青井佳純は、君たちとの会話から、逃げたのがアルマジロとアリクイではなく、カメだと勘違いしていると感じ取ったのさ」

岡江は事件の総括を始める。「だったらそれを藤堂健介に対する時間稼ぎの言い訳として利用しよう。草凪悠一と江崎伝次氏が、逃げたカメの捜索に奔走していることにして、藤堂健介をウジヤスとウジマサが不在の江崎邸に近づけまいとした。これが青井佳純が描いた、時間稼ぎの策さ。それで、事情を知らない設楽洋輔と川野愛香に、そのままカメが逃げたと信じ込ませようとした。二匹の正体を知る国府田彩夏に、ウジヤスとウジマサが盗まれたという情報が漏れないようにね」

　昨夜、貴明の家の近くで、彩夏が『なんで悠一が責任感じるの？』と言ったときの、悠一の驚いたような反応も、これで納得がいく。あの瞬間、悠一は戸惑いはしたが、すぐに佳純の意図に気づいて話を合わせたのだ。

　ウジヤス、ウジマサの失踪が彩夏と藤堂家に知られれば大騒ぎになる。当然、健介さんの耳にも入る。

「君の報告では、国府田彩夏のお節介ぶりには、青井佳純も少し戸惑いがあったようだからね。だから天然で計算できない国府田彩夏を計画に組み込むことは極力避けたかった。まあ、君の機転で、カメが逃げたという偽情報を国府田彩夏に信じ込ませることができ、青井佳純の計画は完成度を増したけどね」

　僕はいいように利用されたのだ。

「動機は、凶暴な怪獣から、悠一を守るため。加えて、自分の計画を悠一にも徹底することで、悠一のためにがんばる自分の姿も見せ、壊れかけた関係を修復したかった。それで、時間稼ぎしている間に、ウジヤスとウジマサが見つかれば、願ったり叶ったりで
……ってことでいいんだよな」

　僕が言うと、岡江は鷹揚《おうよう》にうなずき、微笑を浮かべた。

「そう、全て恋の力さ。女の子を変えるのは恋と嫉妬だからね。ぼくらが国府田彩夏を

美しく変貌させてしまったから、青井佳純は危機感を持ち、草凪悠一に対し存在感を示さなければならなかった。そこに怪獣の帰還が重なり、事態はややこしくなった。ある意味、罪なのはぼくらだ」

この事件が、ふたりの今後にどんな影響を及ぼすかは、神のみぞ知るといったところか。

「ところで、なぜウジヤスとウジマサがアルマジロとアリクイだってわかったのか。あのふたつの消失は何だったのか、聞かせてもらえないか。僕はずっとカメだと思っていて、そのつもりで岡江にデータを送っていたんだけど」

貴明と真人が盗んだのは、アルマジロとアリクイ。そこに「カメが失踪した」と知らせたのだから、真人のあの反応は当然だった。その後、貴明の家まで案内させられ、何らかの事情を察し、ボロが出ないようあの場から逃げたのだ。

そして、岡江はなぜウジヤスとウジマサの正体を見破ったのか。

「消失とセットで考えたら、答えは自ずと出てくるんだけどな」

岡江は両手を後ろにつき、背筋を伸ばす。

確かに、ウジヤスの正体がアルマジロとわかっている今なら、川野の画像＝貴明が抱えていた丸いボールがウジヤスだったと容易に推察できる。ウジヤスを見られた貴明が、川野が一度崖をずり落ちた間にウジヤスを拾って、距離を取った。当然攻撃されると思ったウジヤスは体を丸め、ボール状になっていた。それが、遠目にはバスケットのボールに見えてしまったのだ。

「最初の消失だって、ウジヤスがアルマジロだとわからないと説明がつかないし」と僕。

岡江は微笑むと、「まずは視野を広く持つんだ」と諭すように言った。

「国府田彩夏は母親が獣医という関係もあって、ほ乳類飼育のスペシャリストだ。そして、江崎伝次氏は、カメ飼育のスペシャリストだ。ウジヤスとウジマサが仮にカメだったとしたら、このふたりと親しい藤堂健介は、なぜ最初から江崎氏に託さなかったのか。愛する妹の形見で、大事な〝バディ〟だったんだろう？　それが疑念の出発点とだけ言っておこうか」

確かに、最初から江崎さんに託すのが自然だ。

「それで、全ての物証状況を洗い直して、君が最初から大きな錯誤をしていたという結論に行き着いたんだ。ウジヤスとウジマサがカメではないと仮定すると、全て解決するとね」

「説明してくれよ。僕はお手上げだ」

「国府田彩夏は、ほ乳類飼育のスペシャリスト。だからまず、ウジヤスとウジマサを、大別すればほ乳類だと仮定した」

「で、どこをどうすればアルマジロとアリクイという答えに行き着くんだ？」

「少なくとも、イヌやネコじゃない。生き物係の緒川麻里菜を喜ばせたいのなら、珍しい生き物だろうね。無論、ワシントン条約に抵触せずペットとして飼育できる範囲のほ乳類でだ。おそらく、動物園にでも行かなければ見られないような。それでいて小学生が盗み出せる大きさの動物」

それでも雲をつかむような話だ。

「川野愛香が撮った画像を思い出してくれるか。ウジヤスの方」

カメがひっくり返っているように見えた画像——

「ここでひっくり返った状態でカメに酷似しているほ乳類を探したんだ、グーグルで。そしたら仰向けに寝ているアルマジロの画像が出てきたよ。必然的に、貴明が抱えていたボールに注目がいく。アルマジロはボール状にトランスフォームできるからね」

アルマジロと言われれば——そこで僕は気づく。

「だったら元飼い主の国府田が、画像を見てウジヤスだと気づかないはずがない……」

いや——画像を見たとき、彩夏はメガネをかけていなかった。その上、僕と川野は『カメが消えた』と騒いでいた。ぼやけた視界と先入観で、彩夏は映った生物がウジヤスだと気づかなかったのだ。

「それに、空のケージの片方の地面には、穴が掘られていたよね。アルマジロは巣穴を掘る習性があってね。しかも、飼育下では仰向けで寝ることも多いそうだよ」

面白いように、ウジヤス＝アルマジロであることとの条件が合致してゆく。

「貴明が川野愛香にぶちまけた芋虫、あれはミールワームといって、ペットショップに売っているペット用のエサなんだ。調べたら、アルマジロをペットとして飼育した場合に与えるケースが多いみたいだ。それで、そのエサの中にもう片方、ウジマサの正体を特定するヒントも含まれている」

芋虫のほかに何があった？　ペースト状のものが、ペットボトルの中にも……。

「細長い容器に入れてたエサがあったのはなぜ？　ただ保管するならタッパーだけでよかったはず。だからもう片方は、別のほ乳類にエサを与えるための容器だと考え、細長い容器でエサを与えるペットとして飼育可能なほ乳類をグーグルに打ち込んだら、一発でアリクイが出てきたよ。草凪悠一に聞いたら、ウジマサはコアリクイだって」

「でも、アリクイって、アリを食べるんじゃないのか」

「調べたらそうでもないことがわかってね。これはぼくも驚いたけど、ペースト状の物なら、割となんでも食べるらしい。基本食虫だから、貴明はミールワームをペースト状にしたものを与えようとしたんだろう。マヨネーズを好んで食べるケースも多いようだね」

「でも、アルマジロと比べたら、根拠が薄いな」

「それがウジマサをアリクイと仮定すると、江崎氏の消失も全て説明がつくんだ」

岡江はタオルを腰に巻き、脱衣所に行き、ロッカーに置いた荷物の中からｉＰａｄを持ち出すと、戻ってきた。僕も湯から上がり、湯船の縁に腰掛ける。

「拾いものだけど、面白い動画を見つけたんだ。見てくれるか」

岡江が僕の隣に座り、ある動画を呼び出した。アリクイの動画だった。改めて見ると顔も可愛らしく、表情や動きも愛らしい。しかし、撮影者が執拗《しつよう》に迫ったり追い立てたりすると、二本の足で立ち上がり、両手を広げ、カメラを威嚇した。

「これだよ、消えた江崎氏の正体は。アリクイは敵を威嚇するとき、二本足で立ち上がる習性があるんだ。少しでも体を大きく見せるためにね」

僕は言葉を失ったが、一瞬にして全てがつながった。これが、ハナミズキの木の縮尺と、江崎さんの身長の縮尺が合わないことの解答だ。

ウジマサは体長八十センチくらいだった。立ち上がったとしても、江崎さんより七十センチは低い。だから、実物より、川野の動画のハナミズキの方が少し大きく見えたのだ。モニタに映った背を丸めた人型の影。あれがウジマサだった。暗く、木々や植え込みで見えにくくなっていた上、川野が江崎さんが消えたと言い張ったものだから、僕も先入観を持って動画を観ていた。そして、元飼い主の彩夏はメガネをかけていなかった。

「でも、あの影がウジマサだったとしても、どうして消えた？」

「ああ、アリクイは木登りが得意なんだ。人間が登ることができない木でも、アリクイなら登れる。川野愛香の出現に驚いたウジマサは、立ち上がり、威嚇し、川野愛香が転げ落ちている数秒の間に、木の上に逃げたんだ。でも川野愛香は、木の上を見なかった。江崎氏だという先入観があったからね」

ウジヤスとウジマサが公園にいた理由は、貴明の協力者だった真人（あのあと、佳純に怒られていた）が、ウジヤスとウジマサを公園の隅にあるトイレの個室に匿っていたためだ。利用者が少なく、匿っている間は、『故障中』の張り紙を貼っていたという。

アルマジロのウジヤスは、世話の途中逃げ出したところを川野に見られ、ウジマサは夜になり散歩に連れ出したところを、再び川野に見つかった、と貴明と真人は白状した。川野の強運（凶運？）ぶりも、ここまで来るとため息しか出ない。

真人の帰りが遅かったのも、ウジヤスとウジマサの世話のためだった。ウジヤスとウジマサについては、岡江の読み通り、緒川麻里菜の体調不良というアクシデントで、仕方なく一泊させてしまっただけという。無論、真人は健介さんの帰還を知らなかった。

「じゃあ、ぼくはそろそろ帰るよ」

岡江は言って、立ち上がる。

「瑠衣さんを待たないのか」

「別に、設楽が心配することじゃない」

岡江は少し頬を赤らめているように見えた。温泉で温まっただけなのかもしれないが。

昼食を済ませた僕は、少し歩き回り、本来の目的である野鳥を撮影した。ピーヒュルルという声に見上げると、翼長一メートルを超えようかというトンビが滑空していた。青空に映え、少し勇壮な姿。一応、撮影。そして、海へ向かう道すがら、民家の塀の上にとまっている濃いグレーと白の地味な鳥を見つけた。名は知らないが一応、撮影。首を囲むように黒い輪のような模様がついていた。それがシロエリオオハムだと判明したのは、帰京後のことだ。僕も少しは〝持っている〟ようだ。

国道を渡り、七里ヶ浜に降りたところで、僕は瑠衣さんが連れてきた、リードにつながれたウジマサの姿を思い出す。あの鋲だらけのハーネス付きリードは、どこで入手したのか。悠一に聞いてみると、最初から瑠衣さんの車に置かれていたのだという。アリクイを散歩させることなど、予測のしようもないのに、なぜ？　僕はドライブに出かける直前の瑠衣さんを捕まえ、こっそり問いただした。普段からペットを車に乗せているのかと。

『大型犬でも飼っているんですか？』と僕。

『いるけど、犬になんか使ってないわよ』と瑠衣さん。

『じゃあ、何に使ってるんですか？』

『和馬に決まってるじゃない』

岡江家の闇に取り憑《つ》かれないよう、気をしっかり持たなければ――波音の中、僕は思った。

恋ヶ窪スワントーン・ラブ

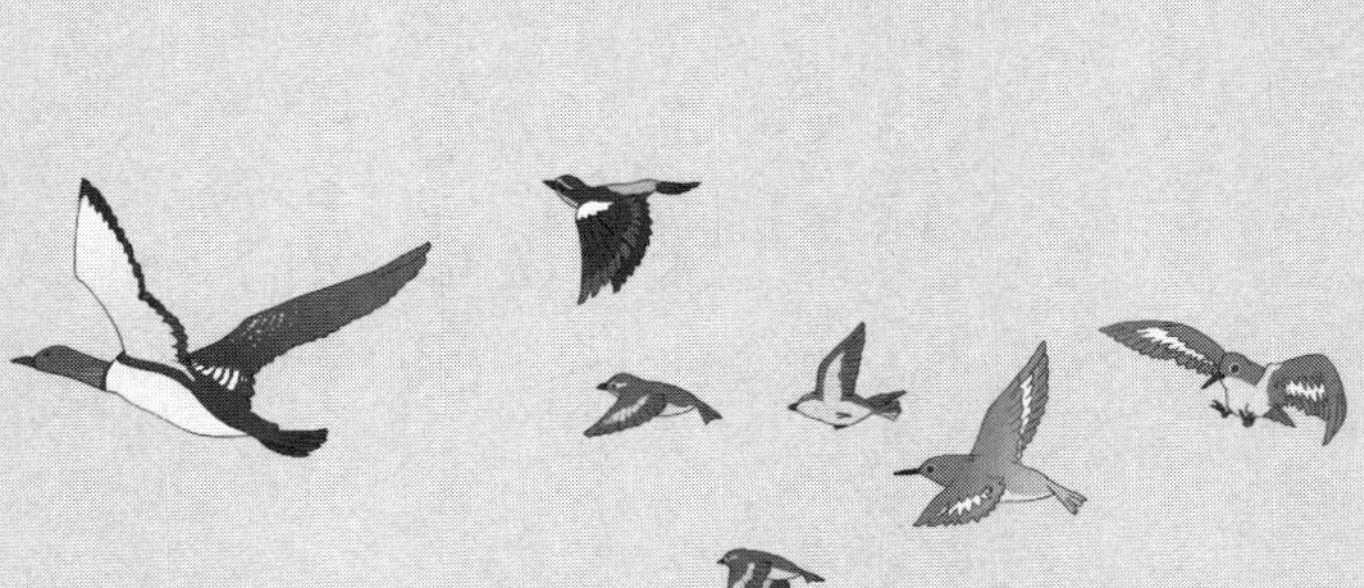

1　川野、部活やめさせられるってよ!?　十月二十八日　金曜

授業終了を告げるチャイムが鳴る。教室が浮ついた喧噪《けんそう》に包まれる中、ケータイの電源を入れ、メールを確認する。今日も川野からのメールはなかった。

窓からは西日。ケータイをポケットにしまい、帰ろうとカバンに手をかけたところで、机に影が差した。見上げると、ひょろりとしたメガネ君が、僕を見下ろしていた。

「川野のことで、協力を頼みたい」

二年E組の紫藤雪平《しどうゆきひら》はスパイ組織の司令官のように、低く平板な口調で言った。線が細く、顔も地味だが、バリトンボイスと態度で威厳を出そうとしている、生物部の副部長だ。

「ここんとこ会ってないよ」

僕は応えながら、カバンを肩にかけ、立ち上がる。

「じゃあ」

「待ってくれ」

打って変わって、焦燥感交じりの声が、背中にからまる。

「川野が生物部をやめさせられるかもしれない」


ちょっと付き合ってくれ、と言われ、僕は紫藤と肩を並べ学校の裏門を出た。

「生物部全体の例会が火曜日にあって、全員参加が義務づけられているんだが、川野はもう三週間も出ていない」

スパイ司令口調に戻った紫藤が言う。野鳥撮影が途絶えているのも、ここ三週間ほどだ。学校には来ているようだが。

生物部の活動は原則火、水、木曜で、月に一度の割合で、週末、有志で動植物観察などの野外活動に出かける。川野の野鳥撮影は、この有志の野外活動に当たる。

「それで、天海が怒ってる」

天海晴菜。生物部部長で、成績は常に岡江とトップ争いをしていると記憶している。岡江がトップを譲ったことはないが。

「あの冷静沈着でお堅い彼女が、もう我慢の限界だそうだ。来週の火曜日、例会に来なかったら、問答無用でクビだと」

紫藤曰く、天海はこれまで、川野の身勝手な行動にはかなり目をつむってきたという。天海でなくても、川野の身勝手さは頭に来るだろう。

「川野にやめられたら、困る」

小さな公園の前で紫藤は足を止め、僕を阻むように仁王立ちする。「いいか、俺がここに来たのは俺だけの意思じゃない。男子部員たちの総意だ」

これまで全学年合わせても十人に届くかどうかだった生物部が、去年の川野の入部を機に、一挙に四十人を超える大所帯となった。男女の内訳も男7女3と逆転した。部員の増加は、イコール予算と発言力の増加につながるはずだ。

「天海が金の卵を手放すか？　川野がやめたら、どんだけの退部者が出ると思ってるんだ」

紫藤は首を横に振る。

「認識が甘い。天海はむしろ、不純な部員を呼び込んだとして、川野を排除したがってる。川野なき後、残った部員こそが、本物の生物部員だと」

「発言力と予算を犠牲にしてまで、川野を排除したいと」

「天海は生徒会の執行委員も兼任しているから、もともと発言力は強い。予算も満額ぶんどってくる。部員数は関係ないんだ」

「だったら川野がいなくても問題はないな」

紫藤が僕の肩をつかむ。思いのほか強い握力。

「俺は嫌だ……川野のいない生物部など……」

副部長が不純部員でどうする……とは口に出して言えないほど、真摯で必死で情けない顔がそこにあった。

「川野はまともに女の子と話せない連中とも、分け隔てなく話してくれてな。どれだけ救われた男子がいたか……俺もその一人でな……」

吊り革につかまり、窓の外を遠い目で眺めながら、紫藤は訥々《とつとつ》と話す。

僕は上石神井駅から、いつもとは反対方向の電車に乗っていた。

『まずは川野がどこで何をしているのか突き止めたい。設楽、お前を川野愛香のスペシャリストと見込んで、調査の協力を頼みたい』

紫藤が土下座せんばかりの勢いで頼んできたので、付き合うことにした。既に紫藤一人で調査を始めているが、うまくいっていないらしい。

「で、川野はどこに？」

「詳しくはわからん。二週間にわたる俺の尾行も、最終的に彼女の脚力の前に屈せざるをえなかった」

聞き流そうとして、「ちょっとなにそれ」と紫藤を二度見する。

「尾行って……本人に直接聞けばいいことなんじゃ」

「最初に聞いたが『鳥を見に行く』の一点張りで話にならない」

鳥を？　野鳥観察なら、必ず僕を同行させるはずだ。確かに川野には撮影のイロハを教えてはいるが、腕は素人同然。まともに撮影できるとは思えない。

「設楽は、最近川野と会っていないんだろう。おかしいと思わないか」

「それはそうだけど……お前がやってること、ストーカーって言わないか」

紫藤は「邪心はない。誤解するな」と真顔で手を振る。

「それで週二回、放課後、電車でどこかに出かけていることを突き止めた」

先週は火曜と木曜、今週も火曜と木曜、川野は放課後、自宅とは逆方向の電車に乗ってどこかに行ったと紫藤は説明した。

「ということは、紫藤も例会休んでいるんだな」

「いや、俺はクラスの学園祭実行委員ということになっていて、同志たちが上手く口裏を合わせて、天海を牽制《けんせい》している。問題はない」

天海の方に同情したくなってきた。

「で、川野はどこに出かけていたんだ？」

「降りた駅でいつも見失う。だから、不明だ」

ため息が出て、肩の力が抜ける。「やるなら、ちゃんとやれよ」

「だが、降りた駅はわかっている。降りた途端、全力疾走でどこかに行ってしまうから、追い切れないだけだ」

納得した。女子とは言え、川野は陸上１００ｍの非公式高校記録を持っている。鷹羽高でまともに追いかけられるのは、陸上部男子短距離のエースくらいだろう。

「で、降りた駅は……」

紫藤は片手でカバンから手帳を取りだし、器用に開く。「鷹《たか》の台《だい》、恋《こい》ヶ窪《がくぼ》、ＪＲの東《ひがし》小金《こがね》井《い》、でまた鷹の台」

「ひとつじゃないのか……」

「だからスペシャリスト設楽の知恵が必要なんだ」

鷹の台と恋ヶ窪は西武線の沿線だが、東小金井は少し離れている。どの駅も住宅街の中にあり、野鳥を撮影するとしても、不自然なポイントだ。

僕らはこのまま小平《こだいら》で拝島《はいじま》行き、小川《おがわ》で国分寺《こくぶんじ》行きに乗り換え、川野を見失った第一ポイント、鷹の台で降りた。小さな駅で、改札は一個所。正面と左右に通りが延びていて、正面の通りは商店街だ。夕方の時間帯で、制服姿の女の子や、大学生らしい私服の女の子の姿であふれかえっていた。

「川野はどっちに行ったんだ？」

改札を出たところで、紫藤に聞く。

「先週の火曜が正面の道を真っ直ぐ突進。昨日は左の線路沿いの道を疾走」

「同じ駅でも、行き先が違うのか？」

「だから困ってる」と胸を張って腕を組む紫藤。

　僕は脳内に武蔵野のマップを展開する。鷹の台の駅を出て正面の道を進んでも、左の道を進んでも、玉川上水《たまがわじょうすい》に出る。玉川上水には、緑が多く残っているが、それも川沿いだけで広がりがなく、上質な野鳥スポットとは言えない。

「他の駅はどうだ？」

「恋ヶ窪は改札を出て道路を渡って、左に行ってすぐ右に折れた。東小金井は、南口を出て、ロータリーから延びる道を右折」

　僕は駅前のファストフード店に入り、カバンからノートパソコンを取りだし、グーグルマップを呼び出した。地形、施設、公園、道路状況など、様々な観点から、川野が降りた駅周辺を見比べる。川野の行動原理は単純なものだ。目的地があるなら、最短距離で向かうはず。その観点から、割と短時間で共通の目的地らしきものをあぶり出すことができた。

　紫藤がコーヒーをふたつ買ってきて、ひとつを僕の前に置く。

「どうだ？」

　紫藤のスパイ司令視線を浴びながら、見つけた目的地を足掛かりに、僕は検索ページにキーワードを打ち込み、トライ&エラーを繰り返し、少し意外な形ではあったが、各駅を結ぶ共通点を見つけた。

今度は、その共通点と川野を結ぶラインを探ってゆく。

「紫藤、川野の家はどこだ」

「松が丘。駅は新井薬師前《あらいやくしまえ》を利用」

中野区民——すぐに松が丘と鷹の台、恋ヶ窪、東小金井を結ぶ線がつながった。

「自信はないけど、川野の行き先がわかった」

「どこなんだ？」と身を乗り出した紫藤。

「大学だと思う」


「プロレスサークルだと？」

説明を終えた僕に、紫藤は怪訝そうな顔を向ける。僕らは再び鷹の台駅のホームに立ち、国分寺行きの電車を待っていた。

大雑把《おおざっぱ》な共通項——鷹の台、恋ヶ窪、東小金井で、川野が向かった方向には大学があった。鷹の台には武蔵野商科大学と布田塾大学、恋ヶ窪には恋ヶ窪美術大学、東小金井には日本農工大学。火曜と木曜という共通点を軸に、部活動と、サークルの活動を調べてみた。川野が得意とする陸上、野鳥関連では各大学が結びつかなかった。様々なサークルをしらみつぶしにし、唯一全大学が関係していたのが、学生プロレスのサークルだった。

「正式には《ＭＰＷＡ》、武蔵野プロレス同盟」

恋ヶ窪美術大が中心となり、武蔵野商科大、布田塾大と日本農工大が運営に加わり、選手を送り込んでいる。

「どうしてプロレスなのだ」

「僕もわからない。だけど、ヒントはある」

十月四日、新井薬師商店街のイベントで、ＭＰＷＡが出張し、駅近くの駐車場で試合を行った記録があった。川野がこれを観戦して、はまり込んでしまった可能性がある。

紫藤に説明すると、紫藤は「信じられん」と唸《うな》った。

国分寺行きの電車が到着し、乗り込む。降りるのは一駅先の恋ヶ窪だ。

「……秋は学園祭での試合が多いらしくて、試合勘を養うために、シーズン前に加盟大学を回るサーキットを組むみたいだ。練習試合ツアーみたいなものだって書いてあった」

僕はＭＰＷＡのＨＰで得た情報を話す。「その定期試合が、火曜、木曜、土曜」

野鳥の撮影がなかったのは、土曜にも試合が組まれていたからだ。

「さすがだな設楽。俺が見込んだだけのことはある」

紫藤は目を細めうなずく。思い切り利用されている気がしないでもない。

電車が止まり、僕らは降車する。ＭＰＷＡの本部と道場があるのが、恋ヶ窪美術大学だ。駅を出て左折し、踏切を渡ると、右手に広い畑と小さな緑地が見えてきた。その先に恋ヶ窪美術大の校舎&施設群が並んでいるのが見えた。

僕らは、住宅街と畑の間を抜ける。依頼主の紫藤が、胸を張る割に前に出ようとしないので、仕方なく僕が先陣を切って、恋ヶ窪美術大の門をくぐる。途端に、喧噪と槌音《つちおと》。飛び交う声と、行き交う〝人と資材〟。門の内側に『第46回　恋美祭』の立て看板が無造作に置かれていた。学祭の準備中か。とにかく、奥へ進む。美大だけあって、幾何学的なデザインの建物があちらこちらにあり、少しだけ圧倒される。

「プロレスサークルを探しているんですが」と聞いても、知らないと応える者が多く、『裏にある武道場の二階ギャラリー奥』という情報を得たのは、五人目だった。

少し迷いながらも、木々に囲まれた武道場を発見した。三角屋根の飾り気のない鉄筋二階建て。開放されている昇降口からそっと中に入り、二階に上る。見渡すと、武道場を囲むギャラリーの奥に、休憩スペースのような空間があり、蠢くジャージ姿がいくつか見えた。そっと近づくと、転がったり、倒れたり、組み合ったり、悲鳴を上げたり、汗にまみれ、目をつり上げた男女が異様な雰囲気を醸し出している。

そこは十メートル四方ほどの広さで、普段は休憩スペースなのだろう、壁際には飲料の自動販売機が数台置かれていて、脇にテーブルやイスが、積み上げられていた。

中央には体操用のマットが何枚も並べて敷いてあり、五人の男女が練習していた。男三人、女二人。

マットは、二個所に分けて敷かれていて、片方では、体格がよく筋肉質な男（シュッとした茶髪とごつい坊主）が二人、レスリングのように組み合っていた。いや、レスリングのはずだ。もう片方では、ショートカットで長身の女の子と、細身だが筋肉質の男が、空手のような蹴りを打ち込み合っていて、その様子を小柄な女の子が見ている。

坊主と目が合った。坊主は「おい！」と声を上げ組み手を解き、周囲に目配せすると、のっしのっしと僕らの前にやって来た。紫藤が後退《あとずさ》るのが横目で見えた。

「道場破りか」

坊主は大上段でファイティングポーズを取る。芝居がかっていて、違和感が募る。

次に茶髪がやって来た。

「見たところ高校生のようだが、来年の入団希望なら受けるぜ。デンジャラスなレッスンについてこられるならな」

こいつも芝居じみた口調だ。

「甘いぞショー。高校生のふりして油断させ、突然凶器攻撃を仕掛けるハラかもしれん」

紫藤は完全に僕の背後に回っていた。

「凶器はないんですけど……」

僕はケータイを取りだし、川野の画像を呼び出すと、坊主の前に掲げる。「この子が、こちらにお邪魔しませんでしたか」

「おお」と坊主と茶髪がユニゾンし、ケータイのディスプレイに顔を引き寄せる。

「これは謎の美少女ではないか」と坊主。

「知ってるんですね」と僕。

「ああ、知っているとも。俺たちに戸惑いと活力をもたらした天使だ」

とりあえず、僕の推論は正しかった。

「この写メを俺たちにくれないか」

茶髪が顔を上げ、言う。坊主も「ナイスな提案だ、ショー」と力強くうなずく。

僕と紫藤は自己紹介し、川野愛香の名とともに、ここを訪れた理由を説明し、川野の写メ提供で、協力の約束を取り付けた。

坊主はMPWA会長で現MPWAヘビー級チャンピオン〝天山広行《てんざんひろゆき》〟と名乗った。

茶髪はMPWA副会長で前MPWAヘビー級チャンピオン〝ザイッツ・ショータイム〟と名乗った。無論リングネームで、覚えるのも面倒だが、後に天山広行の本名が市之倉《いちのくら》広行、ザイッツ・ショータイムが財津翔太《ざいつしょうた》であることがわかった。

「あとはファンファンに聞いてくれ。俺たちは明日の試合に備える」

市之倉会長は「ファンファン！」と声を上げると、マットに戻り、再び財津と組み合った。代わりに奥のマットで蹴り合い練習を見ていたマネージャーらしき女の子がやって来た。

「あの子、君たちの高校の子だったんだ」

ファンファンさんは、岡田真純《おかだますみ》と名乗った。ストレートロングの黒髪と、小柄でサイズが合わないだぶだぶなジャージ（背中に武蔵野プロレス同盟のロゴ）が萌え心を刺激する。

明日は恋ヶ窪美術大の学祭〝恋美祭〟で試合が組まれているという。武蔵野商科大の〝武蔵野祭〟と並ぶ秋の二大興行の一つで、現在ここで練習しているメンバーの他に、多くのOBと準加盟大学の選手が加わり、或いは招待され、昼の部と夜の部の二回、興行が打たれるという。

壁には《インチキサイコー　MPWA　since 1982》と書かれたサークル旗が掲げられている。

「ごめんなさいね、あの人たち、ここに来るとキャラに入り込むから」

組み合った市之倉と財津は、あーだこーだ言いながら、段取りの確認をしている。

「段取り……ですか」

僕は岡田さんに聞いてみる。

「学生プロレスは、あくまでもお客さんを楽しませるものであって、格闘技とは一線を画すものだから。危険であることは危険なんだけど」

岡田さんは僕らに説明してくれた。「段取りミスは、即事故につながるから、試合前は特に入念に打ち合わせしないと」

聞けばMPWAは三十年の歴史のなかで、一人のケガ人も出していないのが自慢だという。新入りは最低半年間、徹底的に受け身、ダメージを与えない殴り方、蹴り方、投げ方を仕込まれるという。奥のマットでは、蹴りと受けの練習が行われている。

「それで、川野はいつくらいからここに?」

「先々週くらいからサーキットに来るようになって、ワイルド・スワンを応援しだしたの。ものすごく熱くね」

岡田さんはサークルの会報を持ち出してきて、広げた。試合の写真が載っていた。

「この白いのが、ワイルド・スワン」

リングのコーナーポスト最上段から、相手に向かってダイブしている選手。マスクマンだ。文字通り、白鳥を模した顔全体を覆うマスクと、手首から足首まで包む、カンフーの道着のような純白のコスチューム。胸と肩は筋肉で大きく隆起しているが、足腰は引き締まっていて、強靭なバネを感じさせる。両手を羽のように大きく広げ、体を反らせた空中姿勢も美しい。

「……えっと、奥で打撃練習している男の子がワイルド・スワンよ」

岡田さんが指をさす先には、相手の女の子を容赦なく蹴り、自らも蹴られている、短髪でアイドル系の端正な顔の男。身長は僕程度（174センチ）で、細マッチョ体型だが、写真のように筋肉は隆々としていない。

「高校時代は体操部でね、結構アクロバティックな技ができるの。動きもキレキレで、うちの大学では一番人気かな」

岡田さんは恋ヶ窪美術大の学生ではなく、布田塾大の三年だという。ちなみに、女子大だ。各大学にも道場はあるらしいが、大きな興行の前は本部のある恋ヶ窪美術大に集まり、合同練習を行うという。

「結構可愛い顔してるのに、マスク被るなんてもったいないって言ったんだけど、会長の嫉妬がすごくて……あ、これはそういう設定だってことね。不細工な会長が、イケメンのスワンを襲って、顔を潰してしまって、スワンは仕方なくマスクマンになったという設定。だから、リング上では犬猿の仲で、スワンは復讐《ふくしゅう》を狙っているの。プロレスには、ドラマとか遺恨が必要だから。戦う動機付けよね」

市之倉会長とスワンなら、観客はスワンに感情移入するだろう。

「彼、二宮敦史《にのみやあつし》君て言うんだけど、本気でプロになれる素材だと思う。何より練習熱心で、礼儀正しくて、社交的で、かわいい！」

「でも、筋肉の感じが違いますね」と僕は写真を指さす。

「コスチュームの中にウレタンが仕込んであるの。会長的には、ワイルド・スワンは変身ヒーロー的な存在なの」

会長はサークル全体のプロデュースも行っているようだ。

誰かのケータイが鳴る。市之倉が腕で汗を拭きつつ、腹筋用ベンチに置いたケータイを手に取り、耳に当てる。背筋を伸ばし、電話をしながら何度か頭を下げる。先輩か？最後に「わかりました」と声を張り上げ、ケータイを置いた。

「ブロンコさん、合流は六時頃になるそうだ。スワン、いつものな」

市之倉が二宮に向かって言うと、二宮は「ハイ」と爽やかで力強い返事をした。試合以外は、普通の先輩と後輩のようだ。

「ブロンコさんはここのＯＢで、スワンの明日の相手。この人」

岡田さんが会報の写真を指さす。〝ブロンコ・オーイソ〟という名の、カウボーイ風のコスチュームに全身を包んだマスクマンだった。〝某電機メーカーＨ立〟勤務で〝家族と会社にバレないように全身を覆っているのだ〟とキャプションがついていた。

「ブロンコさんとスワンの試合は、大体段取りが決まってるから、今日は新しいネタの最終確認だけだと思う。スワンは〝裏コード・ザ・ワイルド〟が新ネタね。怒りが頂点に達すると、股間から白鳥の首が生えたチュチュを着るの……あ、喋《しゃべ》っちゃった」

岡田さんは目を丸くし、キュートに自分の口を覆った。「これは当日まで他言無用ね」

ネタ……。白鳥の首が生えたチュチュ……。奥のマットでは、長身で（僕と同じくらい）格闘家風の女の子が上段蹴りを放ち、ワイルド・スワンこと二宮敦史が胸で受ける。女の子が蹴りを放つたび、バチンバチンと激しい音がする。

「あの二人、同じ高校の同じ部出身だから、遠慮なく蹴り合ってるのよ。音は激しいけど、胸で受ける限りは危険がないの」

なるほど、と感心してしまう。女の子の方は〝ロリンドル・レイナ〟と岡田さんは教えてくれた。本名は瀬島玲奈《せじまれいな》。切れ長の目と、女豹《めひょう》を思わせるキリリとした表情。全体的にスリムで、体も柔らかそうだ。

「川野は明日ここに来る」

僕が言うと、紫藤は「うむ」と偉そうに応えた。

帰り際、岡田さんから既に終わったサーキットを含め、この秋の予定を聞いた。それで、川野が駅から全力疾走だった理由が、サーキットの試合開始が、午後四時だったためということが判明した。放課後すぐ学校を出て、ギリギリ間に合うかどうかの時間だ。

次に、なぜワイルド・スワンなる学生レスラーに入れあげたのか。疑問を解くべく、恋ヶ窪駅のホームのベンチでノートパソコンを広げ、動画投稿サイト『ムーヴチューン』で検索をかける。ＭＰＷＡは人気団体らしく、試合映像がいくつもヒットした。

一番上にあった、ワイルド・スワン＆ロリンドル・レイナ組対天山広行＆ミスターＭ組のタッグマッチの動画を再生する。今年春の新歓興行で行われた試合のようだ。

ミスターＭなる白ブリーフ一丁のマスクマンが、レイナにセクハラ攻撃を働き、笑いを取る以外は、正統派プロレスが展開された。特にスワンこと二宮と、天山こと市之倉会長のマッチアップは技の応酬が激しく、岡田さんが言った〝遺恨〟を強く感じさせた。

そして、ワイルド・スワンの動きは、まさに鳥だった。足腰のバネは天性のものだろう。ロープやコーナーポストを使い、リズミカルなステップで縦横に飛び、キックや回し蹴りを繰り出す。かと思えば、グラウンドレスリングも器用にこなし、会場をどよめかせる。

『スワン選手、相手が天山だけに、最初から飛ばしております』

財津の実況が入る。学生プロレスは、会場にそのまま実況が流れるのだ。

『スワン選手、素顔はイケメンだという噂ですが、それを嫉妬した天山会長に闇討ちされ、二目と見られない顔にされてしまったようです。マスクを被っているのはそのためです。具体的にどんな仕打ちをしたんですか、解説のブロンコ・オーイソさん』

『天山は油性マジックを使ったようです』とオーイソ。

『なんと天山会長は油性マジックを使って、スワンの顔を二目と見られないものにしてしまったようです。普通の石鹸《せっけん》ではなかなか落ちませんね！』

ばかばかしい事を真剣にやる。これも学生プロレスの醍醐味《だいごみ》なのだろう。

試合が十分を超える。レイナがセクシーポーズで天山を場外に誘い出す。その隙にワイルド・スワンが、ミスターMに投げ技を放つ。もんどり打ってリング中央で大の字になるミスターM。そして、スワンが右手を高々と上げると、会場から『スワントーン！』と声が上がる。決め技の予告のようだ。

ワイルド・スワンは、軽やかなステップでコーナーポストの最上段に上ると、翼のように、両手を広げ見得《みえ》を切り、飛んだ。体を反り、翼を広げ、白鳥のような空中姿勢を取る。すごいジャンプ力だ。そして、そのまま前方宙返りをする要領で、ダウンしたミスターMの上に頭から急降下、全体重を浴びせた。長距離ハイジャンプ飛び込み前転のような技だ。

『出た、必殺のスワントーン・ボム。よい子の皆さんは真似しないでください！』と財津の絶叫。

「すごいな」と紫藤が声を上げる。

カウント3が入り、スワン・レイナ組の勝利が告げられる。

「相当なバランス感覚と身体能力がないと、あんな技できないだろうな」

岡田さんが言った『プロになれる素材』という言葉に合点がいく。

タッグパートナーが敗れた天山はリングに戻ると、腹いせに暴れ回りセコンドの若手レスラーたちを蹴散らす。そこにスワンがマイクを持ってやって来た。

『天山！　今度はお前をスワントーンで潰してやる。覚悟しておけ！』

スワンの真に迫ったマイクアピール。天山＝市之倉会長は若手に押さえられながらも、不敵な顔で、何か毒づいている。こちらも堂に入った悪役《ヒール》っぷりだ。

他にもアップされているスワンと天山がらみの試合を観たが、どれも激しくハイレベルで、スワンの空中殺法とマイクアピールが印象的だった。

「なるほど」

脇からディスプレイを覗き込んでいた紫藤は、腕を組んでベンチに背を預ける。「ワイルド・スワンも、鳥と言えば鳥なんだろう、川野にすれば」

ワイルド・スワンの関連動画に、メジャープロレス団体《真日本プロレス》の動画がいくつか並んでいた。ワイルドJJというレスラーの試合だった。クリックしてみると、東京ドームで行われた試合が公式ページにアップされていた。

ワイルドJJもマスクマンで、多彩な跳び技と打撃技が主体の選手だったが、動きの重量感や華やかさ、精度は、スワンよりも格段に上に見えた。プロだから当たり前か。

「動きがスワンに似ているな」と紫藤。「というより、スワンがこのワイルドＪＪのスタイルを模倣しているんだろうな」

『ワイルドＪＪ試合を決めるか！』

実況音声が響く。ワイルドＪＪが、軽やかなステップで、コーナーポスト最上段に上った。リング中央には、大の字にダウンした相手。ＪＪは翼のように、両手を広げ見得を切り、飛ぶ。体を反り、翼を広げ、白鳥のような空中姿勢を取る。そして頭から急降下。

――スワントーン・ボムだった。

『出た、必殺スワントーン・ボム！　マカベ返せなーい！　決まったー！』

解説者が、スワントーン・ボムは限られた者しかできない、危険な技だと語った。それを使いこなすワイルドＪＪは、世界規格の天才であると。

なるほど、まずはスタイルの模倣か。

「一応ブロンコ・オーイソも観ておくか、この際」

紫藤が提案したので、明日のスワンの対戦相手であるブロンコ・オーイソの試合を観てみる――とりあえず、笑わされた。ブロンコ・オーイソはコミカルな動きで相手を翻弄、しかし攻撃は自爆やレフリーへの誤爆を繰り返し、金的打ち、カンチョーなど反則もお構いなし。

「なんだこれは」と紫藤。

「学生プロレスは、お客さんを楽しませるものだから」と僕。

ブロンコ・オーイソの試合は、どれもコミックマッチで、遺恨とも因縁とも無縁の、ギャグとお約束がちりばめられた、エンタテインメントだった。ネタを全て消化したところで、最後は相手の得意技であっさり負けるのが定番になっていた。

「存在意義はあるな」と紫藤。「ある意味職人に徹している感がある。エンタテインメントを演出し、対戦相手の危険な技も受けきる。もしかしたら相当のテクニシャンかもしれない」

確かに同感だが、そんなことを真剣に考えていた紫藤も、なんだか微笑ましかった。

「これで、僕はお役ご免かな」

僕はノートパソコンをしまう。「うむ」と紫藤。

説得は、生物部の領分だ。それに、秋のシーズンが終われば、春の新歓まで試合はない。川野の目も覚めるというわけだ。

電車がホームに入ってきたところで、ポケットのケータイが振動した。『川野愛香』の表示。三週間ぶりの出動メールだった。

『あした十時、カメラ持って恋ヶ窪美術大に集合ね！』

2　恋美祭の密室　十月二十九日　土曜

澄み切った青空と爽風の中、僕と紫藤は川野を待った。

そして、午前十時五分。恋ヶ窪美術大学正門前に、制服姿の川野が颯爽とやって来た。

「ワイルド・スワンを撮って！　すっごい飛ぶから気をつけてね」

開口一番、川野は言った。予想通りだが、「鳥じゃないだろう」と言い返してみる。

「鳥だよ。じゃ、行こう！」と川野は意に介さない。

「きょ……きょうも綺麗だね……」と紫藤が言いかけたが、川野は無視して、恋美祭初日を迎えてデコレーションされた正門をくぐった。

川野は呼び込みや屋台村に見向きもせず、人混みを器用にかわしながら、早足で進んでいき、その背後を、紫藤がぴたりとマークする。川野は案内板を頼ることなく、七号館、十二号館、図書館に三方を囲まれた、中庭のような煉瓦敷きの広場にたどり着いた。

広場の片隅、十二号館を背に、リングが設営されていた。六メートル四方ほどか。生で見ると、大きい。まだ準備途中らしく、ジャージ姿の選手やスタッフたちが、慌ただしく動いている。昼の部の試合開始まで、あと五十分ほどあったが、川野はお構いなしに正面最前列の中央に座った。並ぶように紫藤も座ろうとしたが、「飲み物買ってきてくれる？」と川野に言われ、「はい」と屋台村の方に走っていった。

僕は少し距離を取り、会場全体を見る。リングを囲むように、背もたれのないベンチが並べられているが、川野以外に、客はまだ一人もいない。リングサイドには、実況席がつくられ、財津と数人のスタッフがマイクやスピーカーなど、機材を調整している。

リング上では、選手たちがストレッチを始めていた。川野がリングサイドに座った途端、各選手の動きがきびきびし出したのは、ご愛敬《あいきょう》か。市之倉の姿が認められたが、他は知らない選手ばかりだ。準加盟やＯＢ選手たちが交じっているのだろう。白いマスクのミスターＭもいた。

正面の反対側、リングと十二号館の間は五、六メートルほどで、『スタッフエリア』と書かれた立て看板が置かれていた。そこに、岡田さんの姿を見つける。だぶだぶのジャージで、後輩らしい選手やスタッフに指示を出している。岡田さんも僕に気づいた。

「来てくれたの、うれしい！」

岡田さんは、リング越しに川野の姿を見つける。「実は彼氏？」

「いえ、ワイルド・スワンを撮ってくれと頼まれまして」

僕はカメラを掲げ、一応写真部員であることを話す。

「そうなんだ。だったらスタッフエリアに席キープしておくよ。ＯＢとかいっぱい来るけど、高校の写真部が取材に来たって言えば、大丈夫だから」

岡田さんが言ったところで、十二号館エントランスホールから話し声が響いてきた。振り返ると、二宮とメガネをかけた三十代後半くらいの男性が並んで出てきた。

「ニノ、大磯《おおいそ》さん、もう彼女来てる、マスクマスク」

岡田さんが小声で注意すると、二人とも慌てて十二号館に引っ込んだ。しばらくして、二宮はジャージの上に顔だけワイルド・スワンに、大磯と呼ばれた男は、ブロンコ・オーイソになって、戻ってきた。

「スワン、彼、愛香ちゃんのお友達。昨日来てたでしょ」

岡田さんが、二宮＝ワイルド・スワンを呼び止め紹介してくれる。僕は軽く礼をすると「設楽です」と名乗った。「川野が迷惑をかけているようで」

「迷惑なものか。先輩たちの動きを見れば、あの子がどれだけ貢献してるかわかるだろう」

市之倉も他のレスラーたちも、やたら大きな声とアクションで、受け身やロープワークの練習をしている。「俺も、リピーターになってくれたってことがすごくうれしいし」

スポーツマンらしい歯切れのいい返答だが、目の部分も口の部分もマスクに覆われているので、表情はうかがい知れない。目と鼻、口の部分は細かな網状になっていて、視界と呼吸は問題ないという。

「スタイルはワイルドＪＪですか」

興味があって来たと思わせたいので、一応聞いてみる。

「そう。最近の高校生はプロレスなんか知らないんだけどな」

「スワンはワイルドＪＪラブだもんね。夢の中では何度も体を合わせてるんだよね」

岡田さんが囃《はや》したてる。

「誤解を招くようなことは言わないでください。設楽君、ＪＪに対してはリスペクトしかないから。夢の中では何度も対戦している、という意味で、そこは誤解しないように」

「今日はそのＪＪが観に来るんだよね」

岡田さんによると、ワイルドＪＪはＭＰＷＡのＯＢで、プロ入りを目指しているスワンを個人的に〝視察〟に来るのだという。

「浮かれすぎて段取り忘れないようにな」

ブロンコ・オーイソがやんわりと釘を刺した。

ワイルド・スワンがウォーミングアップのためリングに上ると、一人ぽつんと客席にいる川野が「スワンがんばってー」と声を張り上げた。

「彼女、なんか純真で、因縁とか遺恨とかストーリーを全部信じてるみたいだから、いつのまにか、彼女の前では常にキャラでいるようにって、暗黙のルールができてるのよね」

岡田さんは苦笑気味に言い、会場を見渡す。「よし、これで全員出てきたね」

コミック専門のオーイソも、リングサイドでのウォーミングアップは入念だった。

「ねえ設楽君、申し訳ないんだけど」

岡田さんは、少し小悪魔のエッセンスが振りかけられた笑顔で僕を見る。「ちょっとこれ一緒に運んでくれるかな」

十二号館のエントランスとリングの間には、リングと同じ高さの花道が造られていて、その脇に段ボール箱が積まれている。何かを運んできた後なのか、中は空だった。

「どこまで？」

席料だと思えば容易《たやす》いこと。

「中に控え室があるから、そこまで。ほんとごめんね」

岡田さんは、大きな段ボール箱をひとつ抱え、「ついてきて」と先に行く。

僕も段ボール箱を抱え、岡田さんの小さなお尻を追いつつ、十二号館に入る。広いエントランスホールを縦断し、『アトリエ・エリア』と表示された入口をくぐると、正面と左右の三方向に廊下が延びていた。正面の先は裏口になっていて、左右の廊下沿いには、アトリエが並んでいた。廊下を右に曲がると、3号アトリエ、2号アトリエと両開きの大きな扉に表示があった。岡田さんは、２号アトリエに入った——途端に、ここが一階なのか二階なのか混乱した。一般教室より一回り大きい、白く明るい部屋だが、作業スペース部分が半地下になっていて、アトリエ入口からは階段を下りなければならなかった。

「足元、気をつけてね」

岡田さんは段ボール箱を抱えたまま、器用に階段を下りてゆく。

入口付近は踊り場で、一階と同じ高さではあるが、半地下の作業スペースを見下ろすように、キャットウォークのような通路が、壁沿いにアトリエを一周していた。キャットウォークからフロアまでの落差は、二メートルほどか。キャットウォークには一応手すりがついていたが、高さは数十センチ程度だ。作業スペースにはテーブルや姿見が並べられていて、荷物やコスチューム、シューズやマスクが乱雑に置かれている。アトリエがＭＰＷＡの臨時控え室のようだ。テーブルに広げられた白いコスチュームは、ワイルド・スワンのものだ。

岡田さんの指示通りに、部屋の隅に箱を置く。

「びっくりした？　つくった作品を俯瞰《ふかん》できるようにこんな構造になってるの。空間デザインとか、影像とか、オブジェの制作には欠かせないみたいで」

だったら二階まで吹き抜けにすればいい話だが——

「このアトリエはもともと一般教室だったところをリフォームして造ったの。何年か前に空間デザイン科が新しくできて必要になったんだけど、二階はつぶせないから、掘るしかなかったって話。やっぱりアトリエの性質上、天井の高さは確保しないといけないからね」

岡田さんの到着を待っていたように足音がして、長身の女性が入ってきた。

「真純さん、コスチュームです。完成したの今日の二時ですよ」

ロリンドル・レイナこと、瀬島玲奈だった。瀬島さんは僕を見て立ち止まる。

「あ、この人昨日来てた子。設楽君ていって、荷物運ぶの手伝ってもらったの」

「謎の女の子とお友達の？」

僕が会釈すると、瀬島さんも会釈し、階段を下りてきた。髪を肩に垂らし、紺のジャージに全身を包んでいる。胸には大きなスポーツバッグと手持ち金庫を抱いている。

「それね？」

岡田さんが、瀬島さんのバッグを受け取り、床に置くと白い塊を取り出した。

クラシックバレエの時に着る、純白のチュチュだった。股間の部分から白鳥の首が屹《きつ》立《りつ》し、先端には可愛らしい顔。ワイルド・スワンの裏コード・ザ・ワイルド……。

「完璧じゃーん、すっごいよくできてるよ玲奈」

白いサスペンダーがついていて、コスチュームの上からすぐに着られるようになっていた。「ちょっと着てみて、玲奈」

「えー、やです！」

体をくねらせる瀬島さんに精悍さや凜々《りり》しさはなく、昨日、二宮の胸に蹴りを打ち込んでいた〝女豹・ロリンドル・レイナ〟とは印象がまるで違う。恋ヶ窪美術大では服飾デザインを専攻していて、縫製はお手の物だという。

「ニノのためでしょ」

岡田さんが意味ありげに言うと、瀬島さんは「はい……」と言いながら、金庫を足もとに置き、チュチュを着た。恥ずかしそうな表情が萌え心を誘う。

「似合う似合う！」

岡田さんは、股間から屹立する白鳥の首を指さして腹を抱えて笑った。

「さあ、今日のメインで炸裂《さくれつ》するからね、この裏コード。みんなにバレないようにリング下に隠しておかないと」

岡田さんは瀬島さんから白鳥チュチュを受け取ると、箱に入れた。「ニノは隠し場所知ってるよね」

「さっき伝えました」

瀬島さんは少し頰を上気させて応える。

裏コードはブロンコ・オーイソ氏（四十二歳！）のアイデアで、白鳥チュチュは、オーイソ氏の原案を基に瀬島さんが密かに製作。この新ネタに関しては、本番まで他のメンバーたちにも内緒だという。

『確かに段取りは大事だが、突然の新ネタや突発のアドリブにどう対処するかも鍛錬のうちだ』と十何代か前の会長が決め、今も伝統として続いているらしい。岡田さんのような進行役と作った本人は、例外として。

岡田さんと僕は、チュチュが入った箱と金庫をそれぞれ持って、アトリエを出た。瀬島さんは、着替えてきますと、隣の3号アトリエに消えた。

岡田さんが持つ金庫は、選手たちの貴重品を入れるためのものだという。

「盗難事件が多くてさ、希望者のサイフとかケータイとか金庫に集めて、試合中は事務室の鍵のかかるロッカーに保管することにしてるの。会場に出たら、みんなから集めるのもわたしの仕事」

岡田さんと僕は会場に出ると、タイミングを見計らって、リング下に箱を隠した。

試合開始五分前。リングの周囲を百人を超える観客が取り囲んでいた。

『今年もやって来ました、恋ヶ窪を血の色に染める……ことは全くないゆるーい戦い』

実況席に座った財津が、マイクスタンドをつかみ、オーバーアクションで声を張り上げる。財津の隣には、市之倉が座っている。昼の部は市之倉が解説のようだ。

『明るく激しく安全第一がＭＰＷＡのモットーです』と財津。

『本気で殴った日にゃ、友達なくしますからね』と解説の市之倉。

実況は試合のない選手が交代で行い、話術も先輩から後輩へと受け継がれてゆくという。

僕はスタッフ席の一番端に陣取っていた。スタッフエリアにはスタッフの他に、私服姿の十人ほどの観客がいたが、全て招待されたＯＢだという。シャツとネクタイに白い覆面という妙な格好のミスターＭも、ＯＢ席にでんと座っていた。他にも現役時代のものなのか、マスクを被った歴々もちらほら。女性もいる。何かあったら阿吽《あうん》の呼吸で参加して試合を盛り上げてくれる、と岡田さんは説明してくれた。

「それと、秋の大会はテーマが世代交代なの。昼の部で二年生のスワンが、四年生の会長に挑戦状をたたきつけて、夜の部で一騎打ち。ブロンコさんはそのための噛ませ犬の役」

次期エース。それがワイルド・スワンの立ち位置のようだ。

試合開始を告げる勇壮なオープニング曲が流れ始めた。

リングを挟んだ向かいにいる川野を見ると、スワン以外興味はないのか、ケータイをいじっていた。

昼の部は全四試合。一年生、二年生主体の試合が組まれていて、本興行となる夜の部へ向け、ストーリーを盛り上げる役目も負っている。一応取材に見えるように、僕はカメラを構える。そこへ男性が一人、遅れてやって来て、隣に座った。小柄だが筋肉質の男。短髪で肌は黒く焼けていて、精悍なオーラを発散させている。OBのひとりだろう。市之倉と財津は試合が組まれていないようで、ジャージのままだ。

第一試合、第二試合と武蔵野商大や農工大の若手が盛り上げ、セミファイナルは、黒いレザーのボンテージコスチュームに身を包んだ瀬島さん＝ロリンドル・レイナが、恋ヶ窪美術大OBで、観客席から突如現れたミスターM（白ブリーフ一丁に上半身は裸にネクタイ！）とのシングル戦に挑んだ。

レイナは上段蹴り、掌底突き《しょうていづ》など、打撃主体で攻め込んだが、不必要に体を触るミスターMのセクハラ攻撃と、痛めつければ痛めつけるほど相手が喜ぶという展開で苦戦、最後は場外での放置プレイで、なんとかリングアウト勝ちを拾った。

『リストラの恐怖に怯《おび》える毎日を送る彼の、唯一の楽しみがこのリングなんです。皆さん生温かい拍手を！』という実況の中、OB席で背中を丸めて、脱いだシャツを再び着込む後ろ姿が哀れを誘った。これも演出なのだろう。

昼の部のメインは、ワイルド・スワンとブロンコ・オーイソの一騎打ち。スワンが軽快な入場テーマに乗って登場すると、川野は「スワーン」と声援を送り、周囲を萌えさせた。

試合は序盤から反則自爆誤爆と定番ネタを駆使するオーイソのペースで進んだ。変則的な攻撃にスワンは困惑し、会場は盛り上がる。

『学生プロレスを謳《うた》いながら、オーイソ選手も早《はや》キャリア二十四年。ベテランの味をいかんなく発揮しております』と財津。

『この前、中学生になった娘さんがこっそり観に来て、泣いて帰ったそうです』と市之倉。

『以後、口を利いてくれなくなったという情報も入っております』と更に財津。

実況も絶好調だ。しかしこの実況が罠《わな》だった。オーイソは明らかに動揺し頭を抱え、スワンに起死回生のバックドロップを喰らってしまった。これも定番のネタなのだろう。

これで形勢逆転。スワンは、華麗に飛び、投げ、時に関節技を極《き》めて歓声を浴びる。

その動きは予想以上に速く、展開が読めないため、写真は諦め、僕はカメラの撮影モードをムービーに切り替えた。次々と技とネタの応酬をしてゆくスワンとオーイソ。そして――

『さぁ、オーイソ選手も手持ちネタを使い切りました。あとはフィニッシュです』

財津の実況を待っていたように、スワンのハイキックでオーイソが仰向けにダウン。

そして、スワンが右手を挙げ空を指さした。

「スワントーン！」とＯＢ席から声が上がる。

決め技のスワントーン・ボムだ。川野的には一番逃してはいけない瞬間。僕はリングサイドに進み出て、スワンをフレームに収める。

スワンは軽やかなステップでコーナーポストの最上段に飛び乗り、両手を翼のように大きく広げ、胸を張り見得を切り――飛ぶ。

生で見るスワントーン・ボムは、想像以上に華麗で、想像以上の迫力だった。空中で大きく体を反って胸を張り、そこから体を回転させつつ急降下、頭からオーイソを直撃する。動画で観たより急角度――これが生の迫力か。スワンは、すかさずフォールに行き、レフリーのカウントが入るが、オーイソがギリギリで返した。会場からどよめきと歓声。

『おっと、これは先輩の意地か』と気色《けしき》ばむ財津。

『いや、むしろ中間管理職の意地ですね。板挟みには慣れていると言わんばかりです』

オーイソはふらふらと立ち上がり、膝をつき少し呆然とするスワンに組み付き、リング外に放り投げると、「社会人舐《な》めんな」とOB席にアピールする。待ってましたとばかりに、OB五、六人が立ち上がり、リングサイドになだれ込み、場外乱闘となった。

『社会人舐めんなって、バブル入社組のオーイソ選手が言いますかね』

『OBの皆さん、場外乱闘はスタッフエリアの中だけでお願いしまーす！』

財津、市之倉の掛け合いで、騒然となった会場の空気が和んだ。

「スワンを助けてあげて！」と岡田さんが声を上げる。

花道から、ジャージに着替えた瀬島さんが飛び出してくる。更に数人の現役選手が駆けつけ、スワンに加勢する。これが世代交代抗争か。スワンとオーイソの姿は乱闘の中に飲み込まれ、リングサイドは大混乱になった。ある者は大袈裟に吹っ飛び、イスを倒し、奇声を上げてダウンする。ＯＢ二人に両脇を抱えられて助け出された哀れなＴシャツ姿は、ミスターＭだった。またある者はどさくさ紛れに岡田さんにセクハラ行為をして頬を張られていた。

みんな役者だなと思いつつ、僕も観客席側に避難する。

やがて、混乱を抜け出し、スワンがリング上に戻った。僕はカメラをリングに向ける。

一瞬、会場がどよめき、爆笑に変わる。白鳥のチュチュを着けた、ワイルド・スワン、裏コード・ザ・ワイルドだ。

なるほど、着替えの時間か――一仕事終えたとばかりにわらわらと席に戻っていくＯＢたち。事前の説明はなかっただろうが、ＯＢたちは阿吽の呼吸で興行に協力したのだ。

『おっとこれはワイルド・スワン第二形態か』と財津。

スワンに続き、何故《なぜ》かマスクが後ろ前反対になり、視界を失ったオーイソがよろよろとリングに戻ってきた。スワンはすかさずハイキック一閃《いっせん》。仰向けにダウンしたオーイソを確認すると、リングに背を向けるように、コーナーポスト最上段に上り、飛ぶ――

スワンは空中で後方宙返りすると、オーイソに体重を浴びせかけた。

『ムーンサルトプレス！　スワンの新兵器だ！』

今度はカウント3が入った。川野が口をあんぐりと開けて立ち尽くしているのが見えた。スワンはすっくと立ち上がり、実況席の市之倉を挑発的に指さすと、首を掻《か》き斬るポーズをして、颯爽と花道の奥に消えていった。

『おっと市之倉会長、今のは挑戦と受け取っていいのでしょうか』

『そんなの百万光年早いと、夜の部で思い知らせてやりましょう』

市之倉は鷹揚に言い、昼の部は終了した。

観客がはける中、若手の選手、スタッフがリングの周囲を片付け、掃除を始める。試合を終えたオーイソが、OBたちから次々に挨拶を受けている。おそらく最年長なのだろう。オーイソはいちいち応え、着替えのためか、十二号館の裏へと消えた。

観客席を見ると、川野が席を立ち、紫藤を従えて、屋台村の方へ歩いて行くのが見えた。

OBたちはその後、思い思いに歓談、或いはリング上で軽くスパーリングを行っている。市之倉は、昼の部に出場した選手を集め、第一試合から順に感想を言い、ダメ出しをしていた。

岡田さんが、リング下から白鳥チュチュの入っていた箱を引っ張り出した。

「設楽君、箱、また控え室に戻そうか」

僕が箱を持ち、岡田さんは集めたゴミを袋に入れ、一緒にエントランスホールを抜け、アトリエ・エリアの廊下に入る。ちょうど2号アトリエから瀬島さんが出てきた。上気した肌に、タンクトップとショートパンツが艶めかしくセクシーだ。しかし、肩から二の腕にかけて、思った以上に筋肉質で、確かな鍛錬を感じさせた。

「スワンは？　今第一試合の総評やってるとこなんだけど、控え室にいないの？」

「見てないです。一度控え室には戻ったみたいですけど」

瀬島さんはすこし困惑したように言った。

「わかった、玲奈は総評行きな」

瀬島さんは、岡田さんに会釈し、会場に向かった。

「ブロンコさん、ああ見えて段取りとか礼儀とかけっこう厳しい人で、もしかしたら、何かミスがあって呼び出されてるのかも」

僕らは2号アトリエに入った。階段を下り、テーブルの脇に箱を置く。隅のテーブルの上に白鳥のチュチュと、白いコスチュームが脱ぎ捨ててあった。

「また、脱ぎっぱなしで……」と岡田さんがゴミ袋を置く。

――!!　何かが折れ、崩れ、倒れたような激しい音がした。壁越し？　僕と岡田さんは立ち尽くし、視線を合わせた。

「隣っぽいですよ」と僕。「何か重いものが倒れたような音ですね」

僕と岡田さんは一緒に2号アトリエを出る。

「2号と3号は控え室に使うから、作品は別のところに移しているはずで……」

岡田さんは隣の3号アトリエの扉を開ける。「こっちは異常なしか」

僕ものぞくと、2号アトリエと同じように、テーブルと姿見が置かれていた。廊下に戻ると、ちょうどエントランスホール側の入口から市之倉が姿を現した。

「ファンファン、スワンいたか？　総評に来てない」

「控え室にはいないよ。ブロンコさんと一緒じゃないの？」

「じゃあ、外か」

市之倉はエントランスホールへと消えた。音の発生源が3号アトリエでないのなら――岡田さんは1号アトリエの扉を開け、一歩中に入ると、「あっ」と小さく悲鳴を上げ、立ち竦《すく》んだ。

「どうしました？」

僕は岡田さんの背後から、アトリエのフロアを見下ろす。竹や細い木材で幾何学的に組み上げられた作品がフロアの階段側に置かれていた。歪《いびつ》なジャングルジムのようだ。その中央部分が大きく崩れて、中心にジャージ姿の誰かが仰向けに倒れていた。

「大丈夫ですか！」

立ち竦む岡田さんの脇を抜け、階段を下り、駆け寄る。うめき声がして、その肩がわずかに動いた。ワイルド・スワンこと二宮敦史だった。

僕は行く手を阻む木材や竹をなぎ払い、二宮のもとにたどり着く。Tシャツの肩の部分に血がにじんでいた。

「岡田さん、救急車を！　二宮さんが！」

3　オフィーリアの証言　十月二十九日　土曜

『階段で足を滑らして……迷惑かけてすいません』

午後零時十五分、二宮はそう言い残して、救急車で運ばれていった。

午後一時、国分寺署の捜査員が来て、事情を聞かれた。僕、岡田さん、市之倉、財津、駐車場にいたオーイソの証言で、何かが崩れ落ちるような音がしたとき、1号アトリエには二宮しかいなかったことが確認された。

午後一時二十二分、救急車に同乗し、一緒に病院へ行った瀬島さんから、『軽い頸椎《けいつい》捻挫《ねんざ》です。一週間ほどの安静で済むそうです』と財津のケータイに連絡があった。

午後二時三十分、病院で、二宮自身が足を滑らせて階段から転落したと応えていることから、事件性なしと結論がでた。軽傷だったこともあり、国分寺署員も口頭での注意に止《とど》め、署に戻った。

午後三時、事後処理と状況説明のため大学の総務部に行っていた市之倉が帰ってきて、始末書と引き替えに、夜の部は予定通り行えることが伝えられた。MPWA選手スタッフOBは一様に安堵《あんど》の表情を浮かべた。無論、ワイルド・スワンは欠場だ。

午後三時五分、僕は釈然としない思いに囚《とら》われていた。

警察による聴取で、僕は発見時の様子を語り、意見していた。

『階段から落ちたにしてはオブジェの壊れ方がおかしいと思います』

僕はオブジェの階段側の面から、木材をなぎ払って、二宮を助け出そうとした。階段から落ちたなら、階段側の面の外側部分も破壊されていて然《しか》るべきだ。

『あの壊れ方は、もっと上から落ちた壊れ方です』

僕は力説したが、『でも、本人が階段から落ちたと言っているからね』と署員は苦笑いしながら、取り合ってくれなかった。

階段以外から落ちたとすれば、キャットウォークのどこかからになる。ならば、二宮はキャットウォークの上を移動したということだ。なんのために？　そして、事故にしては不自然な部分もある。二宮は、会長による総評が控えているのに、なぜ控え室でもない1号アトリエに行ったのか。二宮本人は1号アトリエに行ったことについて、『試

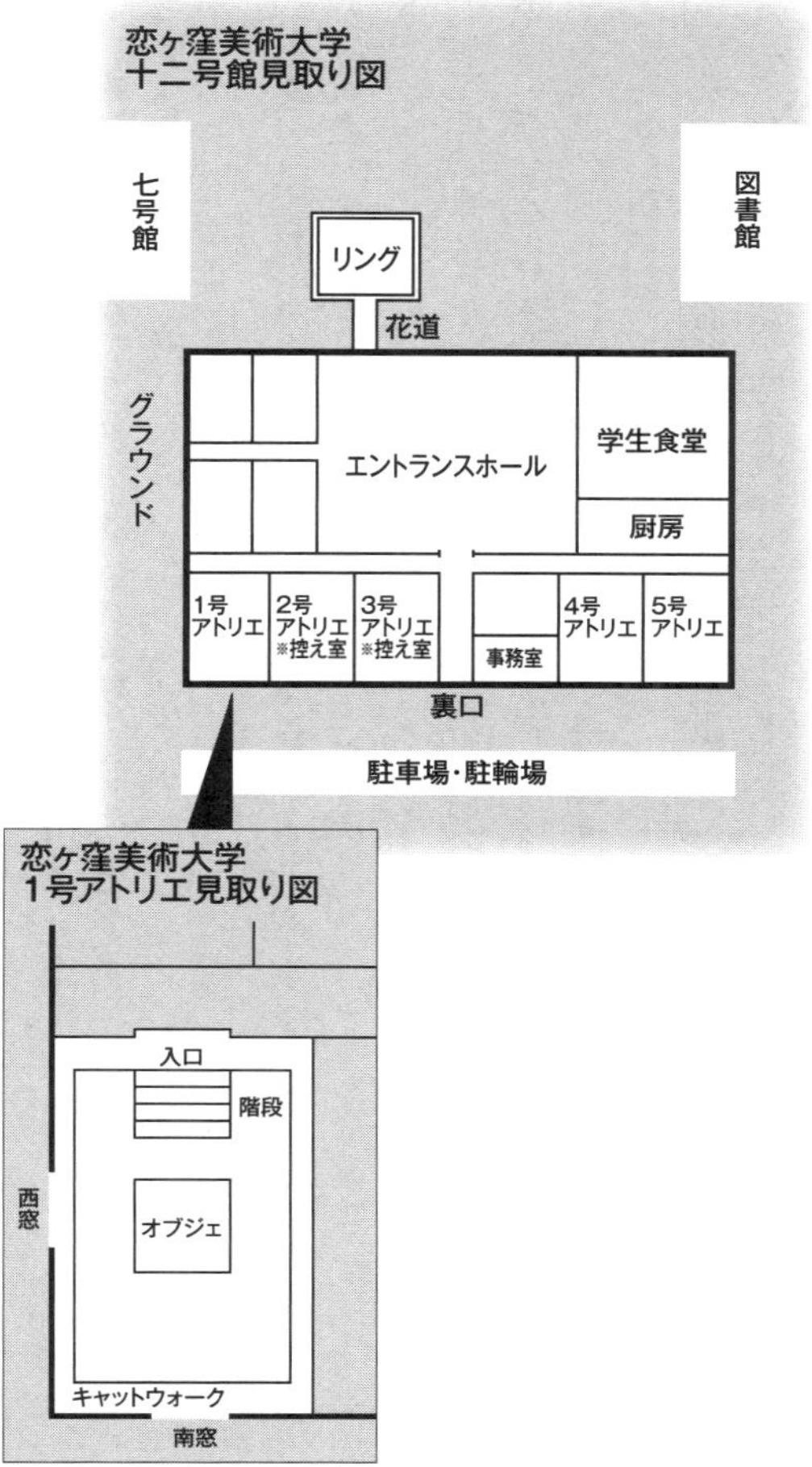
恋ヶ窪美術大学
十二号館見取り図
七号館
図書館
リング
花道
グラウンド
エントランスホール
学生食堂
厨房
1号アトリエ
2号アトリエ ※控え室
3号アトリエ ※控え室
事務室
4号アトリエ
5号アトリエ
裏口
駐車場・駐輪場
恋ヶ窪美術大学
1号アトリエ見取り図
入口
階段
西窓
オブジェ
キャットウォーク
南窓

合後は興奮していて、たまに部屋を間違う』と応えた。まさかと思ったが、市之倉も財津も『確かそんなこともあった』と納得した。以前、同様なことがあったらしい。だとしても、コスチュームを脱ぐために、一度2号アトリエに行っているのだ。説明になっていない。それで納得するMPWAの連中も信用できない。

岡江和馬を呼ぶことにした。

「君が言う不自然さは理解した。二宮敦史は何か目的があって、1号アトリエに行ったのは間違いない。まあ警察は、重大事件でない限り、処理が楽な解釈をしたがるものさ」

岡江は破壊されたオブジェを見下ろしながら、端正なあごをつんと突き出し、メガネの奥の瞳を光らせる。なぜか野暮ったい黒縁メガネをかけ、白いシャツにネクタイ、サマージャケットという、割とフォーマルな姿。意図的なのだろうか。美術館の学芸員風に見えなくもない。

成績優秀眉目秀麗で、人並み外れた観察眼と洞察力の持ち主だが、怜悧《れいり》でちょいアンニュイな顔の下には、特殊性癖シスコンでド変態の本性を隠している。彼の要請（と僕の都合）で、僕は川野の〝フェチ〟写真を撮ることを副業としている。

事件前後の状況は事細かく伝えてあり、僕が撮影した昼の部の試合映像も、これまでのＭＰＷＡの試合映像も既にチェック済みだ。

「事件であるなら、犯人は二宮敦史にケガを負わせたあと、この部屋から脱出したことになる。つまり、密室事件さ」

窓は南と西側にひとつずつ。どちらも鍵はかかっていなかったが、すぐ外の南側に駐車場と駐輪場、西側に運動部用のグラウンドがある関係か、アルミ製の格子がはめられていた。侵入と脱出は、不可能だろう。出入口は、廊下に面した扉だけ。

「しかし、二宮敦史本人は階段から落ちたと嘘の証言をしている」

「誰かを庇《かば》っているんだな」

「そうなるね。まず不審者の有無を聞こう」

「音がした後、僕らはすぐに廊下に出たけど、1号アトリエの前には誰もいなかったし、3号アトリエも無人だった。エントランスホールの方からは、ちょうど市之倉さんが入ってきて、僕も岡田さんも廊下から逃げ出してくる不審者など見ていない」

これは国分寺署の聞き取りの結果で、信憑性《しんぴょうせい》は確かだ。ちなみに、音が偽装だったことを考え、スピーカーやｉＰｏｄなど音が出るもの、オブジェを破壊できる二宮並みの重量物を探したが、少なくとも1号アトリエの中にはなかった。

「市之倉広行が不審者の可能性もある」と岡江。

素早く部屋を抜け出し、今来たように装って、廊下に入ってきたふりをした——

「その可能性も考えた」

市之倉の疑いを晴らしたのは紫藤だ。「試合のあと、紫藤が、総評を中断してアトリエに向かう市之倉さんを追いかけてきて、挨拶してるんだ。市之倉さんがアトリエ・エリアの廊下に入ったのは、その直後だよ」

その紫藤は、1号アトリエの事件などつゆ知らず、今頃川野と恋美祭を満喫している。川野から『夜の部まで紫藤と少し時間つぶす』とメールが入っていた。川野のことだ、紫藤を下僕《げぼく》扱いしている可能性が高い、と思い直す。

「裏口の状況は？」

「入ってすぐのところに、事務室と窓口がある。学食の食材を搬入する関係で」

事務室には常時人がいて、裏口の外側には防犯カメラが設置されていた。国分寺署の捜査員にそっとついていき、防犯カメラのチェックをのぞき見したが、事件前後に出入りした人間はいなかった。

「なるほど」

僕の説明に、岡江は特に困った表情も見せず、腕を組んだ。「外部犯の線はなくなったね」

「岡江さん、連れてきました」

背後から岡田さんの声。アトリエ入口に、岡田さんと、花柄のワンピースを着た女性が立っていた。長い髪を後ろでまとめ、細身でいかにもアーティストな雰囲気だ。

「ありがとう、真純さん」

岡江は言い、もう一人の女性に視線を向ける。「ご足労お願いして申し訳ありません」

「空間デザイン科の今居明日菜《いまいあすな》さんです」

岡田さんが紹介してくれた。岡江の要請で呼び出した、オブジェの製作者だ。

「本件調査担当の岡江和馬といいます」

白いシャツにネクタイ姿で来た岡江の意図が読めた。布田塾大生の岡田さんは、岡江を恋美の職員と勘違いしているようで、今居さんも岡江をどこかの調査員と思い込んでいるようだ。態度が大きくて、見ようによっては年齢不詳でもある岡江だからこそ為《な》せる業だ。

「申し訳ないが、プロレスサークルの方は退室してください。必要なときに呼びますから」

岡田さんは、岡江に会釈すると、素直に退室した。

「あ……ああ」

今居さんは、フロアの惨状を見て、よろよろと階段に近づき、膝をついた。

「わたしの『オフィーリア』が……」

「二宮敦史はまさにミレイのオフィーリアのように、あの中心に横たわり、ハムレットのオフィーリアのように非業の死を遂げた……」と岡江。

「死んでないって」と僕。

「これは、ミレイのオフィーリアをモチーフに、天王星の衛星、オフィーリアの軌道を取り入れ、揺れ動く少女の心を具現化したものです……。今朝完成したばかりで、明日から展示する予定だったのに……」

今居さんは声を震わせながら言った。

「まずは、オフィーリアの元の姿を見たい」

岡江が言うと、今居さんは命じられるまま立ち上がり、ケータイを取りだした。

「これがオフィーリアの生前の姿……今朝撮りました」

写メだった。僕にはグニャグニャしたジャングルジムにしか見えない。高さは一・五メートルほどか。キャットウォークから撮ったもので、もともと置かれていたのは南窓寄りだった。

明らかに、僕が踏み込んだときと、位置が違った。

「このオブジェは、フロアに固定されていなかったのかい？」

岡江が問いかける。

「ただ置いてあっただけです」

「思った通りだ。二宮敦史が落下した勢いで、オブジェごと階段側に移動したんだ」

つまり、落ちたのは南側キャットウォークのどこかから。木材と竹だけなら軽量で、フロアもリノリウムで滑りはよさそうだ。

岡江は今居さんに向き直ると、両肩に手を置いた。

「君、二宮敦史なる人物との関係は？　恨まれるようなことは？」

「同じ空間デザイン科ですけど、それほど親しくはないし、恨まれるようなこともありません。彼、基本的に人間ができているので……」

今居さんは、少し震える声で応える。

「わかった、信じる。君はうそを言っていない」

岡江が今居さんの瞳を覗き込み、今居さんの息がすっと止まる。

「警察もサークルの連中もひどい。負傷した二宮敦史を心配するのはわかるが、瀕死のオフィーリアはどうなる。創造性の破壊という罪深さに、気づかない俗物ばかりのようだ」

岡江は優しく語りかける。「だから、このオフィーリアがなぜ破壊されたのか、誰が真犯人なのか、私が解き明かそう。協力をお願いできるかな」

今居さんは一気に目を潤ませ、呆気《あっけ》なく落ちた。いつもながら鮮やかだ。

「明日菜さんは、このアトリエをよく使うのかな」

岡江の問いに、頬を上気させうなずく。

「だったら、ここに他の出入口や秘密の抜け穴は存在する？」

今居さんは少し考えたあと、南窓を指さした。

「内側からアルミの格子を……外すことができます」

僕らはキャットウォーク伝いに部屋を半周、南窓の前まで移動した。

「この四個所のボルトは手で緩められるようになっていて……」

今居さんが説明しながら、窮屈そうに格子の間から手を出し、窓の外側に付いているボルトを緩めると、アルミの格子は窓枠から外れた。四つ全部外すまで、数十秒を要した。

ここから外に出て、またボルトを締めればいいのだ。駐車場と駐輪場に面しているので、空間デザイン科の何人かは、ここを出入口として使っているという。

「でも、頻繁に使うわけじゃありません。学校にバレたら、修理されてしまうから……あ、このこと、学校には」

「ああ、黙っていよう」

音がしてから、僕らが1号アトリエに踏み込むまで、一分くらいだろうか。外すことはできても、元通りにすることはできないだろう。

犯人は二宮を突き落としたあと、ボルトを外して外に出て、締め切らないうちに僕と岡田さんの気配を察して、アルミ格子を半ば立てかけたような状態で逃げた。そして事件発覚後のどさくさに紛れて、締め直した？　いや、事件後1号アトリエには僕を含め、常に複数の人間がいて、ボルトを締め直すタイミングなどなかった。そして今、目の前で今居さんは、締まっていたボルトを外した。

アルミ格子は、外されなかったと考えるのが妥当だった。

「最後にもうひとつ」

岡江は冷徹な視線で今居さんに問う。「他のアトリエにも同様な仕掛けは？」

「ありません。ここは特別なんです。わたしのアトリエなので」

僕らは今居さんを伴って廊下に出た。岡田さんが少し不安そうな表情で待っていた。

「真純さん、空間デザイン科の展示物を破壊したのが二宮氏である以上、作者の今居明日菜さんに、何があったのか説明する義務があると思います。ご協力願えますか」

午後四時を回っていた。夜の部開始まであと一時間半だ。

十二号館のエントランスホールを出ると、リング上で、市之倉と財津など、複数の選手がスパーリングをしていた。夜の部に出場する選手たちだろう。

岡田さんは実況席まで大股で歩くと、マイクを手にとった。

『ファンファンです。1号アトリエの展示予定物が壊れた件で、調査が入ります。作者の方に事情を説明しなければなりません。協力をお願いします』

ボリュームは最小限で、一般客がいるエリアにまでは聞こえてはいないだろう。会場は一瞬ざわついたが、リング上から市之倉が「わかったな」と念を押すと、「はい」と周囲から声が上がった。

僕と岡江は、スタッフエリアの片隅に陣取った。岡江に寄り添うように、野獣たちに神聖な作品を壊されたか弱き芸術少女オーラを発散させている今居さん。

僕の目の前では、昼の部で僕の隣に座っていたマッチョ男性が、腕を組んでスパーリングをする選手たちを見ながら、「タックルはもっと低い位置から、腰を使って突き上げるように」などとアドバイスを送っていた。そこへ岡田さんが戻ってきた。

「中澤《なかざわ》さん、そんなわけで少し調査が入ります」

岡田さんはマッチョ男性に声をかける。

「了解。二宮もドジなところがあるんだな」

「今日視察に来ている真日本プロレスの中澤真輔《しんすけ》さんです。大きな声では言えませんが、ワイルドＪＪの中の人です」

岡田さんが、僕と岡江に紹介してくれた。ＭＰＷＡメンバーには周知のことなのだろう。

「市之倉に頼まれて、ワイルド・スワンを見に来たんだが、今日はもう無理か」

中澤は今居さんの姿を見つける。「君が壊れたオブジェの作者さん？」

日焼けしたマッチョ男が恐ろしいのか、今居さんは岡江の背後に隠れてしまった。

「精神的なショックが大きいようです。中澤さんの方からも、速やかな協力を呼びかけていただけるとありがたいのですが」と岡江。

「そうですか。済まなかった。俺たちの後輩が大事な作品を壊してしまって」

中澤はしっかり腰を折り曲げ、今居さんに頭を下げた。中澤の謝罪で会場の空気が決まった。これで足場が固まった岡江は、次々とOB現役問わず選手を呼びつけては、事件前後の状況を聞き出してゆく。僕は岡江の脇でメモを取る。焦点は、試合終了後の各人の行動。つまり、アリバイだ。岡江はオブジェが壊れたときの状況を聞きながら、巧みに各人の〝事件〟時の行動とアリバイを確認してゆく。壊された張本人、今居さんがいる効果もあってか、聴取はスムーズに進んだ。

市之倉など大半の選手は、総評などのため、基本的に会場から動いていなかった。これは選手同士の証言が補完し合っていた。一度でも会場から出たのは、三人。

財津は放送機材の一時撤収中に、二宮捜索に移ったという。オーイソは車で来場していて、試合後一旦帰宅しようと駐車場に向かったが、二宮のケガが発覚し、帰るに帰れなくなり、会場に戻り、警察の捜査にも協力した。瀬島さんは自身の試合後、2号アトリエで着替え、総評に出ようとしたが、二宮不在のため、捜索に加わった。その後、救急車で二宮と一緒に病院へ。財津、オーイソ、瀬島さんとも会場を出ている間は単独行動で、アリバイはなし。

そして、試合に出場したミスターM以下、来場したOB合わせて九名が、試合後、二宮のケガ発覚まで会場から出ていないことが、現役、OB同士、そして中澤の証言で確認することができた。数人が十二号館のエントランスホールにある自動販売機に飲料を買いに行ったが、自動販売機は、観客席やOB席から見える範囲にある。

もし二宮が誰かに呼び出され、襲撃されたのなら――襲撃した者を庇おうとするなら、二宮に近い誰かが犯人だ。犯行が可能だったのは、試合直後のアリバイが曖昧な財津、瀬島さん、オーイソに絞られるが……。

「最後に中澤さん」

岡江は座ったまま中澤に向き直った。「プロレス業界についてはいくらか知っています」

「それは光栄だ」

岡江がプロレスを知っているわけがない。おそらくここに来るまでの短時間でリサーチしたのだろう。

「プロレスは、格闘技のような絶対的強さを持ちつつも、客を喜ばせることを最優先とする世界ですよね」

岡江が言わんとしていることは、プロの世界も段取りと創り上げられたストーリーの世界だということ。

「そうだね。基本的にここにいる連中と、やっていることは変わらない。ただ、プロの世界はフルコンタクトに近い世界だから、受けを一歩間違えば、容赦なく体が壊れる。ダメージも蓄積するし、死ぬこともある」

　１００キロを超える選手たちが、殴られ、蹴られ、投げられるのだ。最近も有名なレスラーが試合中に命を落とす事故があり、大きく報道された。

「段取りというのは、どこまで決められているのですか」

「フィニッシュと見せ場の要所要所、としか言えない」

「あとはアドリブ、ということですか」

「アドリブと言っても、基本的な流れはあるし、相手は普段道場で練習している連中だから、動きのパターンもわかっている。呼吸が合う選手同士の試合は、クオリティーが高い」

「阿吽の呼吸ですね」

　岡江の言葉に、中澤はうなずく。

「ただ、いくら質が高い試合ができようと、絶対的な強さを持ち得た者でなければ、神聖なリングには立てない。それを試すように、時々ガチンコを仕掛けてくるやつがいるし、時に格闘技のリングにも立たなければならない。ガチンコに対応できなければ、プロレスラーは価値と信頼を失うんだ。少なくとも真日本のようなメジャー団体ではね」

「客を喜ばせることを最優先とするなら、事故があった場合の処理も、客に気づかれないように、阿吽の呼吸で？」

「試合中のケガは日常茶飯事さ。我々はプロだから、弱い部分は見せられない。誤魔化しようがない大きな事故でないなら、ケガを悟らせないのもプロだ」

中澤が応えると、岡江はうなずき、そっと僕の耳元に口を寄せた。

「これではっきりした。今回の密室は、愛によって生まれたんだ」

4　密室は愛でできている　十月二十九日　土曜

試合開始まで三十分を切り、会場ではBGMが流れ出していた。

岡江は一人でふらりとどこかへ行き、戻ってくると、追って報告すると大嘘をつき、用済みとなった今居さんを送り出していた。そして、スタッフ席に座り、二宮敦史の帰りを待った。つい先程、本人から戻ると連絡があったのだ。

岡江が何を考えているのか不明だが、僕なりにアリバイがなかった三人について、考えていた。問題は、動機だ。

会場の隅で、試合準備に飛び回っている岡田さんを捕まえ、聞いてみる。

「財津さんが二宮さんを恨んでいるなんてことはあります？」

「単刀直入に、ピンポイントなこと聞くね」

プロレスは創られた世界。しかし、割り切れない感情も存在するはずだ。

「あの調査員、かなり細かくて、いつの間にか僕は助手みたいになってて」

岡田さんは僕を哀れに思ったのか、苦笑しつつも語ってくれた。

「まあよくある話。玲奈が入ってきて、一目惚《ひとめぼ》れした財津さんが告白して、玉砕して、その玲奈は、ニノが好き。高校時代から片想いみたい。気づいていないのはニノだけ」

これは動機になると思った。二宮はいわゆる恋敵――そして、今日は真日本プロレスのスター、ワイルドＪＪがスワンを視察に来る日。しかも、スワンは予想外の新必殺技で、オーイソを下した。いつも相手の必殺技で敗れるオーイソがスワントーン・ボムを返したのもこれで腑《ふ》に落ちる。白鳥チュチュというサプライズがオーイソのアイデアなら、新必殺技で勝つという展開も、サプライズの可能性がある。オーイソは職人で、自分の役割に徹する男。今日の仕事は、スワンの〝セールス〟だ。

――突然のアドリブにも対応できなければならない。しかし、この展開に驚いた財津は、瀬島玲奈ばかりか、プロへの切符まで持っていくのは許せないと、二宮を負傷させた。そして、財津は、二宮が自分の犯行を告発しないだろうと踏んでいた。不祥事は三十年の伝統を誇るプロレスサークルの存続を脅かす。当然、夜の部も行われない。二宮は自身の災難よりも、サークルを守ることを優先するだろうと。

岡江が言っていた〝愛〟とはおそらくこれだ。

僕はそっと実況席まで行き、マイクスタンドを調べ、スタッフエリアに戻り、岡江の隣に腰掛ける。

「僕の仮説、聞いてくれ」

僕はリングを見たまま、岡江だけに聞こえる声量で説明する。

二宮は南窓の外から誰かに呼ばれ、南窓の前まで行って開けたところで、アルミ格子越しに突き落とされた。この場合、犯人はアトリエ内部にいる必要がない。アルミ格子のボルトが外れていなかった説明もできる。キャットウォークの手すりの高さは、僕の腰より低い。格子越しに上半身を強く押せば、落下させることは可能だ。

そして、外側にいる人物を信頼しているからこそ、二宮は南窓を開けた。

「動機とチャンスを持っていたのは、財津とブロンコ・オーイソ」

オーイソの場合、職人ではあるが、逆に、岡田さんが言っていた『段取りとか礼儀とかけっこう厳しい人』という性格が動機につながる可能性がある。

しかし、僕の解答は決まっていた。

「どちらが犯人か、君はもう決めているだろうが、一つ見落としていないか？」

岡江の余裕綽々《よゆうしゃくしゃく》の声。「あの格子、結構幅が狭くなかったかい？　君は見ていた？

ボルトを外すとき、今居明日菜の細い腕が通るのがやっとだった。格子の間から手を突っ込んで、二宮敦史を突き落とすためには、少なくとも二の腕くらいまで部屋の中に入れなければならないだろう。鍛えた腕を持つ大磯氏と財津にそれが可能だと思う？　瀬島玲奈も腕はかなり鍛えてあった。彼女でも無理だろうな」

それは僕も気づいていた。しかし、この事実が、犯人絞り込みの決定打となった。

「犯人は卓上マイクスタンドを使ったんだ。格子の間から、ＭＡＸまで伸ばしたマイクスタンドを突っ込んで、二宮さんを突いたんだと思う」

実況用の卓上マイクスタンドは、四十センチ近くまで長さを伸ばすことができた。

「それができたのは、試合直後、放送機材の撤収をしていて、マイクスタンドを持ってうろついていても不自然に見えなかった、財津翔太」

僕は失恋にからむ動機も説明した。

「だったら、試合後、財津翔太はどうやって二宮を1号アトリエに呼び出した？　物理的接触の機会はなかったはずだが。携帯電話を使った？　希望者はサイフと携帯電話を含む貴重品を、試合の間、金庫に預けるんだよね。確認しようか」

僕は再び岡田さんを呼び止め、岡江の前に連れてきて確認する。

「ニノのケータイとサイフは、まだ事務室の金庫の中」というのが、答えだった。

「さっき岡江さんに同じことを聞かれたのよね」

岡江が既に確認している？　僕は岡田さんに案内してもらい、実際に事務室まで足を運び、金庫の中を確認した。事務員の女性も、試合中は誰も金庫を開けなかったと証言した。試合のフィニッシュに驚いて行動を起こしたのなら、事前に呼び出すという選択肢はない。岡田さんは試合の準備に戻り、僕も会場に戻ると、脱力してイスに腰を落とす。

「わかった。もういい。僕の間違い」

突然、会場の端の方がざわついた。「大丈夫か、お前」と声が上がる。

二宮だった。

「じゃあ、本人の前に真実を突きつけようか」

岡江は立ち上がり、リングサイドでスパーリングを見ている中澤の脇に並んだ。

二宮は首にコルセットを巻いた痛々しい姿だ。実況席の市之倉と財津に頭を下げ、少し言葉を交わすと、リングサイドを回って、こちらに向かってきた。

「軽傷でよかった」「このドジっこ」と周囲から声が上がる。

「お騒がせしました」

二宮が中澤の前にやって来て、頭を下げた。

「軽傷だったのは不幸中の幸いだ。試合以外の自己管理も大切だってことだ」

「すいませんでした」

「短時間しか見てないけど、市之倉が言っていた通り、君はいい素材だ。ただ、プロでやっていくには、もうワンランク上のテクニック、パワー、表現力が必要だと思う」

「精進します」と二宮。

「精進の前にケリをつけましょうか」

岡江が一歩前に出て、二宮と対峙する。

「あなたは？」

二宮は、岡江の視線をはねのけるように見返す。

「オブジェが壊れたことを調査に来ている方だ」

中澤が、勝手に勘違いしている肩書きで岡江を紹介する。二宮もオブジェ破壊を気に病んでいるのか、肩をすぼめて頭を下げる。

「今回のオブジェ破壊ですが、一部不審な点があって、調査しています。そして、あなたが嘘の証言をしているという結論に至りました」

二宮が反応する前に、岡江は視線をそらし、中澤を見た。「先程、設楽君に試合を撮影した映像を見せていただきました。中澤さんも気づいていたでしょう。試合の途中からワイルド・スワンの中身が入れ替わっていたことに」

二宮と中澤は、わずかな時間目配せをし合い、黙り込む。僕は別の意味で言葉を失っていた。練習中の選手たちの声が、ダイレクトに耳に届く。周囲には聞こえていないようだ。

「明らかにしたいのは、オブジェが破壊されるに至った経緯だけです。芸術に携わる者として、それ以外のことには一切関知しません」

学校側に報告したり、事を公にする気はない。岡江はそう言っている。

「中澤さんだけじゃないでしょう。少なくとも現役OB含め、MPWAのメンバー全員が気づいたはずだ。設楽君、ブロンコ・オーイソ氏を連れてきてくれ」

岡江に言われ、観客席でくつろいでいたオーイソに声をかけ、連れてきた。今は素顔で、メガネが知的な管理職という雰囲気だ。

「オーイソさん、あなたは試合中にワイルド・スワンの異常に気づいた。そうですね？」

オーイソは中澤を見て、首を傾げる。中澤は促すように小さくうなずいた。

「まあ、そうですね」

オーイソは小声で感情を込めずに応えた。

「試合が明らかに不自然になったのは、スワントーン・ボムという技のあと」

岡江が指摘する。お約束のように、相手の決め技であっさり3カウントを取られるはずだったオーイソが、次期エースの決め技を返した場面だ。

「今日のスワントーン・ボムは、プロであるワイルドJJの試合と比べても、落下が急角度でした。大舞台の緊張がそうさせたのか、中澤さんの前で力が入ってしまったのか。それで、二宮さんの首に大きな負荷がかかってしまった。その首の負傷はこのときのものですね」

　岡江はオーイソを見て、続ける。「オーイソさん、あなたは普段のキャラを破り、声を上げてOBたちを呼んで、予定外の場外乱闘を始めた」

「角度はわからなかったが、受けた衝撃がいつもより重かったからね。カバーに来たスワンも、苦しそうだったし。だからケガの様子を見る必要があった」

　スワントーン・ボムの極意は、落下し、相手の上に落ちる瞬間、前転のように体を回転させ、背中の広い範囲で接触、衝撃を散らすことだと中澤が解説してくれた。

「スワントーン・ボムの失敗で、スワン、つまり二宮さんがケガをしたと瞬時に看破したオーイソさんは、場外乱闘に持ち込み、人垣と混乱の中にスワンの体を隠した」

　阿吽の呼吸で試合を盛り上げるOBたち――彼らもオーイソの信号に気づいて、瞬時に協力したのだ。当然、市之倉など現役選手たちも、オーイソの予定外の行動に、異変を感じ取った。

「OBたちが演出した混乱の中、オーイソさんは二宮さんの具合を見て試合続行不能と結論を出した」

　岡江は髪をかき上げ表情をつくると、二宮を見る。「中身が入れ替わったのは、その時ですね。誰の提案か知りませんが」

「入れ替わったって、誰と」と僕は割り込む。

「後から乱闘に加わった瀬島玲奈さんです。彼女は乱闘のどさくさに紛れ、リング下に潜り込み、二宮さんからマスクとコスチュームを受け取り、ワイルド・スワンになりすました」

岡江は〝調査員〟口調を崩さない。

「でも瀬島さんは女の子で……」

「体格は多少違いますが、身長は二宮さんとほぼ同じ」

「体格が違えば、すぐにバレると思うし、その……胸だってあるし」

「ワイルド・スワンは、肩と胸が筋肉で大きく盛り上がっていました。あれは、コスチュームの中に仕込まれたものだと聞いています。しかも、下半身には白鳥の首がついたチュチュ、十分体格と体型はごまかせると思いますが」

反論できなかった。みんな股間から屹立する白鳥の首を見てしまうだろう。

「それに、あの特殊衣装は、今日のメインで着用する予定だったとうかがっています。今日のメインは、夜の部の市之倉会長との一騎打ちのことだと、私は思いますが？」

つまり――昼の部での〝裏コード・ザ・ワイルド〟の発動は、予定外だった。

「そして、チュチュの存在と置き場所を知っていたのは、当事者の二宮さん、岡田さん、瀬島さん、そして設楽君の四人だけだったと聞いています」

「確かに……そうだけど。じゃあ、裏コードの衣装を着けたのは？」

「瀬島玲奈さんの機転でしょうね。メインで使うはずのチュチュを、あの場で着る必然性が生まれたのは、体格の違いを少しでも隠す必要が生じたためと考えればいい。つまりチュチュを着たこと自体が、瀬島さんと入れ替わったという傍証にもなる」

そして、入れ替わった瀬島さんは、スワントーン・ボムのような頭から急降下する危険な技はできなかった。しかし、高校時代は体操部だったという。そこで練習を積んだであろう、後方宙返りの技を使った。筋が通る。

「じゃあ、コスチュームを脱いだ二宮さんは？」

「設楽君が撮った映像の中で、場外乱闘の途中、両脇を抱えられ、リングを離れるミスターMというレスラーがいました。あれが、二宮さんですね。二宮さんはミスターMのマスクを被り、こっそり控え室に戻った」

第三試合、セミファイナル。ミスターMは、シャツを脱ぎ、裸ネクタイでリングに上がり、瀬島さんと試合をした。そして、試合終了後、再びシャツにネクタイという姿に戻った。しかし、乱闘の中で助け出されたミスターMはTシャツ姿だった。

岡江はそう説明した。

「……ミスターM氏の衣服の違いは、設楽君が撮影していた画像や動画で断片的に確認できただけですが、私はこれが二宮さんと瀬島さんが入れ替わったという証拠のひとつだと思っています」

岡江は二宮に向き直る。「オーイソさんを始めとする選手、ＯＢたちの機転と、入れ替わりで、あなたは無事会場を脱出することができた。控え室まではなんとか一人で歩けたようですね」

二宮はなにも応えなかった。

「どうして、そんな手の込んだことを？」と僕。

あのままブロンコ・オーイソが3カウント取られれば、すぐに試合は終わったのだ。

「あのまま試合が終わったら、スワンは満足に動けず、試合中のケガが周囲に知られてしまう。オーイソさんは咄嗟にそう考えた。試合中の事故……それがもし重傷だったら、ＭＰＷＡは大学のサークルとして、存続の危機を迎える。しかも三十年間無事故という歴史も汚すことになる」

岡江はふう、と芝居がかったため息をつく。「だから、ワイルド・スワンこと二宮敦史は、会場を離れ、試合とは関係のないところでケガをする必要があった。畢竟《ひっきょう》、スワンになった瀬島玲奈は豪快に勝ち、市之倉会長に挑戦表明をして、元気な姿で控え室に帰る必要があった」

いつもマイクを使って挑戦アピールをしていたスワンが、市之倉に向かって首を斬るポーズだけだったのも、声を出せなかったから。

「つまり二宮さん、あなたは頭を強打し、首を負傷し、朦朧《もうろう》とした状態で1号アトリエに迷い込み、オブジェの上に落下した。私はそう解釈しています」

結局、事故？　しかし、拍子抜けより怒りが先に立った。

「選手スタッフ全員による、事故の隠蔽《いんぺい》が行われたんですね」

僕は二宮に問う。二宮は顔を上げ、肩をすくめた。

「俺にはそうすることしかできなかった」

長年無事故だったサークルに、事故の汚名を着せられない――

「頭と首ですよ。もし重傷だったら……どうするつもりだったんですか」

「だとしてもＭＰＷＡを潰すわけにはいかない。大磯さん、中澤さん始め、先輩たちが培《つちか》ってきたものを、無にするわけにはいかないんだ」

二宮は絞り出すように言った。

「いや、隠蔽を図ろうと最初に動いたのは俺だ。ニノも他の連中も、それに乗っただけに過ぎん。責任は俺に帰す」

そう言ったのは、ブロンコ・オーイソこと大磯氏だった。

「一概にそうとも言えないでしょう、大磯さん」と中澤。「あの時、全員が大磯さんの判断に乗って、一丸となって動いた。気づきながら傍観した俺も同じです。ただ、誤解して欲しくないのは、責任云々《うんぬん》じゃなく、仲間への愛のために動いたということだ」

「軽傷で済んだから、そんなこと言えるんでしょう」

僕は食い下がる。同時に、なぜ自分はこんなに怒っているのかと、自問もしていた。

「余計な詮索は必要ない、設楽君。オブジェ破壊の経緯はもうわかった。協力ありがとう」


夜の部試合開始十五分前。周囲は薄暗くなり、リングは眩いライトで照らされている。客席は半分ほどが埋まり、手の空いた選手たちは呼び込みの声を上げている。リングサイド席には既に紫藤が来ていて、川野の分の席も確保していた。川野の姿はない。

『メンバー全員によるケガの隠蔽。そこまでわかれば、密室なんて自ずと解けるだろう』

岡江は僕に言い、『事務員の女性の好意で、事件の時の十二号館入口の防犯カメラの映像を頂いた』と僕にUSBメモリを託して、帰宅した。

ノートパソコンで映像を確認すると、リングとOB席側の客席がはっきりと映っていた。

ワイルド・スワンのスワントーン・ボムから場外乱闘が始まる。乱闘の人垣の中に、スワンとオーイソの姿が消え、駆けつけた紺のジャージ姿の瀬島さんが突っ込んでゆく。

そして、両脇を抱えられ乱闘から脱出し、フレームアウトしてゆくTシャツ姿のミスターM。これが二宮だ。よく探すと、ネクタイを持った上半身裸の男性がいたが、これがおそらく素顔のミスターMなのだろう。

そして、スワンとオーイソがリングに戻り、乱闘は終了、参加した選手、OBたちがそれぞれの場所に戻ってゆく。その中に、紺のジャージの瀬島さんはいなかった。

二宮と瀬島さん入れ替わりの、動かぬ証拠だった。

岡江がふらりとどこかに行ったのは、事務室だったのか。きちんと証拠固めはしていたということ。岡江は〝好意で〟と言っていたが、事務員の女性を落とすくらい造作ないだろう。

僕はノートパソコンのディスプレイを閉じる。

確かに、今になれば容易に1号アトリエが密室になった経緯を構築できる。

場外乱闘のさなか、瀬島さんと入れ替わった二宮は、ミスターMのマスクをつけ、どさくさ紛れに会場を出て、アトリエ・エリアに向かった。その後、瀬島さんがフォール、瀬島さんは颯爽と控え室＝2号アトリエに戻り、コスチュームを脱ぐと、部屋を出た。そこで、僕と岡田さんに鉢合わせしたのだ。

ここから部外者の僕がいたせいで、あからさまな意思の疎通が図れない中、MPWAメンバーたちの、事故隠しのためのギリギリのアドリブが展開されていったのだ。

まず瀬島さんは、出てきた2号アトリエの前で、二宮はここにはいないと言った。実際にいなかった。瀬島さんも、岡田さんも、この時点で二宮がどこにいるのかわからなかったと思う。おそらく1号アトリエに行ったのだ。

スワンのコスチュームはもともと2号アトリエに置かれていた。だから、瀬島さんは不自然さを隠すために、2号アトリエでコスチュームを脱いだ。しかし、瀬島さん自身は試合前、3号アトリエで着替えを行っていた。それが岡江や僕に対し、かえって不自然な印象を与えてしまった。しかも、2号アトリエから出てきた瀬島さんは、乱闘に臨む際に着ていた紺のジャージを着ていなかった。これも二人の入れ替わりを物語る状況のひとつだ。

そしてオブジェに倒れていた二宮。彼は、アトリエ・エリアに戻り、2号アトリエでマスクを脱いで着替えると、すぐに1号アトリエに向かった。頭を打ち、首を痛め、朦朧としていたなら、2号アトリエの階段を下り、再び階段を上るのは、相当の負担だったはず。

ではなぜ、そこまでして二宮は1号アトリエに向かったのか——観客や事務室にいる学校職員に気づかれないように外に出るためだ。二宮は今居さんと同じ空間デザイン科で、南窓のアルミ格子が外れることを知っていた。そこから外に出て、駐車場に向かい、車で来場していたオーイソと合流。病院に行くつもりだったのだ。その辺の打ち合わせは、場外乱闘の混乱の中、手短に行われたに違いない。ケガの理由など後からいくらでもでっち上げられる。

しかし、朦朧とした二宮は、南窓の前まで行ったものの、アルミ格子のボルトを緩める前に、めまいを起こし、キャットウォークから落下、今居明日菜作『オフィーリア』を破壊した。いや、『オフィーリア』があったからこそ、二宮はこの落下による負傷を、最小限に食い止められたのだ。

直後に僕らが駆けつけ、ケガをした二宮を発見。二宮は痛みに耐えながらも、咄嗟にケガがこの落下によって生じたものとしたのだ。試合とは関係なく、自らの不注意で落下したと。おあつらえ向きに、固定されていなかった『オフィーリア』は、階段側にずれていた。

あとからやって来た市之倉も、二宮の状況を確認するためにアトリエ・エリアに来たが、部外者の僕がいたために、思うように動けず、二宮に全てを託した。何かあれば、話を合わせる気満々で。その例が、二宮の『試合後は興奮していて、たまに部屋を間違う』という苦しい言い訳に、『確かそんなこともあった』と納得してみせたことだ。しかし、瀬島さんが2号アトリエでスワンのコスチュームを脱いだことを彼らは知らなかった。故に警察はだませても、岡江と僕はだませなかった。

思いがけず落下した二宮は、単に誰もいない部屋で事故った、という形にしたかった。

しかし、僕が救急車を呼び、警察が出動する事態になったため、階段から落ちたと嘘をつき、阿吽の呼吸でのアドリブをＭＰＷＡのメンバーに託した。それがこの事件の真相だ。

市之倉会長が大学の総務部に状況説明に行き、夜の興行が行われるとわかったときの安堵は、本物だった。

カメラを持ち、試合開始を待つ僕のところに、岡田さんがやってきた。

「えっとメインイベントは、天山広行＆ザイッツ・ショータイム組対ブロンコ・オーイソ＆オカダ・カズチ子組に変更ね」

岡田さんの声は弾んでいた。岡江が全て看破したことは、あの場にいた者以外には、伝えられていない。市之倉会長には知らされただろうが。

「オカダ・カズチ子？」

僕は素知らぬふりで聞き返す。ＨＰにもそんな名前の選手はいなかった。

「わたしの新しいリングネーム。さっき会長がつけてくれたの。スワンの欠場で、久々の試合なの」

「試合なんてして、大丈夫なんですか」

「なに言ってんの、失礼ね。玲奈とニノにレスリングの基礎叩き込んだの、わたしなのよ。高校まではレスリング部だったんだから」

人は見かけに……。いや、彼女も紛れもなくMPWAの選手。〝阿吽の呼吸〟に参加していたのだ。

「だとしても、あんまり興奮すると、試合中にケガをするかもしれませんよ」

僕が言うと、岡田さんは今までの愛らしい表情が嘘のように、厳しい目つきで僕をにらみ返してきた。仲間を守る目か——僕はその圧力に耐えかね、視線をそらす。会場後方で、なにやらスタッフに言いがかりをつけている川野の姿が目に入った。

「友人が呼んでいるみたいです」

僕はリングサイドを離れ、観客席の脇を抜ける。

川野が食い付いていたのは、二宮だった。首のコルセットが少し痛々しい。

「どうした川野、あんまり人を困らせるなよ」

「だってスワンが出ないっていうんだもん。そんなの納得できない！　金返せ！」

「入場無料だろ」と一応つっこんでおく。

会場入口の立て看板にはスワンの欠場を知らせる紙が貼られていて、欠場理由に『バイトシフトを急に変えられたため』と書かれていた。

川野は二宮がワイルド・スワンであることを知らない。僕は自分の怒りの原因に思い当たった。隠蔽が、純真というか単純な川野の期待と夢を裏切る行為だったからだ。

「スワン、ケガでもしたの？」と川野。

僕と二宮が一瞬言葉を失っていると、川野は「だって試合の最後、別の人がスワンになってたもんね」といきなり核心を突いた。

「なに言うんだ。そんなのあり得ないし」

僕は思わず二宮の肩を持ってしまう。

「だって、白鳥のチュチュつけた人、飛ぶリズムがスワンと全然違ってた」

そう言えば、スワン（実際は瀬島さん）勝利の直後、川野は驚いたように突っ立っていた。川野は野性の本能で、スワンの異常に気づいたのだ。

「スワン出ないなら、帰ろうかな」

「それはダメだよ。ＭＰＷＡにはスワンの他にもいい選手がいっぱいいるから」

二宮が両手を振って引き止めにかかる。

「そうなの？　誰がすごい？」

川野の真っ直ぐな視線に、二宮の頰が少し紅潮する。

「メインに出てくるオカダ・カズチ子かな。体は小さいけど、グラウンドレスリングのキレは、ＭＰＷＡでもトップクラスなんだ」

「飛ぶ人はいないの？」

「だったらロリンドル・レイナだ。打撃主体だけど、スワンに次ぐ跳び技の使い手なんだ」

「わかった、見とく。お大事にね」

川野が僕の手首をつかみ、引っ張る。「行こう、紫藤が席取ってる」

僕は川野に引きずられながら、二宮に会釈する。二宮は小さくうなずいた。

5　俺の話を聞け！　十月三十日　日曜

翌日、岡田さんから連絡があった。

興行終了後、会長の市之倉が、事故のことを学校に報告したという。今日、早々に処分が出て、三ヶ月間の活動停止と、さらなる安全対策を講じるよう、厳命されたという。

『解散処分が出なくてよかったけど、これからはお笑い路線が強くなるね。たぶん』

市之倉は、頭から落ちるような危険な技を禁止する意向だという。

『スワントーン・ボムも封印だね』

そう言った岡田さんの声は、少し寂しそうだった。

確かに、事故の隠蔽が正しいことだとは思わない。ただ、何かあったとき阿吽の呼吸で一丸となれる仲間たちがいることを、少し羨ましく感じた。

余談だが、壊れてしまった『オフィーリア』は、『瀕死のオフィーリア』とタイトルを変えて展示され、人気を博したという。

「ほらほら、コサギ！　早く撮って！」

川野の声で、僕は我に返る。久しぶりの野鳥撮影。電車とバスを乗り継いで、深大寺《じんだいじ》付近まで遠征、野川《のがわ》沿いを歩いていた。川野には、今日も従者のように紫藤が張り付いていて、例会に出てこいと交渉を続けている、というか一方的に頼んでいる。

「エサ狙ってるよ」

紫藤をガン無視している川野が指をさす先には、水面に立つ白く優雅な姿。素早くフレームに収めたが、飛び立つのとシャッターを押すのがほぼ同時になってしまった。

「どう？」

川野がやって来て、デジカメのディスプレイを覗き込む。

「ダメ」と僕。

ピントもシャッタースピードもまるで合っていない。

「もう、ちゃんと撮ってよ！」

川野は頬を膨らませて、僕をにらみつけた。そこに、のっそりと紫藤が割り込んでくる。

「川野、あさっての例会には出席してくれ。これは君のためを思って言ってるんだ」

朝から数十回も聞いたセリフだ。紫藤の粘りもここまで来ると、うざい。

「ねえねえ設楽、スワンね、春の三週連続サーキットで復活だって。さっき会長さんからメールもらった。また撮りに行こうか」

新歓興行前に試合勘を取り戻すためのサーキットだという。試合日程は火曜、木曜、土曜。つまり、また三週連続で例会を休むということだ。

「あのな川野……サーキットって、俺にも副部長としての立場ってものがあってな……」

「設楽！　コサギ戻ってきた！」

川野が空を見上げ、言い放つ。先程飛び立ったコサギが戻ってきて、川面に着水した。

僕はカメラを構え、コサギをフレームに収める。

「いいから俺の話を聞け！　川野愛香！」

紫藤の絶叫の中、僕はシャッターを押した。

上石神井さよならレボリューション

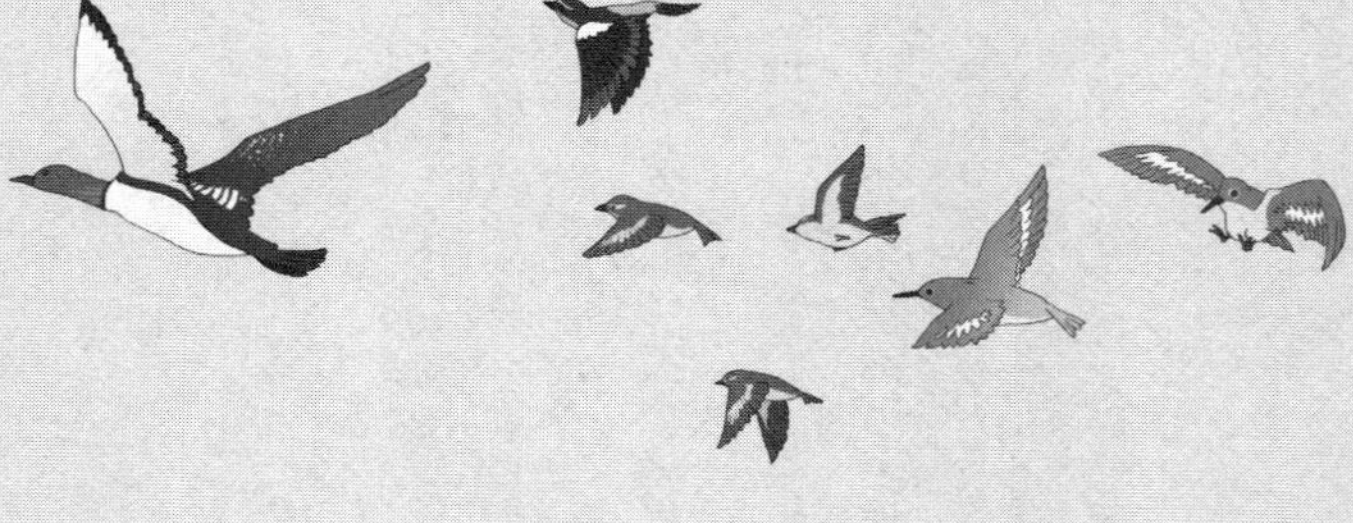

1　天海晴菜　三月十三日　火曜

左手の運指はばらつきがないように力強く。何度も何度も練習した。久しぶりにしては、鍵盤の上を指がスムーズに移動し、低音の粒が揃《そろ》っている。右手の高音部を被せる。旋律はドラマティックだ。ショパンは、思い通りにならない現実に対する怒りを、この曲にぶつけたという。演奏者の感情がそのまま出る曲だ。怒り、悲しみ、苛立《いらだ》ち、絶望、希望。多くの演奏者が、自分の感情をこの曲にぶつける。

しかし、わたしは感情よりも、楽譜を正確に的確に再現することを心がけていた。技術を前面に押し出す、無表情な「エチュード・ハ短調作品10－12」、通称『革命のエチュード』が一番好きだから。

背後でかすかに扉の開閉音と、気配。わたしは演奏をやめない。声をかけられる、肩を叩かれる瞬間まで続けていたかった——が、邪魔されることなく、二分半ほどの曲を弾ききった。

振り返ると、窓から入る陽光の中、少し距離を置いて紫藤雪平が立っていた。

「そろそろ例会の時間なんだが」

　紫藤は生物部の副部長で、生徒会の執行委員を兼任しているわたしに代わり、実務の多くを取り仕切ってくれている。

「ごめん、すぐ行く」

　わたしは言ったが、紫藤は動かなかった。

「なに？」

「天海がピアノを弾くとは思わなかった。意外な一面だと思って」

「昔少しかじっただけ」

「それにしては、低音の一音一音がきちんと聴こえたし、感情に囚われずに正確に弾きこなしていたな。ポリーニのスタイルだろう、それ。相当の手練《てだ》れでないと、再現できないはずなんだがな」

　容姿はひょろりとしたガリ勉風のメガネ君だが、声は美しいバリトンで、所作と口調はどこかハードボイルドチックだ。

「紫藤こそ、音楽に詳しいなんて意外だった」

　マウリツィオ・ポリーニはイタリアのピアニストで、技術技巧を追求したストイックなスタイルで知られている。

「バンドでキーボードを担当している。だが、口だけで、そこまでは弾けない」

「バンド？　意外。何やってるの？」

「普通にハードロック。昔のヤツ」

「今時珍しいね。ディープ・パープルとかツェッペリン？」

「それに近いけど、オリジナル。天海の口からディープ・パープルが出てくるなんてな」

「兄が好きで、よく聴かされてたから」

思わず笑みが浮かぶ。演技じゃない笑みは、いつ以来か——

「あと五分だ」

紫藤は静かに言うと、踵《きびす》を返し音楽室を出て行った。

鷹羽高校《こうこう》に入学するまで、わたしは学業において負けを知らなかった。トップに君臨し続けることを求められ、応えてきた。それは、これからもずっと続くと思っていたし、そう期待されていた。しかし、鷹羽高校に入学してから、一切の期待に応えられないいま、丸二年を過ごしてしまった。

音楽室に来る前に立ち寄ってきた、進路指導室前のホール。掲示板に掲げられた、学年末考査の成績十傑の名前と、点数。

一番上に掲げられていた名前は、岡江和馬。

その次がわたし、天海晴菜。

一年生の最初の中間考査から、この順位は一度も変わらなかった。点差は一桁《けた》。今まで一番の僅差《きんさ》だった。精魂こめて勉強した。質、量ともこれまでの人生で一番。でも、及ばなかった。わたしの野望は、潰《つい》えた。

わたしは深呼吸をひとつしてから、ゆっくりと生物教室へ向かった。


生物部の例会は、各班の活動計画、活動状況などの報告の場だ。

わたしは教壇に立ち、四十二名の部員たちを、端から一人一人の顔を記憶に刻み込むように眺める……四十一人しかいない。誰がいないのかはすぐわかった。

川野愛香だ。

この期《ご》に及んで……。もう苦笑しか出ない。

「愛香は？」と脇に控える紫藤に聞く。

「大学の見学……と言ってたような気がする」

紫藤は少し眉を動かしただけで、抑揚のない口調で言った。

身勝手で思い通りにならない存在。去年の秋、積もり積もった苛立ちから感情的になり、危うく強制退部という禁じ手を使うところだった。デッドラインと決めていた日にようやく例会に出席し、わたしも我に返った。

個別の研究班に所属することもなく、決められた観察会にもほとんど出席せず、野鳥だけを追いかけていた不肖《ふしよう》の部員。不純な部員を呼び込み、わたしの負担を増やし、理性をかき乱した、綺麗でキュートな女の子。

いや、ひとつ訂正が必要か。愛香に引き寄せられて入部した部員たちは、決して不純ではなかった。それは去年の学園祭で証明された。生物部は学校から最優秀展示賞をもらったのだ。特に支持が集まったのは、愛香の野鳥写真展（なぜかプロレスラーの写真が交じっていた）と、国府田彩夏のふれあいミニ動物園だ。どちらも大盛況だった。わたしが直接指揮を執った、生物部の主展示、『都市部の特殊閉鎖系におけるミニ生態系の研究』は、完全に付録だった。

悔しさはあったが、四十二人が一丸となれたのだ。これで良しとしよう。

「今年度最後の例会です」

わたしは切り出す。思い残すことはない——思い残すようなことはしない。

「本日を以てわたしは生物部を退部します。今日の例会は、後任部長の選出です」

2　設楽洋輔　三月十五日　木曜

「どれも30点以下。十五枚合わせて千円だな」

岡江和馬は文庫本を広げたまま、顔も上げずに言った。地学準備室に漂う空気同様、その態度は冷ややかだ。写真部の部室ではあるが、昼休みは僕と岡江の聖域となる。

「どんどん評価厳しくなってないか」

火曜日に撮影した川野愛香の画像データを、昨夜、岡江に送っていた。

「何度言ったらわかる」

岡江はようやく顔を上げる。「いくら脚が見えようと、パンツが見えようと、胸を押し潰すような、理性を踏みつぶして抉《えぐ》るようなシチュエーション・ギャップが伴っていなければ、フェティシズムとは言えない。つまり、ぼくは何も感じない」

「女子大で撮影をする身にもなってくれ。これでも人生をかけた冒険をしたんだ」

MPWA＝武蔵野プロレス同盟の春季サーキット、布田塾大学大会を撮影したものだ。ワイルド・スワンというマスクマンを応援する川野を、試合を撮るふりをして、背後からローアングルで盗撮した画像が大半だ。本来なら見送るべき状況だったが、岡江はGOサインを出した。

「周りは女子大生だらけだ。気づかれれば袋叩き確実だった」

MPWAの選手スタッフ以外で、男は僕だけだった。周囲に悟られず、細心の注意を払いシャッターを切る精神的負担は、これまでの撮影の比ではなかった。

「状況に斟酌《しんしゃく》はしない。ぼくが求めているのは結果だけだ」

岡江は静かに言い、指先で柔らかな髪を直す。

岡江曰く〝フェティシズムの捕獲〟。僕と岡江が組んだ、〝盗撮プロジェクト〟だ。僕が川野愛香を盗撮し、岡江の欲求を満たし、対価として僕は幾ばくかの現金と学習指導を受けることができる。しかし、岡江の要求は厳しい。

「昂《たか》ぶりをストレートに肉体に求めるのは、人として洗練されていないことを喧伝《けんでん》しているようなものだ。人は想像力を獲得したからこそ、高度な文明を獲得できたんだ。ゆえにフェティシズムは想像力を使った文明を象徴する嗜好《しこう》だ。何度言わせる？」

日本人離れした美形（ロシア人の血が1／8）で、所作言動ともに優雅でクール。鷹羽高校創設以来の秀才と言われ、進路面談で躊躇なく「志望は東大文一（法学部）」と言い放った同じ口が、いったい何を言う。

「だからどんな写真がいいのか具体的に言ってくれよ」

「ぼくはこの一年半、懇切丁寧に言い続けてきたのだけどね。問題があるというなら、それは設楽、理解しない君のほうにある」

岡江は人差し指を額に当て、懊悩《おうのう》の表情をつくる。「君は去年の今頃、ぼくのハートを掻き回す傑作を撮ったじゃないか。あれはなんだったんだ」

確か、落合川のほとりで撮った、川野がスカートの股の部分の裾と裾を、ガムテープで貼り合わせている写真。

「あれはただのまぐれだったのか？」

付き合いきれない——そろそろ関係を見直す時期なのかもしれない。僕は思いながら岡江から金を受け取り、退室しようと扉を開けた。

国府田彩夏が立っていた。

「し、設楽君……」

彩夏は頬を赤らめ胸の前で両拳を握り、肩を怒らせてつばを飲み込む。「お、お話はうかがいました。岡江さんが求めるフェティシズムがどのようなものなのか、わたしも微力ながら、女の子の側から真剣に考えてみます」

全部立ち聞きしていたようだ。僕はため息をつき、頭《こうべ》を垂れる。

背後で岡江が立ち上がる気配。

「ぼくを失望させないでくれ」

岡江は僕の肩をぽんと叩くと、僕の脇をすり抜け、地学準備室を出て行った。彩夏は岡江の背中を見送ると、僕に向き直り、顔を近づけてくる。

「ど、どんな恥ずかしい格好でも、わたしできます。がんばって岡江さんが喜ぶ、は、恥ずかしい姿を見つけましょう……」

彩夏も一度締めておかなければならない。

もともと地味で引っ込み思案な性格だったが、去年の夏休みを境に、岡江のプロデュースで、制服の着こなし、メガネ、髪型を変え、もともと持っていた可憐さが表に出ると、男子たちから注目を浴びるようになった。その分、隠れていた〝本性〟の露呈がどんどん進んでいた。

「そんなことを言いに来たの」

「あ、いけない！」

彩夏は顔を上げ、両頬を叩いた。「実はお願いがあって来たんです」

「君の欲求を満たすための願いなら、他を当たってくれ」

「違います。晴菜ちゃんに放課後、会ってもらえますか。できれば生物教室で」

「晴菜ちゃんて、天海さん？　生物部の部長の」

「元部長です。昨日付でわたしが生物部の部長になりましたので」

『晴菜ちゃん、転校しちゃうんです。家の都合らしいです』

天海晴菜は、二年生の履修修了を以て都立の鷹羽高を去る。この週末に、転校先の高校の転入試験がある。昼休み、彩夏に伝えられた。彩夏が新部長に任命されたのも、天海の転校を踏まえたものだ。老婆心《ろうばしん》ながら、彩夏などを選んで大丈夫なのか、と思ってしまう。

向かい合った天海晴菜は、思ったより小柄だった。正確を期すなら、170センチ近い彩夏と並んでいるせいで、小柄さが際立っていた。

放課後、僕ら以外は無人の生物教室。少しだけ、水槽の生臭さが鼻をついた。

「急な申し出、受けてもらってごめんなさい」

岡江の女版のような、冷徹で淡々とした口調。制服の着こなしに一ミリの乱れもない。ネクタイもきっちり左右対称で、上まで締まっている。ショートボブの髪に、小ぶりな鼻と口。川野や彩夏のようにビジュアル的に目立つタイプではないが、知性を宿す切れ長の目は、岡江同様美しい。

岡江とトップを争い続けた秀才が――「僕にいったい何の用？」

天海の目許に、わずかに笑みが刻まれる。

「鷹羽高校を去る前に、わたしは岡江和馬に挑戦したい。少し、感情的な表現をするなら、ギャフンと言わせてやりたい。そのために設楽君の力を貸して欲しいの」

「意味がよくわからないな」

「彼、探偵もやるんでしょ？　解けない謎を突きつけて、吠《ほ》え面《づら》かかせたいの。でないと悔しくて転校なんてできない。だめ？」

岡江の後塵《こうじん》を拝し続けた天海晴菜。なんと身も蓋《ふた》もない動機――気に入った。

3 天海晴菜 三月十五日 木曜

鷹羽高校に入学した十五歳のわたしは、岡江和馬と〝再会〟した。小学校六年の時、ショパン・コンクールで優勝争いをして以来だった。ショパン・コンクールと言っても、五年に一度ワルシャワで行われる、本物のショパン・コンクールではなく、〝東京都ジュニア〟という冠がつく、本家にあやかったショパン・コンクールだ。

小学校高学年の部でわたしは二連覇中で、岡江は初出場だった。

わたしと岡江は、演奏曲が重なった。『革命のエチュード』だ。

わたしは、当時のショパンの悲しみを想像しながら弾いた。他の奏者とわたしは、明らかにレベルが違った。三連覇の手応えがあった。

ラストを飾ったのが、岡江だった。その時岡江が弾いた『革命のエチュード』は、感情のない、楽譜を完璧に再現することのみを追求したものだった。衝撃だった。これほど明確な目的がある演奏を聴いたのは初めてだった。一瞬で、岡江のスタイルに魅入られた。これがポリーニのスタイルだと知ったのは、後のことだ。

周囲の大人たちは岡江の演奏を、確かに上手いが、ロボットが弾いているようだ、打ち込みピアノと評し、わたしの三連覇は決まりだとまで言った。

しかし、優勝したのは、岡江和馬だった。

ローカルコンクールだが、審査員の耳と見識は確かだった。

今のわたしが弾く『革命のエチュード』は、岡江和馬の演奏を必死に模倣し、自らの内に取り込んだものだ。その後、わたしは兄たちに倣い、私立中学を受験、勉学の道を選択し、〝勝負〟としてのピアノは捨てた。

そして、母と戦争を始めた。

わたしは、年の離れた末っ子だった。二人の兄はわたしをかわいがってくれたが、母はわたしと兄を徹底的に比べた。表面上、中学生活は順調だった。かつて兄たちが通った中学で、兄たちのようにトップに君臨し続けた。しかし、母は満足しなかった。順位こそトップだが、絶対的点数が兄たちに及ばないと言われ続けた。

『晴菜の代は例年より全体のレベルが低いみたい』

トップであり続けても評価されず、気がつくと、クラスでも、ただの勉強ばかりしているつまらないチビというポジションに収まっていた。胸も成長していない。身長も伸びていない。わたし的には、これも結構応えた。キャラ&容姿のコンプレックスと高学歴一家という特殊な環境が奇天烈な化学変化を起こして、わたしは文字通り中二病的反抗期を迎えた。

マンガを読み耽《ふけ》り、ガールズバンドを結成して、カラオケにも誘われれば必ず行った。

母に見せつけるように、友達との時間を大切にした。それでも三年間トップは譲らなかった。今考えれば青臭い意地。でも必死だった。寝る時間も惜しんだ。全身全霊で遊び、全身全霊で勉強した。

そして受験。母も学校も、当然わたしが慶和《けいわ》学院高校を受験すると思っていただろう。

しかし、わたしは温めていた最終手段をぶちかました。

『鷹羽高校を受験します』

周囲の反対を押し切って、十五歳のわたしは超難関私立高校ではなく、普通の都立高校に進学した。天海晴菜・反抗第一期の集大成だった。普通の都立から東大に行ってやるといきがっていた。それが、母を見返すことだと信じて。

しかし、初めて足を踏み入れた教室に、岡江和馬がいた。

ショパン・コンクールを思い出した。まだ、全てが順調だった頃の思い出。十五歳の岡江はわたしと違い、その美しさ、凜々しさに磨きがかかりまくっていた。

「久しぶりね」と声をかけたら「誰?」と返された。がーん。

とにかく、高校生活も休むヒマはなかった。生徒会の執行委員と部活の兼任で全力投球のリア充路線は既定だった。運動部の全力投球は勉強に差し支えるので、そこは手心を加え文化系の部活を選択した。

そして、成績も当然のように三年間トップを走るつもりだった。普通の都立だし。

しかし、最初の中間考査――岡江に二桁の点差をつけられ、二位に沈んだ。がーん。岡江和馬はまたも壁となった。

由々しき事態だった。どうしたら勝てる？　それ以前になぜ岡江のような男が都立なのだ？　わたしは岡江和馬を観察した。授業は真面目に聞いているように見えたが、時々欠伸《あくび》をかみ殺していた。困ったところを見たことがない。取り乱したところを見たことがない。どのくらい勉強しているんだろう。食べ物は何が好きなんだろう。好きな女の子のタイプは？　進路希望は？　音楽の好みは？　もうピアノは弾いていないのだろうか。

気がつくと岡江ばかりを見ていた。

学校生活の中で、断片的に情報が入ってくる。三人の姉がいる。昼休みは古びて擦り切れた文庫本を読んでいる。谷崎潤一郎、夢野久作、横溝正史、嶽本野《たけもと》ばらの作品は確認できた。いつだったか机の中をそっとのぞいたら『デトロイト・メタル・シティ』が置かれていて、守備範囲の広さに息を呑んだ覚えもある。

とにかく、二年経った今でも、その生態はよくわからなかった。

「どうしたの、晴菜ちゃん。遠い目してる」

彩夏に声をかけられ、我に返った。

「ごめん、どうやってあのおすましアンニュイ男を陥れようかいろいろ想像してたから」

設楽洋輔は既に帰った後だった。長時間の説得も覚悟していたが、話はとんとん拍子で進み、話し合い自体は五分で済んだ。

「設楽君があんなにあっさり引き受けてくれるなんて、少し意外だった」

「仲がいいのか悪いのか、あれで結構複雑な関係なんですよ、あの二人」

彩夏は訳知り顔で応える。設楽洋輔は、岡江和馬が唯一親しくしている友人だ。

——中学の頃からの友達みたい。

——岡江君、時々設楽君に勉強を教えているよ。わたしも教えて欲しいな。

——もしかして、あの二人いけない関係だったりして。

友人たちから、情報はすぐに集まった。

「設楽君、成績悪いようには見えないんだけど。頭の回転速そうだし」

川野愛香の相棒として、鮮やかで資料価値も高い野鳥写真を生物部に残してくれた。

「やればできる子なんだけど、いい写真を撮ることばかりに固執してまして、それで勉学のほうが少し疎《おろそ》かになっているのではないかと」

彩夏は腕を組んで、うんうんとうなずく。

——お父さんが割と有名な写真家で、あまり家にいないんだって。

——愛香のほうから、専属カメラマンになってくれって頼んだらしいよ。

——でもさ、設楽君もクールだよね。

——そう。愛香ともずっと一定の距離保ってるもんね。普通の男なら舞い上がるよね。

——だからさ、やっぱり岡江君といけない関係なのよ。

謎めいた二人だったが、去年の学園祭で、岡江と設楽の生態の一端を知ることができた。

ふれあいミニ動物園には、彩夏の友人たちが次々とやって来た。府中修徳高校陸上部で、短距離インターハイ三冠の藤井詩愛梨さん（国体では四冠！）。珍しい動物たちを貸し出してくれた七里ヶ浜学園高校生物部の草凪悠一さんと青井佳純さん。そして、彩夏の親戚の藤堂豪太さん（ごつい！）と奈々子さん（綺麗！）夫妻。大きなリクガメを貸してくれ、挨拶の時一目見るなり〝A65〟とわたしのブラサイズを言い当てた江崎伝次さん（ちくしょう）。

野鳥写真展には、愛香と設楽の友人たち。布田塾大学の岡田真純さん、恋ヶ窪美術大学の二宮敦史さん（愛香はコルセットさんと呼んでいた）、瀬島玲奈さん。部長として彼らに挨拶をし、言葉を交わす中で、しばしば岡江の名を聞いた。

——彼のお陰で誤解が解けた。

——彼のお陰で、大事にならずに済んだ。

——あれ見破ったあの人、高校生だったの!?

どうやら設楽や彩夏、草凪さん青井さん二宮さんが何か問題に直面し、それを岡江が解決した。それぞれの話の文脈を辿《たど》ると、そう推測することができた。

学園祭の後、彩夏を問い詰め、白状させた。

彩夏がストーカーにつきまとわれた事件、稲村ヶ崎での動物盗難事件を岡江が解決したこと。他にも不思議な現象の謎を解き明かしているらしいこと。しかも、去年の夏以降、彩夏が洗練され、段違いに綺麗になったのは、岡江のアドバイスによるものだという。

彩夏に岡江、設楽との接点があったとは、灯台もと暗しだった。

「明日もう一度設楽君と会って、細かいことを詰めるわ。彩夏も協力してね」

「うーん、少し複雑ですけど、わかりました！」

岡江との対決——小さな身震いと、大きな鼓動がひとつ……。

4　設楽洋輔　三月十六日　金曜

「学年末文化会にからめて、何か事件を起こせない？」

天海は提案してきた。

昼休みの生徒会室。一般教室と同じ広さで、中央に会議用の大テーブル。大テーブルの脇には、生徒会長用、副会長用のデスク。他に、技術工作室にあるような作業テーブルと、壁際にパソコン三台とプリンターが並ぶ長テーブル。設《しつら》えられた棚には、雑多な申請用紙と、箱にまとめられた文房具、大型の定規類。今は、僕らだけだ。

「設楽君の組は何するの？」

「普通に球技大会参加。バスケかな」

　学年末文化会は、文芸発表と球技大会があり、組ごとにどちらを選択してもいい。今年は二十二日と二十三日に開かれる。一般公開せず、学園祭ほど盛り上がらないが、その分規制もゆるいので、張り切るヤツは張り切る。覇気溢れる一年生は、バンド演奏やダンスなど文芸発表に力を入れ、一年後に受験を控えた二年生は、出場メンバー以外は特にやることがない球技大会を選ぶのが、毎年恒例になっていた。

「天海さんの組は」

「うちもバスケだったけど、わたしの独断で文芸発表に切り替えて、舞台を設定する」

「今から？　文化会来週だし、明日から転入試験なんだろう？　そんな余裕あるの？」

　作業台の上には、学年末文化会のポスターの原版が置かれていた。生徒会が作成したもので、作業台には雑多な塗料や蛍光ペン、マジックやポスターカラーが置かれていた。

「大丈夫、出演はわたしと岡江君だけ。岡江君はわたしが説得する。転入試験に関しては心配しないで。わたしを誰だと思ってる？」

余裕の笑み。絶対の自信と実力に裏打ちされた、爽快感すら覚える表情だ。

「演目はもう決まってそうな顔だな」

「そう。ピアノ演奏よ。わたしと岡江君の連弾。いいでしょ?」

天海とピアノ。驚きはしなかった。確かに、練習と称して天海と岡江が二人きりになる機会をつくることができる。それに、岡江のピアノも久しく聴いていない。

「何か仕掛けるなら、本番ではなく、二人きりの練習の時ということ?」

「そう。設楽君、頭の回転が速くて助かる」

岡江級の秀才にほめられ、柄にもなく耳たぶが熱くなるのを感じた。

「音楽室で二人きり。それがお題ね。何を起こすかは設楽君に任せる。事件の段取りに関しては全て設楽君に従う。思う存分わたしを利用して」

目的のためには、僕にも従う——その潔さに闘志が湧いてくる。

「僕も最近、岡江との関係を見直したいと思ってた。君の提案は渡りに船だった」

彼女が本気を見せるなら、僕も本気を見せるべきだ。「僕も岡江を慌てさせたい」

「うれしい!」

天海は子供のように顔をくしゃくしゃにした。こんな笑顔を持っているとは思わなかった。このギャップはなんだ。可愛い——そんな表現が、唐突に脳内に浮かぶ。

「こっちも準備を進める。要は〝探偵・岡江〟が敗北すればいいわけだ」

「ありがとう。頼りにしてる」

天海晴菜となら、できそうな気がした。

5　天海晴菜　三月十六日　金曜

今回の学年末考査十傑の中には、二年B組から、わたしと岡江を含め、六人が名を連ねていた。無論、クラスの平均成績は学年トップだ。そのためか、学年末文化会には、消極的だった。二月末には、球技大会出場がなんとなく決まり、出場メンバーが最低五人で済むバスケへの参加と決まった。しかし、男女とも、出場するメンバーに、練習をしている気配はない。ルーム長であるわたし自身が、消極的だったから。

特別授業が終わり、みんなが教室に戻ってきたところで、わたしは行動を起こした。

「みんな、聞いて欲しいことがあるの！」

席を立ち、声を張る。教室で大きな声を出したのは初めてだった。終業直後の弛緩した時間帯だったが、クラスのみんなは、驚いたように動きを止め、静まりかえった。

「ごめん、一度座ってくれる？」

わたしは教壇に立ち、みんなと向かい合った。全員、少し怪訝そうな顔をしながらも、席に着いてくれた。岡江は無表情のまま、窓の外を見ている。

「文化会だけど、ノルマみたいな形だけの参加はやめない？」

ざわつく。

「バスケだって、あまりやる気があるようには見えないし」

何人かが肩をすくめる。バスケに出場するメンバーだ。

「二年B組は文芸発表に出場。それでいい？　ただし、出るのはわたしと岡江君だけ」

ざわつきが大きくなる。周辺視野で岡江の様子をうかがったが、変化はない。

「演目はピアノの二重奏。部と生徒会と自分のことばかりで、ルーム長として何もしてこなかったから、最後くらい何かさせてよ。岡江君もいいでしょ」

クラスの目が一斉に岡江に集まった。

「何？」

岡江は両耳に手を添えると、イヤフォンを外した。

部活へ、家路へ、教室はいつもの光景に戻っていた。

「クラスに反対意見はなし。最後くらい、クラスのことに協力してくれてもいいでしょ」

岡江の前の席のイスを反転させ、そこに腰を据え、岡江と向かい合っていた。

「趣旨は理解した」

岡江は表情を変えることもなく言った。顔と顔の距離約八十センチ。こんなに間近で見たのは初めてだ。目、鼻、口の配置は、まるで造形の神様が、〝美〟の基準を示したようなバランスだ。わたしにはないもの――惨めになりそうになる心を、奮い立たせる。

「文芸発表の持ち時間は十五分以内。小品三曲くらいでいいよね」

「趣旨は理解したと言ったけど、返答はまだしていない」

「勉強のほうが大事？」

「いきなり極論をぶつけてくるなんて、君らしくない」

岡江は口許で「ふふっ」と笑う。まるで腹の中が読めない。

「わたしらしくって、わたしのこと何も知らないのに」

「知っているさ。君は合理的で視野も広い。人の感情の流れや嗜好にもよく気づき、受け入れる柔軟性も持っている。場合によっては権力や自分より大きなものに刃向かうことも辞さない。つまり、リーダーとしての資質に富んでいる」

「そんな、適当なこと……」

声が上ずってしまう。感情を乱してはいけない。

「しかし、君は鬱屈を隠している。自らに課した目標のために、窮屈な殻に自分を閉じ込めている。だから切羽《せっぱ》詰まると、君は身を捩《よじ》り、殻にはヒビが入る。今がそうだ」

反論できない。反応できない。まともに会話したことすらないのに……。

「ただ、君が高い目標を持ち、全力でぶつかる姿は人の胸を打つ。続けていれば、必ず理解し応えてくれる人が現れる。伸びやかな本性と、節度ある理性の共存は、人生の勝者になる生き方さ。ぼくには備わっていないものだ。その意味では尊敬に値する」

こんな胸をぶち抜くようなことを、正面から臆面もなく饒舌《じょうぜつ》に言いやがって。

「そんなことといいから……ピアノのこと」

言葉を振り絞った。

「無下《むげ》に断って君を悲しませることはぼくの本意じゃない。演奏曲は君が決めていい。対応はできるつもりだ。それが君への手向《たむ》けとなるなら。よろしく」

岡江が右手を差し出す。思わず握手してしまったが、急に緊張感がＭＡＸレベルになる。まずい、岡江ってこんな奴だったのか？　急に胸に今までに感じたことのない熱が這い上がってきて……。

6　設楽洋輔　三月十六日・十七日　金曜・土曜

「ワンサイドゲームは好きじゃない。なるべくフェアに、公平に。それが条件」

天海晴菜は腰に手を当て、僕を見上げるように言った。放課後、無人の生物教室での打ち合わせ。

「条件は了解したけど……まさか、岡江が連弾を承諾するなんて、実は予想外だった」

「正攻法で正面から頼んだだけ」

生徒会執行委員&学年ナンバー2の正攻法は、僕らの正攻法とは威力がまるで違うのだろう。

「じゃあ、今度は僕が応えなきゃな」

天海が舞台を整え、血がたぎってきた。「練習の予定を組んだらすぐに知らせて欲しい」

「うん、次は音楽室のピアノを押さえるから」

確か、音楽室と音楽準備室にグランドピアノが一台ずつ。音楽室の壁際にはアップライトピアノが三台並んでいたはずだ。

「ただ、文化会で音楽系の発表をするクラスが、放課後に音楽室の使用申請をしているみたいだから、練習はそれが終わった後になると思う」

後発だから仕方がない。

「十分。むしろ日が暮れて外が暗くなった方が、仕掛けは隠しやすいと思う。でも、練習期間短いけど、大丈夫？　やるからには本番にも出るんだろ？」

「当然。お互い素人《しろうと》じゃないから演奏に関して心配はいらない。本番では敗北した岡江君の顔を眺めながら、気持ちよく弾いてやるわ」

天海は予想外に熱い。そして知らない一面を、次々と僕に見せてくれる。

「早速だけど、音楽室を見ておこうか。下見よ」

僕は天海に促され、音楽室へと向かった。生物教室と同じ棟の、廊下を少し行った先。校舎の角にあり、一般教室より大きく、普段は吹奏楽部の拠点となっている。音楽室のひとつ手前には音楽室の半分ほどの音楽準備室があり、こちらは合唱部の拠点となっていた。

「あ、後で生徒会でポスターを製作している担当者を紹介して欲しい」

思いつき、前を歩く天海の背中に声をかける。

「どうして？」

天海は振り返らず、応える。

「音楽室で引き起こすであろう〝事件〟に関して、確認したいことが二、三」

「いいわよ。どんな事件が起きるのか楽しみ」

今度は少しだけ振り向いてくれる。凛々しい横顔だった。

正面には、音楽室の扉が見えていた。廊下ではホルンやトロンボーンを抱えた吹奏楽部の面々が、個人練習をしている。何人かは、屋上や階段の踊り場で練習しているのだろう、至る所から管楽器の音が聞こえ、音楽準備室からは合唱部の歌声。そして、音楽室からは、ディストーションの効いたギターの音が漏れている。今日はバンド演奏の組に貸しているようだ。ただ、思ったより音量は小さい。

天海が扉を少しだけスライドさせ、中をのぞいた。天海の頭越しに、紫藤の姿が見えた。教壇側の窓際で、キーボードを弾いている。運指はなかなかになめらかだ。

「意外な一面てやつだ」

僕は天海に続いて、音楽室に入った。紫藤のほかに二人。ショートの髪と短いスカートを振り乱してギターを弾いている女の子と、大きく足を広げてベースを弾いているTシャツ姿の大男。三人ともヘッドフォンを着け、演奏に没頭している。ほかに二つのグループが、音楽室の各所に散って練習をしていた。一年生のどこかの組と、二年E組の連中だ。それぞれ机を脇に退け、演奏用のスペースを確保している。

紫藤が僕と天海に気づき、演奏を止めた。ほかの二人のメンバーも、何事かと演奏を止めた。ギターは赤井利奈《あかいりな》。ベースは加瀬正道《かせまさみち》。二年A組の面々だ。赤井と加瀬は軽音楽部に所属していて、学園祭でもステージに立っていた。

三人ともヘッドフォンを取り、首にかける。

「どうした、天海」と紫藤。「設楽も一緒か。意外な組み合わせだな」

ほかの二つのバンドは演奏を止めていないが、アンプの音量が絞ってあり、大声を出せば、なんとか会話が可能だ。吹奏楽部と合唱部への配慮が、音楽室を貸す条件なのだろう。

「来週からここを使わせてもらうかもしれないから、見学」

天海が、岡江とピアノの二重奏をすると説明すると、赤井、加瀬ともに「うへぇ」「うひょー」と声を上げ、オーバーアクションで驚いた。ノリがいい連中だ。

「天海さんも岡江君も、勉強しかしてないと思ってた」と赤井。

「いや、岡江のピアノって、結構絵になるぜ」と加瀬。

それが一般的な岡江、天海に対する印象だろう。

「ここ何時まで借りてるの？」

天海は咳払いをして、紫藤に聞く。

「基本、四時から五時半まで」

紫藤が応えた。「申し込みは小野《おの》先生に」

ちなみに、バンド名を聞くと、『AK-47』と赤井が応えた。アイドルグループの名をもじったのかと思ったが、加瀬が「旧ソ連の銃の名前」と説明した。

「AとKはあたしと加瀬のイニシャルで、47は紫藤の精神年齢」

赤井の言葉に、紫藤がむっとした顔をしたが、説得力はあった。

楽器と、対応したそれぞれのアンプ、ボーカルアンプは全て自前のようだ。

「さーて、のんびりお喋りする時間ないよ！」と赤井。

「見学だけなら、勝手にしててくれ」と加瀬。

三人は再びヘッドフォンを装着する。モニタアンプ代わりなのだろう。紫藤がキーボードのボタンに触れると、誰もカウントを取っていないのに、タイミングよく演奏が始まった。ドラムはいないが、アンプからは激しくビートを刻む音。そこに、それぞれのメンバーの演奏が重なる。今時珍しい、オーソドックスなハードロックだった。紫藤のキーボードの音もオルガン系で、回転スピーカーのような効果がかかっている。

「ドラムは自動演奏なのね」

天海が近寄ってきて、背伸びして僕の耳元で言った。

「見てごらん、ほかの二つのバンドもドラムがいない」

今度は僕が天海の耳元で言う。一年生のグループは、アコースティックギターの男二人組。生音、生声だ。E組の連中は、ギターとノートパソコン、ターンテーブルの三人組。大きな音が出る生楽器の使用は禁止されているのかもしれない。

ＡＫ－47の演奏に赤井のボーカルが重なった。赤井のヘッドフォンにだけ、小型のマイクが付いていた。透き通ったハイトーンだ。サビでは加瀬と紫藤のコーラスが違和感なく重なる。タイミングとピッチのズレもない。手練れだ、こいつら。

「小野先生のところに行きましょう」

また天海が背伸びして言う。その必死な様子に少し萌えた。

音楽室を出ると、隣の音楽準備室をのぞいた。合唱部員が数人ずつのグループになって発声をしている。音楽教師で合唱部顧問でもある小野真智子《まちこ》は、部屋の隅にあるデスクに寄りかかって、その様子を眺めていた。

「小野先生。音楽室とピアノの使用申請をしたいのですが」

天海が小野の元へ歩み寄ってゆく。二言三言会話を交わし、小野がデスクに向かい、パソコンに何かを打ち込む。手続きは問題なく終わったようだ。ほんの二、三分で天海は入口で待っていた僕のところに戻ってきた。

「鍵は最後の人が小野先生に返却。小野先生ここんとこアレンジ作業で忙しくて、七時過ぎまでこの部屋にいるみたいだから、わざわざ職員室まで行かなくて済むみたい」

その後、生徒会室へと連れていかれた。作業台では二年の串本《くしもと》と一年の武田《たけだ》が、球技大会用のポスターとトーナメント表を作成していた。天海に紹介してもらう。

美術部副部長と生徒会執行委員を兼任する串本颯太《そうた》は、ほったらかしの髪に、起きているかどうかわからない細い目で、手や頬に絵の具がついているオタ系だが、事情を話すと、「それ乗った」と全面協力を申し出てくれた。これも天海の影響力か。

僕は串本から必要な知識を仕入れ、武田の「アヤナミを造らせたら天下一品です」というチャチャから、串本がフィギュア造りの達人であることも知った。

串本に礼を言い、天海と別れ、廊下に出ると、既に薄暗かった。生徒会用掲示板に貼られたポスターの文字が、ぼうっと光っている。『学年末文化会　三月二十二日、二十三日』

岡江に挫折を味わってもらうための〝腹案〟が、僕の中でまとまりつつあった。

翌十七日、朝から川野に呼び出され、小金井公園で野鳥を追った。小金井市、小平市、西東京市、武蔵野市にまたがる、都立公園としては最大級の面積を誇る、緑多き野鳥の楽園だ。川野と訪れた回数も多い。午前中だけで、ヤマガラ、シジュウカラ、ツグミ、ソウシチョウと小型の野鳥を押さえた。

「え？　晴菜転校するの？」

ベンチで休憩しているときに話すと、案の定、川野は何も知らなかった。

「うー、ライバルだったのに……」

「ライバル？　何の」

「体育」と川野は残念そうに口を尖《とが》らせる。「決着まだついていなかったのに……」

川野によれば、体育の成績で天海に一度も勝ったことがないという。確かに川野は、陸上１００ｍで非公式高校記録を持ってはいるが、陸上でもフィールド競技、その他球技、ダンス、器械体操など、技術が必要な種目は壊滅的に不得意だった。総合成績で天海が上回っていたということだ。

「餞別《せんべつ》、あげなきゃな。川野らしい餞別をさ」

僕は川野を誘導する。川野にも〝事件〟の一翼を担ってもらうつもりだった。

「夜の鳥って、すごく撮影が難しいんだ。挑戦してみないか？」

7　天海晴菜　三月十九日　月曜

「天海先輩、お客さんです」

一年の女子の執行委員が声をかけてきた。生徒会室で、串本と文化会のプログラム進行を打ち合わせ中だった。入口には、岡江のすらりとした長身。こちらを見ている。

「ごめん、行かなくちゃ」

今日は練習の初日だ。文化会の練習があることは、既に伝えてあった。そして、串本は今回の〝事件〟の仲間でもあった。

「がんばれよ。天海がこんなに愉快なやつだとは思わなかった」

串本が小声で言った。

「ありがとう」

わたしは応え、カバンを持って生徒会室を出ると、岡江と合流し、音楽室に向かった。

「中途半端な時間でごめん」

午後五時二十二分。この時期は補習だけで、終業から三時間近く経っていた。

「図書室で昼寝していた。問題ない」

岡江は特に気分を害した様子もなく、あくびをした。

音楽室からは、ＡＫ‐47の演奏が漏れてくる。扉を開けると、紫藤が演奏を止めさせた。先週と同じセッティングだ。

「交替の時間」

音楽室を借りているほかのバンドにも聞こえるように、声を張り上げた。

「あと五分ある。もう一曲だけ」

紫藤が言い、すぐに演奏が再開される。アコギ二人組と、ＤＪ三人組は、片付けに入った。設楽には、最後の一曲だけ岡江に聴かせろと言い含められていた。ギターとベース、オルガンの音色に、赤井利奈のボーカルが重なる。コーラス、ギターソロ——横目で岡江を見たが、窓の外を見ていた。

曲が終わり、ＡＫ‐47の面々はそそくさと撤収に入る。

アコギ二人組は、ギターを背負い音楽室を出て行き、ＤＪ三人組は、ギターとノートパソコンを持って出て行った。赤井と加瀬もそれぞれギターとベースギターを担ぎ、わたしに手を振ると、音楽室を後にした。紫藤はアンプとキーボードをピアノのそばの壁際に寄せ、カバンだけを手にして、音楽室を出ようとした。

「みんな機材持ってかないの？」

これも決まりのセリフだった。DJ組はターンテーブルを残して、AK‐47はキーボードとアンプを音楽室の隅に残していた。

「重いし持ち運びが面倒だからな。本番まではここに置かせてもらっている。音楽室は施錠できるし、小野先生と合唱部の皆さんが、気にかけてくれている」

紫藤はポケットから鍵を出して、わたしに手渡した。

「最後の人、ちゃんと鍵締めてくれよ。終わったら小野先生に返却よろしく」

紫藤の姿が廊下に消え、静けさが残る。

「始めよっか」

今日は普通に練習していていい。異変があったら自然な感じで驚くように。設楽にそう言われていた。何が起こるかは知らされていない。その方がリアルな反応ができるだろう。

教壇脇にあるグランドピアノの鍵盤蓋を開ける。窓からの暮れ色と、蛍光灯の無機質な光が、白い鍵盤に反射する。兄たちの背中を追ったこの五年間、わたしのピアノは、岡江の模倣以外は気分転換のための遊戯だった。久しぶりの〝本気〟だ。

二人での演奏。一台のピアノを二人で弾く連弾の場合と、二台のピアノをそれぞれ弾く二重奏の場合がある。本番では、ステージにピアノを二台並べるつもりだった。ただし、二台に分かれて弾くのは、わたしが用意した三曲のうち一曲。十五分のうちの、二分半だけ。

「岡江君は低音部をお願い」

わたしが言うと、岡江は「了解」と極めて事務的に応えた。

グランドピアノの前にイスを二脚並べ、座る。岡江が隣に座る。わたしは少しの緊張と少し速くなった鼓動を自覚しながら、カバンから楽譜を取り出した。

「何を弾けばいい？」と岡江。

わたしは譜面台に、楽譜を広げる。

「パシフィック231と、ボレロ」

オネゲルの『パシフィック231』と、ラヴェルの『ボレロ』は、ともに力強い低音部と、叙情的な高音部の旋律が印象的な、連弾向きの曲だ。

「なるほど、無難だが心惹きつけられる」と岡江。

どちらの曲も知名度が高く、後半に向け盛り上がる構成になっている。

「あと、最後に『革命のエチュード』ね」

「それは珍しい選曲だ」

口許に笑みが刻まれる。

「革命だけは連弾にしないで、二重奏の形をとりたいの。二重奏用のアレンジはしない」

「一音でもずれると、無様になるな」

岡江は動じない。憎らしいほど、冷静で余裕綽々で、いい笑顔をしやがる。

「でも、やってみる価値はあると思う」

五年間、わたしは〝岡江和馬の革命のエチュード〟を模倣し続けてきたのだ。

「なら、呼吸はやりながら合わせよう」

岡江は譜面を一瞥すると、ボレロの冒頭を弾き始めた。タンタタタタン――機械のように正確に刻んでくる。さり気なく合わせやすい曲から始めた岡江の〝優しさ〟を感じながら、静かに、わたしは主旋律を重ねる。

没頭した。転校のことも〝事件〟のことも忘れていた。六時十分過ぎ、曲と曲の合間に、かすかに悲鳴が聞こえ、何事かと窓の外を見る。

「なんだろう、悲鳴かな。女の子の声みたい」

連弾の興奮と余韻の中、極めて自然に言えた。岡江にも聞こえていたはずだ。

「集中して」

岡江に声をかけられ、「はい」と素直な反応をしてしまう。標的のはずなのに……。

それから三十分、わたしは再び岡江との連弾に没頭した。

8　設楽洋輔　三月二十日　火曜（祝日）

祝日だったが、学年末文化会の準備や練習で、登校する生徒は多い。

僕は下準備として、幽霊騒動を演出した。

『だから校庭で見たの！　ぼうっと光ってた。あれ絶対人の形してた』

『十年くらい前、南棟の屋上から身投げした女の子がいたって聞いたけど……』

『きっとその子だよ』

『誰かの悪戯《いたずら》じゃないの？』

『絶対違う。一瞬消えたあと、すぐ別の場所に現れたんだよ。人間業《わざ》じゃないよ』

文芸発表や球技大会の練習のため、週末も登校して来て、遅くまで活動する連中も多く、わずか三日ではあったが、幽霊の噂は校内にある程度浸透した。あえて女の子に目撃させるよう、機会を狙ったのも正解だった。

午後六時二十分。生徒玄関で岡江と合流し、無機質な蛍光灯の明かりの中、音楽室に向かっていた。窓の外は既に暗く、窓ガラスは僕らを映しているだけ。

『天海に、練習しているところを撮ってくれって頼まれてさ。思い出づくりかな』

白々しい理由を白々しく言って、カメラ持参で岡江に同行している。岡江自身は何も語っていないが、降って湧いたような天海との連弾と幽霊騒動に、確実に違和感を覚えているはずだ。お互いわかった上での勝負なのだ。

祝日の音楽室は午後四時まで合唱部と吹奏楽部が使い、以降一年D組、二年A組とE組が使用した。紫藤には、午後六時過ぎまで練習するように調整してもらった。

音楽準備室前の廊下だけ、明かりが消えている。そして、音楽室に明かりはついていなかった。岡江が扉に手をかけたが、開かない。まだ、施錠されたままだ。

「天海はまだ来ていないようだね」

僕は静かに言う。ゲームの始まりだ。

「無断で遅刻するような性格ではないんだがな」

岡江の視線――お前は何がしたいんだ？　そう問いかけられているような気がした。

「そんなこと言われてもね」

僕が応えたところで、突然、音楽室の中からピアノの音が聞こえてきた。速く、激しい曲――ショパンの『革命のエチュード』だ。岡江はほんのわずか目を細めると、扉の窓から中を見た。僕も岡江の背後から音楽室の中をのぞく。

校庭側の窓からわずかな光が差し込んではいるが、カーテンが閉じられ、室内の大部分は闇に覆われていた。それでも窓を背景としたシルエットで、グランドピアノの前が無人であることはわかった。

「おや」と岡江が声を漏らす。

闇に沈む教室後方に、人影。青白くぼうっと光る人影だ。位置はアップライトピアノが並ぶ壁際。青白い人影はアップライトピアノに向かい、演奏しているようにゆらゆらと動いている。

「噂の幽霊かな」

岡江は穏やかに、少し楽しげに言う。僕はカメラを構えると、動画モードで〝幽霊〟を撮影した。

「本当に幽霊なのか、確認が必要だろう？」

僕はカメラを下ろし、音楽準備室の扉をノックして、そっと開けた。隅のデスクに小野真智子の姿。この時間、学校に居残って合唱部のアレンジ譜を作成しているという情報は、天海に確認済みだ。

「何？」と小野は垂れた前髪をかき上げ、ずれたメガネを直しながらこちらを向いた。

「すいません、誰かそこの扉から中に入っていきませんでした？」

僕は音楽準備室に一歩足を踏み入れる。岡江も首尾よく一緒に部屋に入ってきた。

「誰も来てないわよ」

デスクの脇には、音楽室へと続く扉。小野は何も事情を知らない。

「あら？」

小野が初めて、音楽室から漏れる音に気づいたようだ。「この音、天海さんね。ポリーニスタイルの革命ね」

二十七歳、童顔でメガネでたわわな胸。何かに没頭すると、周囲が見えなくなるタイプだ。そのあたりが萌えポイントなのか、男女問わず、生徒に人気がある。

二重奏になる『革命のエチュード』は、昨日から個人練習を始めたという。それなのに、小野は誰が弾いているのか聴き分けている。それが音楽家の耳だ。当然、岡江も同じ耳を持っているはずだ。この『革命のエチュード』は、天海にしか弾けない。そして、岡江の洞察力なら、小野が演技をしていない、つまり、何も知らないことも見抜けるだろう。この部屋に細工はない。岡江はそう判断したはずだ。

ショパンの『革命のエチュード』は二分半ほど。音はすぐに止んだ。

このピアノは天海が弾いている。音楽準備室は無関係。ポイント①クリアだ。

「すいません、お騒がせしました」

僕らは音楽準備室を出た。また演奏が始まった。

「幽霊とか言うと先生怖がるから、天海が弾いていることにしようか」

僕は言いながら、再び音楽室の中を見る。まだ、青白い人影があった。

「幽霊？　ふふっ」

岡江は妖艶に笑うと、再び窓越しに音楽室の中を覗き込んだ。

「設楽、もう一度撮影してくれるかい？」

気づいたか――僕は表情に出さず、もう一度動画モードで青白い人影を撮影した。

「一応、密室ということでいい？」と岡江。

音楽室の扉は、施錠すると内側から開けることはできない。逆に非常口はセキュリティー上内側からしか開けることができず、開けても手を放すと自然に閉まり、一定時間開けっ放しだと警報が鳴る。

「さあ、どうだろう」

やがて、曲もクライマックスを迎える頃合いだ。

「ごめん岡江君！」

しんとした廊下に、走ってくる足音と天海の声が響く。

「生徒会の仕事が少し長引いて」

天海は岡江の前で両手を合わせると、ポケットから鍵を出し、音楽室の扉の鍵を開ける。カチリと解錠の音が響き、天海は取っ手に指をかけ、扉をスライドさせようとしたが、開かなかった。

「どうしよう。鍵壊れてるのかな」

助けを求めるように天海が岡江を見る。岡江は無言で天海と入れ替わると、取っ手に指をかける。しかし、開かない。窓の中をのぞく。青白い人影はまだいた。

「準備室に小野先生がいる」

　僕は天海に言う。

「そっか、準備室のほうから入ればいいか」

　打ち合わせ通りのセリフ。「岡江君、行こう」

　天海は音楽準備室のドアをノックし、扉を開ける。僕は音楽準備室に入る天海と岡江の背中を見送る。天海は小野に音楽室に入れて欲しいと声をかける。

「ええ？　天海さん今来たの？」と小野は顔に疑問符の嵐。そこで再び、音楽室からピアノの音が響いてくる。同じショパンだが、今度は違う曲だ。小野は飛び上がらんばかりに驚いて、岡江に抱きつこうとしたが、天海が割って入った。

「先生、冷静に」

「でもこれ、み、みんなが言ってた校庭の幽霊じゃ……」と顔を引き攣らせた小野。

　計算通り、合唱部員の皆さんが、小野の耳に入れてくれていたようだ。

「しゅ、瞬間移動するんでしょ!?」

「ショパンのプレリュード四番、ホ短調……」

　岡江がぽつりと言う。十年前、南棟の屋上から飛び降り、自殺した女子生徒が好きだった曲だという。自殺は当時のニュースを調べ、事実だとわかったが、曲に関しては、学校の七不思議として、一部で語られているのを小耳に挟んだだけだ。もの悲しくて、雰囲気作りにはうってつけの曲ではある。

その曲が終わり、音楽室に入ろう、怖い、やだ、ダメ、と天海と小野のすったもんだがあり、自分たちも一緒に行くからと僕が言い、天海がびびる小野を促し、デスクの中から鍵を取り出させると、扉の鍵を開け、小野、天海、岡江の順で音楽室に入っていった。

少し間を置き、僕も音楽準備室から、音楽室に入った。小野が廊下側の扉の脇にあるスイッチを入れ、電灯がついた。当然のように、僕ら以外は無人だ。教室後方壁際の三台のアップライトピアノのうち、中央の一台だけ、鍵盤蓋が開いていた。

早速、岡江が行動に出た。校庭側の窓のカーテンを開け、窓一枚一枚の鍵をチェックする。全て内側から締まっている。クレセント錠のダブルロックで、外側から細工することはできない。

「設楽、廊下側から扉の鍵を開けてくれないか」と岡江。

「了解」

僕は天海から鍵を受け取り、音楽準備室を通り廊下に出ると、音楽室の扉の鍵を開けた。今度は、扉はきちんと開いた。

「開いたな」

僕が言いながら音楽室に入ると、岡江は「なるほど」と微笑む。

「さっきは開かなかったのに」

「ど、どういうことなの、説明しなさい」

小野は精一杯の威厳を示したつもりだろうが、声と足が震えていた。

「密室状態の音楽室に青白く光る人影が見え、ピアノの演奏が聞こえてきた。しかし、こうやって中に入ってみると、誰もいない。さてこれはどういうことでしょう」

岡江は小野に状況を説明した。「まあ、密室というのは大袈裟ですが」

「ゆゆゆ、幽霊ってこと？」

小野は音楽準備室のほうに徐々に後退っていた。

「いいえ、ゲームですよ」

岡江は僕を見てから、ゆっくりと天海に視線を移す。「趣旨は理解した。実に楽しいお別れイベントだね。受けて立とう」

僕と天海がグルなのは、岡江にとっては既定事項らしい。その通りなのだが。

「ゆ、幽霊じゃないのは確かなのね？」と確認するように小野。

「ですから、天海と設楽の悪戯ですよ。どうやらぼくに幽霊の仕業じゃないことを証明して欲しいようです。小野先生は立会人として、天海と設楽に選ばれたんです」

「し、信用されたってこと？」

小野はなぜか胸を張る。本当は行動が計算しやすく、利用しやすかっただけだ。

「じゃあ小野先生にうかがいます。最初に聞こえた『革命のエチュード』ですが、あれは紛れもなく天海が弾いたものですよね」

探偵・岡江和馬の〝証明〟作業が始まった。脳内にはもう解答が用意されているのだろう。解答が出るだけの材料は与えてきた。ただ、それが正解とは限らない。

岡江に問われた小野は「うん、特徴的だし、タッチも独特だし」とうなずいた。当然だ。『革命のエチュード』は、奏者による違いが如実に出る曲――

「でも、天海はその時、音楽室にはいなかった。いや、いなかったことになっている」

岡江は緊張気味の天海を一瞥する。

「ここにはいなかったよ。串本と生徒会室にいたから、アリバイ成立」

「その証言は意味を成さない。串本は君らの仲間だろう」

串本を仲間、と定義づけたのなら、〝幽霊の正体〟の外殻は既に崩しているだろう。

「では、音楽室の中にいた青白い人影は誰か。設楽、君が撮った映像を見せてくれないか」

僕は岡江に見えるように、後部ディスプレイに、動画を再生させた。

窓越しの青白い人影がぼんやりと映っていた。その後、音楽準備室に入り、再度廊下に出て撮影した人影。あえてサイズ、画角とも同じにした。フェアであるために。

「設楽、一回目の人影と二回目の人影をそれぞれ静止画にして、順番に並べてくれないか」

やはり、岡江は人影の〝違い〟に気づいていたようだ。僕は言われた通り、静止画として画像を処理し、順番に並べた。

「交互に呼び出してみてくれないか」

予想通りの要請だ。僕は一枚目と二枚目を交互にディスプレイに呼び出し、それを何度か繰り返した。天海と小野も興味深げにディスプレイを覗き込む。

「あ、大きさが微妙に違うね」と小野。

「そう、二回目に撮影した幽霊のほうが大柄ですね」

岡江は横目で僕を一瞥する。「一つ解説しておきましょう。まず、ここ二、三日話題沸騰の校庭に現れた幽霊ですが、あれは設楽の悪ふざけです」

幽霊騒動自体が、今日のための雰囲気作りであることも岡江は見抜いている。想定内だ。小野がびびって音楽準備室内で時間を稼いでくれたのも、期待した効果の一つだ。

「だが設楽、校庭には大きさを比較するものがないから、目撃者が幽霊が等身大であると錯覚したんだ。音楽室は校庭と違う。大きさを比較する対象物があるんだ」

岡江の説明は淡々としているが、核心を突いている。確実に幽霊の正体もトリックも見破っている。

「それ、ピアノのことね」と小野。

一枚目と二枚目の〝人影〟の大きさの違いは、アップライトピアノのシルエットによって、比較できた。

「そうです。ぼくらが音楽準備室に入っている間に〝幽霊〟は入れ替わった。そう結論づけることができます。最初の幽霊を幽霊A、大柄なほうを幽霊Bとしましょうか」

岡江は淀《よど》みなく語る。だが、その答えも想定の範囲内だ。

「それはわかる」と小野。「でも入れ替わったとして、その後に聞こえてきた〝革命〟も、紛れもなく天海さんが弾いた〝革命〟だったよ」

小野は期待通りの疑問を呈してくれる。

「あれですよ、先生」

岡江はグランドピアノの脇に置かれた、紫藤のキーボードを指さした。Koland社のシンセサイザー、MINERVA-Gだ。

「自動演奏の機能がついているはずです。少なくとも二回目に聞こえた革命と、プレリュード四番は、これによって演奏された。音はそこのアンプから」

MINERVA-Gの隣には、アンプが置いてある。

「自動演奏？　そんなわけない。シンセにあの微妙なタッチの再現はできないし、あの弾き癖も自動演奏なんかじゃ再現できない。確かに天海さんの演奏よ」

またもや小野が食い下がってくれる。

「それ以前に、あの場所からは、コンセントに届かない」と僕は補足する。

コンセントは教室後方。アンプとMINERVA-Gは前方窓際に置かれている。

「延長コードを使えば問題ない。電源が入った状態のキーボードとアンプには、ランプが点灯するが、それは何かを被せておけばごまかせるし、延長コードは、幽霊役の誰かが脱出するときに回収すればいいだけだ。廊下側の扉に仕込んでおいたつっかえ棒と一緒にね」

電源の問題に加え、さり気なく開かなかった扉の説明まで入れてくれる。

「でも自動演奏では、天海の演奏は再現できないことはどう考える？」

僕は岡江に問う。自動演奏＝シーケンサーは、入力した楽譜通りに演奏するだけで、個人の微細なクセやタッチを再現する機能はない。

「それにあの音、確実に生ピアノの音よ」

小野も加勢してくれる。この〝事件〟の越えるべきトリック、その1だ。

「事前に録音されたものを適当な再生機で再生すればいいだけの話だが、そんなものはここには見当たらないだろう。別に、天海と小野先生が準備室でコントをしている間に、幽霊Bが持って出ていけばいいだけの話だが、それでは面白くないし、設楽がわざわざぼくに紫藤のバンドの音を聴かせた意味がない」

岡江は気づいていたようだ。たった一度聴いただけで。

「このキーボードはハードディスク内蔵で、生音のサンプリング機能がついている。そう推定できるんだが、どうだ設楽」

ハードディスク内蔵。つまり、キーボード固有の音色を使った自動演奏ではなく、演奏されたギターやピアノの音をサンプリング＝録音し、それを再生させる機能だ。演奏をそのまま再現するのだから、天海の弾き癖もタッチも、そのまま再現される。

僕も先週の金曜日の下見で、ＡＫ－47の演奏を聴いて気づいたのだ。

リードボーカルの赤井の声に違和感なく被せられた、紫藤と加瀬のコーラス。マイクが付いていたのは、赤井のヘッドフォンだけだった。ボーカルアンプから発せられる赤井の声に、生声で違和感なくコーラスが重ねられるわけがないのだ。僕と天海は大声を出さなければ、会話もできなかった。

ならば、ボーカルアンプ以外からコーラスの音が出ていたことになる。ギターやベースから、〝声〟が出るわけがない。残るはキーボードだ。ドラムトラックは、キーボードの自動演奏だ。そこに、事前にサンプリングした紫藤のコーラスと、加瀬のコーラスを自動演奏でサビの部分に被さるようにプログラムした。僕はそう推理し、紫藤に確認をとった。果たして、僕の推理通りだった。

MINERVA-Gには、サンプリング機能がある。あくまでフェアであるために、僕は昨日、あえて岡江に同じ状況で、ＡＫ－47の演奏を聴いてもらったのだ。そして、岡江は僕と同じプロセスで、MINERVA-G の特殊機能を看破した。

「これでピアノ演奏の問題は解決だね」

岡江は天海、小野の順で見回し、最後に僕を見る。「次に幽霊の正体だが……」

9 天海晴菜 三月二十日 火曜(祝日)

岡江は呆気なく、〝ピアノ演奏の謎〟を解き明かした。岡江が指摘した通り、紫藤の協力のもと、わたしは事前に『革命のエチュード』と『プレリュード四番ホ短調』を演奏、MINERVA-G というキーボードにサンプリングした。

「次に幽霊の正体だが……」

岡江はとくに表情を変えることも、謎解きを誇ることもなく、次の〝証明〟に移る。

「天海、国府田彩夏を呼んでくれないか」

突然声をかけられ、胸がどきりとする。

「校内にいるはずだ。君たちの協力者として。来る時に、ブラックライトを持ってくるように言ってくれ。用意しているはずだから」

優しく雅《みやび》やかな笑みから一転、無表情の仮面の裏に潜む、深遠な瞳が、わたしを硬直させる。これが探偵の顔?

「僕が呼ぶ」

わたしの異変を感じ取ったのか、設楽が代わりに彩夏に連絡した。

彩夏は数分でやって来た。手には小型の懐中電灯型ブラックライトを持っていた。

「あ、あの、こんばんは……」

彩夏は頬を赤らめながら、わたしと設楽の顔色をうかがった。

「ライトをぼくにくれるかな」

岡江が言うと、彩夏は素直にブラックライトを岡江に手渡す。

「じゃあ、国府田は天海の隣に並んで」

彩夏は素直に「はい」と返事をして、歩み寄ってくると、わたしと並んだ。

正面に岡江、その隣に設楽、少し離れた所に小野先生。三組の目がわたしと彩夏を見ていた。

「国府田さんが、幽霊の正体なの?」

まだ恐怖が抜け切れていない小野先生が、岡江に聞く。

「国府田は幽霊Bです」

「じゃあ、Aは?」

「当然、天海です。小野先生、教室の電灯を消してくれますか」

岡江が言った瞬間、設楽の口許がわずかに歪むのが見えた。

「消せばいいのね」

小野先生は廊下側の扉の脇にあるスイッチの前まで行くと、明かりを消した。

音楽室は、再び闇に包まれた。

「えっと何が起こるの？」と小野先生の声だけが響いた。

「天海、国府田、二人とも服を脱いで」

岡江の声が鼓膜を伝い、わたしの胸を揺さぶる。想定通りの言葉だが、わたしの両耳は問答無用で熱くなる。うー、本番のプレッシャー。

「あ……ぬ、脱ぐって、ここでですか？」

彩夏の動揺した声が闇の中に響く。彩夏も事前に知らされていたのに、この反応だ。

「今ここで、直ちに」

岡江は有無を言わさぬ強い口調で促す。耳の熱が首筋に広がってゆく。

「ま、待ちなさい岡江君。いったい何を考えているの！　破廉恥《はれんち》な」

教師らしく、少しだけ威厳が戻った小野先生の声。

「大丈夫ですよ、先生。天海も国府田も、脱ぐ準備はしてありますから」

確かに、わたしも彩夏も、脱ぐ準備はできていた。設楽の想定通りだった。でも理性では計算できない感情のうねりが、わたしを戸惑わせていた。

それを打ち破るように、突然、隣から衣擦《きぬず》れの音――

「あ、彩夏？」

「お、岡江さんに言われたから、ぬ、脱ぐしかないんです……うぅ」

暗闇に少しだけ目が慣れる。彩夏はブレザーを脱ぎ捨て、ネクタイを取り、ブラウスのボタンを外し始めていた。彩夏だけ脱がせるわけにはいかない。ええい、ままよ！　わたしもブレザーを脱ぎ、ネクタイを取り、ブラウスのボタンに手をかける。一気に下まで外し、スカートのホックを外し、そのまま床に落とす。彩夏もスカートを脱いでいた。

「ぬ、脱ぎました」と彩夏。

「わたしも脱いだ」

少し寒かったが、脱いでしまえば腹も据わった。

「結構」と岡江の声が響き、淡い紫色の光が点灯するのが見えた。

横を見ると、彩夏の体が、青白くぼうっと光っていた。顔の輪郭から肩、胸から腰、脚のラインまでくっきりと。そして、わたしの体も青白く光っている。

「何よ、これ！」と小野先生。

「蛍光塗料です。ブラックライトに反応して光るタイプの。二人とも全身に透明タイプの蛍光塗料を塗っているんです。ご丁寧に顔の輪郭部分まで」

塗ったのはこめかみから耳、あごのライン。さすがに顔面に塗ることはできなかった。

突然、明かりが点った。設楽のカメラがこちらを向いていた。

わたしは思わず胸元を手で覆う。やっぱり恥ずかしい。彩夏はなぜか顔を隠していた。わたしも彩夏も、ビキニタイプの水着姿だった。

「ごめん手が滑った。また消す？」と小野先生。

「こ、このままでいいです！」

混乱と動揺の極みなのか、彩夏が声を上げた。その迫力に小野先生も、電灯のスイッチから手を放した。

「この蛍光塗料は透明タイプだから、明るい場所では気づかれにくい」

岡江はわたしと設楽を交互に見遣る。「君らのフェアプレイ精神には感じ入るよ」

生徒会室の作業台の上には、様々な塗料が置かれていて、その中に蛍光塗料もあった。昨日、練習に行く前に、岡江をわざわざ生徒会室に呼び出したのは、それを見せるためだ。

「幽霊Aである天海は、ぼくと設楽が来る前から、音楽室に待機していた。ブラックライトを消して机の陰にでも隠れていれば問題ない」

岡江がじっとわたしを見ている。恥ずかしいことは恥ずかしいが、水着姿のわたしを見ても、表情を一ミリも変化させないのも、少し悔しい。

「最初の革命は、天海、君自身が演奏した。アップライトピアノのほうで弾いたのは、そちらのほうが暗くて、体がよく光るからだね。そして、ぼくと設楽が音楽準備室に入っている隙に、事前にサンプリングしておいた演奏を再生した」

「待って、シンセと生のピアノだったら、聴いたらすぐに音の違いがわかるわよ」

この期に及んでも小野先生が反論に回ってくれる。

「先生もぼくも音を聴いたのは壁越しです。天海と紫藤はそれを計算に入れ、壁越しに聞こえるピアノの音色に合わせて、サンプリングしたピアノの音色を調整したんです。優秀な耳を持つ天海がこの問題を放っておくわけないでしょう。逆に天海が音色を調整したからこそ、小野先生もぼくも、その場で音の違いに気づくことはなかった」

「そうなのね」と小野先生が強く問いただしてきたので、思わずうなずいてしまった。

「天海、君は演奏を再生させると、ぼくと設楽が音楽準備室に入ったタイミングで、非常口を出た。その時、幽霊Bである国府田と入れ替わった。そして、急いで服を着ると、廊下を大回りして、遅れたふりをしてぼくの前に現れた。非常口は外側からは開かないが、内側からなら普通に開く。入れ替わりに問題はない」

最後まで淀みなく、岡江は言い切った。小野先生は口をぽかんと開け、彩夏はなぜか呼吸を荒くしていて、設楽に表情はなかった。

ともあれ、岡江和馬は、設楽洋輔が用意した罠にはまった。

10 設楽洋輔　三月二十日　火曜（祝日）

視界の端で、天海がそそくさと制服を着込んでいた。彩夏は明らかに僕を意識しながら、必要以上に恥ずかしそうに、見せつけるようにゆっくりと制服を着ていた。

「天海の演奏に固執したのは、今回に関しては間違いだ。天海に気を遣ったのだろうが、最初から最後まで正体不明の幽霊で押し通せば、もっと精緻なトリックが使えたはずだ」

岡江は諭すように言う。「校庭の幽霊は蛍光塗料を塗った人形。人形使いは川野愛香だね」

「まあね」

カラクリは単純だ。蛍光塗料を塗り、ハンディタイプの小型ブラックライトを仕込んだ三分の一スケールほどのフィギュア（串本作・制服を着た女の子）を川野に持たせ、走らせただけだ。足にくくりつけたブラックライトを点灯させると、フィギュアがぼうっと光り、消すと見えなくなる。ブラックライトを消した瞬間に全力で走らせ、移動した先で再び点灯すると、瞬間移動したように見えるという寸法だ。暗闇の中で光るフィギュアを等身大と錯覚するケースが多く、そのスケール感のギャップと、川野の人間業とは思えない脚力が、運悪く目撃した女の子を幻惑し、考えられない速度で移動したように錯覚させたのだ。

川野には夜に鳥を呼ぶ方法だと説明したら、真《ま》に受けてデジカメ片手に一生懸命走ってくれた。川野なりに、天海との別れを真剣にとらえているのかもしれない。

ただ、勝負はこれからだ。

「岡江、幽霊Aと幽霊Bの入れ替わりには非常口を使ったんだな」

僕は満を持して問う。「だったら確認しよう。見もせずに断定するなんて、岡江らしくない」

岡江と視線を交わし合う。

「小野先生、非常口を開けて頂けますか」

岡江の口調は変わらない。ただ、ほんのわずかだが余裕が消えたような気がした。

小野が教室を横断し、非常口を押し開けた。

「あ、誰よこんなことしたの！」

小野は素っ頓狂な声を上げた。期待通りのリアクションだ。

岡江が非常口から外を見て、口を結ぶ。僕は非常口の脇の窓を開ける。天海も僕の隣に来て外を見る。音楽室から漏れる明かりに照らされた、校庭の端。非常口の脇には、手洗い用の水道があり、蛇口が三つ並んでいる。そのうちの一つにはホースが付いていて、普段は運動部が汚れた足などを洗うのに使っているが、今はホースの先が、非常口の前に投げ出されてあって、先からは水が流れ出ていた。

「なるほど」

岡江の横顔に笑みが浮かぶ。余裕の笑みではなく、邪悪さをまとった笑み。

非常口の前の地面は、豪雨の後のようにぬかるんでいた。その範囲は、非常口前を中心として、半径五メートル程の半円を描いていた。

そして、ぬかるみに足跡は一切なかった。

「非常口を使って入れ替わったのなら、足跡が残っているはずだよな」

僕は用意していたセリフを言った。「それに、どう考えても二時間や三時間は水が出っぱなしな感じだよな」

天海、彩夏とも無言。何も言うなと含めてあった。祝日を選んだのは、運動部の練習が早く終わり、ぬかるみを造る準備ができるからだ。

「入れ替わりどころか、音楽室から脱出することすら不可能な気がするんだが」

僕は岡江に向かい、たたみ掛ける。「窓に細工はない。音楽準備室には小野先生がいて、廊下側の扉は外から施錠されていた。岡江の説では、幽霊役の消失は説明できないな」

長い間、岡江はぬかるみを見つめていた。長いと感じたのは、単なる僕の主観であって、実際はほんの三十秒ほどだったのかもしれない。誰も何も話さない。

五メートルを超える板を渡す。縄ばしごで二階に逃げるなどという選択肢はない。僕はそんな手を使ってはいないし、使ったとしても明確なヒントを残す。これはフェアな戦いだ。岡江も十分承知しているはず。

岡江がこれまで見てきたこと。聞いてきたこと。それが全てだ。〝事件〟解決の条件は全て出揃っている。そして、岡江一人に挑むためには、僕と天海、彩夏、紫藤、串本、そして川野の連携が必要だった。

降参か？　と岡江に問おうとしたタイミングで、「したらー！」と叫ぶ声が静寂を打ち破った。そして、街明かりを背景に闇に沈む校庭の奥から、青白く光る人影が猛スピードで近付いてきた。小野が「ひぃぃぃぃ」とのけぞりながら声を上げたところで、闇から川野が溶け出してきた。

「鳥、全然寄ってこないんだけど――！　ぎゃっ」

トップスピードのままぬかるみに足を取られた川野は激しく転倒、泥を撥《は》ね上げながら転がってきて、非常口の前で俯《うつぶ》せになり、止まった。一瞬にして泥人形が出来上がった。

「そうか、もう一人いたか」

岡江は呟くように言うと、僕を見た。「これも、設楽のシナリオか？」

「いや」

11　天海晴菜　三月二十日・二十一日・二十二日　火曜（祝日）・水曜・木曜

ほとばしる水流が肌を叩く。丹念にボディソープをつけ、体を洗う。

女子更衣室に併設されているシャワー室で、わたしと彩夏は蛍光塗料を、愛香は泥を落としていた。

「岡江さん、謎は解けなかったけど、悔しそうじゃなかったですよね」

間仕切り越しに彩夏の声。背が高い彩夏は、肩から上が見えているが、わたしは目線が間仕切りと同じ高さだ。

「そうだったかな」

わたしは噛みしめるように応える。爽快感は微塵《みじん》もなかった。

『今日は楽しかった』

岡江は代わりの解答を示さないまま、わたしの前まで来ると、そう言った。『早く蛍光塗料を落とさないと、肌に悪いよ』とも。

リアクションに迷った。乙女モードの自分と、それを否定しようとする自分。

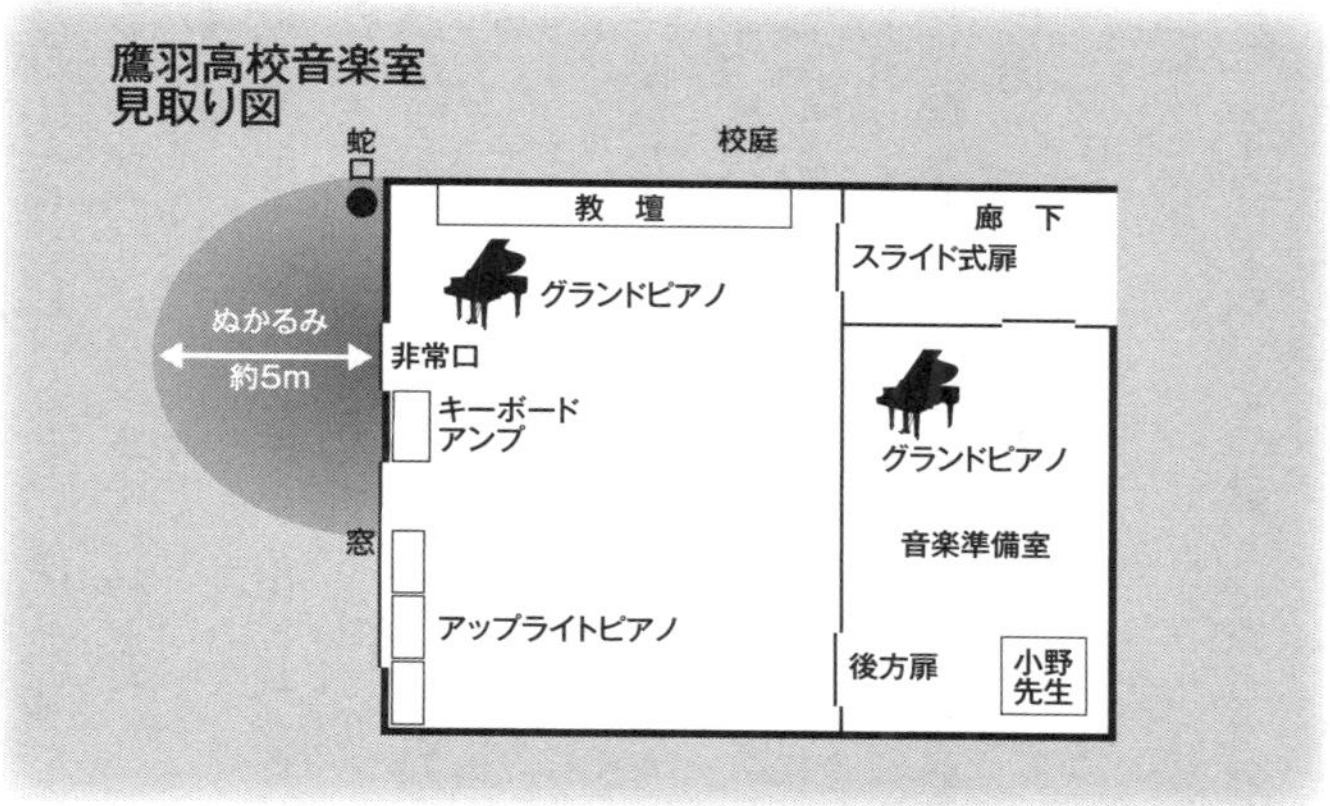
鷹羽高校音楽室
見取り図
蛇口
校庭
教　壇
廊　下
スライド式扉
グランドピアノ
ぬかるみ
約5m
非常口
キーボード
アンプ
グランドピアノ
音楽準備室
窓
アップライトピアノ
後方扉
小野
先生

『大きなお世話。練習は明日もあるし、あさっては本番でしょう』

結局、普段演じているキャラが、言葉を勝手に紡いだ。

『そうか、そうだったね』

岡江は苦笑すると、カバンを手にし、音楽室を出て行った。

確かに、その時の岡江の苦笑に、悔しさは感じられなかった。必死に屈辱に耐えていたのか、勝ち負けなどどうでもよかったのか。わたしには読み取ることも判断することもできなかった。なぜか、小さな罪悪感だけが、胸に残った。

『勝ったの？』

わたしは小声で設楽に聞いた。設楽の意見が聞きたかった。

『修了式まであと四日ある。そこがタイムリミット』

設楽は硬い表情で、淡々と応えた。たぶん、わたしと同じ思いを抱いていた。

「もう、うまくいかない！」

反対側の間仕切り越しに愛香の声。愛香は悔しそうに頬を膨らませていた。足もとからは茶色い水が排水口に向かって流れている。

「どうしたの？」

わたしは何気なく聞いてみる。

「設楽に夜に鳥を呼び寄せる方法を聞いて、試してたんだけど、全然来ないの」

幽霊騒動を引き起こすために、光る人形を持たせて、校庭を走り回らせる——どうやったら自由奔放な愛香を操縦できるのか疑問に思っていたが、そんな風に説明していたのか。設楽の愛香操縦術に、思わずため息が漏れた。

「そんな方法じゃ鳥は来ないよ」

「えー！」

愛香が間仕切りに手をかけ、顔を近づけてきた。「夜集まってくる鳥をナイトモードで撮って、晴菜にプレゼントするつもりだったのに」

「わたしに？」

思いがけない言葉だった。

「別れには餞別が必要だって設楽が言うんだもん。体育さ、勝ち逃げはちょっとずるいと思ったけど、やっぱライバルとしては、快く送り出さないといけないじゃん」

わたしが、愛香のライバル？　意外だった。そして、少しだけ嬉しくて誇らしかった。

「それに、わたし全然目立たない部員だったから、ファンタスティックな写真撮ってアピールしたくて！　都会の夜の鳥って、なんかカッコいいじゃん。晴菜も好きでしょ」

目立たないって……確かに例会の出席率は悪かったけど——

「うん、好きだよ」

わたしは応える。今は、辞めさせなくてよかったとも思っているよ——

「ごめんもう少し待ってね」

愛香が更に顔を寄せてくる。こんなに近い距離で見たのは初めてだ。綺麗でキュートで、邪心のない目が、キラキラと光っていた。「修了式までに絶対撮るから！」

やば、「別れ」という言葉が急に重くなる。


二十一日。わずか一時間だったが、充実した練習ができた。

岡江は〝事件〟のことは何も話さなかった。わたしも話さなかった。勝ち負けはどうでもよかった。ひたすら、ピアノに打ち込んだ。岡江との時間を大切にした。『革命のエチュード』は、今日が初めての二重奏。最初の一小節がシンクロする――いけると思った。わたしが岡江に呼吸を合わせた。隣り合ったアップライトピアノに並んで座り、最後まで一音の乱れもなく完璧にシンクロさせたとき、岡江は目を丸くし、わたしを見た。その表情は、少し可愛かった。

これはたぶん「ギャフン」の顔だ。わたしは確信した。


二十二日。わずか十五分だったが、最高の時間を過ごした。

体育館のステージに向かい合うように並べられたグランドピアノ。フロアを埋めたオーディエンスたち。あの岡江和馬がピアノを弾く。それだけで数百人が集まった。

ここでもわたしは付録だった。それでもいい。一つのピアノに並んで座ると、少しどよめいた。気分がよかった。わたしは全身全霊を以て鍵盤に向かった。

一曲目『パシフィック231』、二曲目『ボレロ』。興味本位で来た連中が、わたしと岡江の奏でる音に呑まれていく様を肌で感じた。

わたしは、静かに、向かいのピアノに移動し、鍵盤に指を添える。

岡江が視線で合図を送ってくる。

最後の曲、二重奏『革命のエチュード』が終わった瞬間、少しの静寂を置いて巨大な拍手の渦がわたしと岡江を包み込んだ。

最前列で彩夏が泣きじゃくっているのが見えた。紫藤が親指を立てていた。愛香を見つけることはできなかった。隅っこに設楽がいた。

ステージを降りた後、岡江とは言葉を交わすこともなく別れた。胸が少し苦しかった。

12　天海晴菜　三月二十四日　土曜

修了式の朝、生徒玄関で岡江を待ち伏せた。昨日一日悩んで、決心した。

岡江はいつもの時間にやって来た。人気《ひとけ》のない渡り廊下の片隅に誘った。客観的に見ても、実にさり気なく誘えたと思う。心臓はバクバクだったが。

岡江を意識し続け、この一週間、胸の中で育ち始めた想いの正体は、もうわかっていた。自分が岡江に見合わないことも。

岡江和馬の顔を見上げる。記憶に焼き付けるように、じっと見る。

いつでも会えるよね——と言いたくて、言おうとして、言えなかった。代わりに涙があふれ出てきた。ちくしょう、このポンコツ涙腺《るいせん》め。一方通行でいいのに、ただ伝えたいだけなのに……。

「まずは自分で立てた目標を達成しようか。君はそのために人生の舵《かじ》を切ったんだろう。だったら今はそれに集中しよう」

岡江の声はいつも通りだ。そして、いちいち核心を突いてくる。

言葉が出ないのなら——わたしは岡江との距離を詰め、見上げ、思いきり〝嘘でもいいから抱き寄せてくださいオーラ〟を全身から発散させた。しかし、岡江はわたしを抱き寄せるような愚を犯すことなく、わたしの肩に手を添え、優しく押し戻す。ここで抱き寄せたら、わたしが情に負けてしまうこともお見通しなのだ、この男は。

「……がんばる」

しゃくり上げて声も裏返ったけど、それだけは言えた。

13　設楽洋輔　三月二十四日　土曜

　学年末修了式が終わり、明日から春休みとなる。

　帰り支度をして教室を出ると、廊下からB組をのぞいた。天海が花束を抱えて、クラスメイトたちに囲まれていた。笑顔だ。少し寂しげではあったが。

「設楽君」

　隣に彩夏がやって来た。「なんだかいい思い出づくりができましたね。わたしも、お手伝い……で、できたのが……」

　水着姿になったのを思い出したのか、急にモジモジし出した。

「で、天海はいつ引っ越すんだ？」

　転入試験には無事合格したと聞いた。別れる前に、自分の気持ちを匂わせるくらいのことはしておきたかった。

「え？　引っ越しませんよ」

「どういうこと？」

　僕は彩夏を見る。「家庭の事情で転校するって、親の転勤かなにかが相場じゃ……」

「いいえ、晴菜ちゃん、慶和学院に転校するんですよ。言ってませんでしたっけ」

「慶和学院!?」

私立慶和学院高校は、都内屈指の進学校だ。所在地は、練馬区石神井台《しやくじいだい》。つまり、鷹羽高校とは新青梅街道を挟んだ向かい側。直線距離で三百メートルほどだ。

「晴菜ちゃん、中学の頃反抗期だったらしくて、慶和を受験するはずだったのに、鷹羽を受けたんですって」

天海には兄が二人いて、いずれも慶和学院から東大という道を歩んだという。

「お兄さんたちは好きだけど、お兄さんたちと比べられるのは嫌だって晴菜ちゃん、酔うと必ず言ってました。あの頃はガキだったとも」

酔うと……。天海は僕の想像以上にワイルドな一面を秘めているようだ。

「鷹羽に入学してからも、今からでも遅くないから慶和に行け、嫌だって、ずっとお母さんとケンカしてて、二年生に上がったとき、条件を出されたんです。あと一年で一度でもトップを取ったらそのまま鷹羽にいていい。取れなかったら、慶和学院に行けって。それが学費を出す条件だって」

天海は一度も岡江に勝てなかった——しかし、慶和学院なら、いつでも会えるではないか。

「転校しても、生物部にはたまに顔を出すそうです。わたしが部長じゃ、心配みたいで」

さもありなん、と思いつつ彩夏と別れ、一人、生徒玄関のホールで天海を待った。胸には淡い期待と希望。望むのは、共犯者以上の関係。

廊下が少し騒がしくなって、友人たちに囲まれた天海がやって来た。天海が僕を見つける。小さく手を挙げると、天海は友人たちの輪から出て、僕のところへ――

「いろいろありがとう、設楽君」

背伸びするように僕を見上げるその姿が、心臓をぐらぐら揺さぶる。

「岡江は何か言ってきた？　トリック見破ったとか」

平静を装う。

「何も。もうタイムリミットだよね、やった！」

天海は胸の前で小さく拍手して微笑む。もう、どんな仕草も可愛く見えた。魔術のようだった。ビジュアルは川野にも彩夏にも及ばないかもしれない。でも二人にはない女の子らしさ、ひたむきな想い、目標に真正面から向き合う誠実さと、茶目っ気と、もしかしたら豪快さが同居しているのだ。

「これからも、会えるよね」

僕は言った。素直な気持ちを込めたつもりだった。どこまで伝わるだろうか。

「もちろん。せっかく、友達になれたんだし」

友達……たぶん、彼女は気を遣っているだけだ。

「そう言えば、そのセリフ、さっき岡江君に言おうとして、言えなかったの。こっちは告《こく》るつもりだったんだけど、土壇場で言葉が出なくなって。恋愛経験ないのに調子に乗りすぎたのかな」

1／8ロシア製のハンマーでぶっ叩かれたような衝撃——

「実は岡江君の前で大泣きしてさ。別に会えなくなるわけでもないのに、別れっていう言葉に酔ってしまったみたいで。まあわたしも乙女だったってことね」

真冬のシベリアで、いきなり服を脱がされたような寒さ——

「てへ」と照れたように舌を出した天海は、今すぐ抱きしめたいほど愛おしかったが、僕は引き攣った笑みを浮かべるだけで、動くことはできなかった。

「結局、ふられた形になったんだけどね。身の程知らずだったかな」

「そんなことない。天海は……可愛いと思う。素敵だと思う」

本心だった。本心だったが……視界が霞《かす》んだ。リアルに貧血か？

「そ。リップサービスでもうれしい」

天海が右手をさし出す。僕は強烈な喪失感の中、その小さな右手を握った。僕より少しだけ体温が低かった。リップサービスなんかじゃないから——僕は言葉にせず、握った掌《てのひら》からそう念を送った。長いようで短い握手を終えると、天海はとびきりの笑顔を残し、友人たちの輪に戻っていった。季節はもう春だが、僕の春は遠のいてゆく……。

とにかく、岡江は天海に〝事件の真相〟を伝えなかった。大人の対応をしたのだ。天海は勝利と信じたまま、新たなスタートを切ることができる。これで良しとしよう。

僕は渡り廊下に身を潜めると、ケータイを取りだした。昨夜一通のメールが届いていた。

『カズマに気疲れ増した　sorry』

相変わらず漢字は不得意のようだ。〝和馬に気づかれました〟という意味だ。

『きみのせいじゃない　ありがとう』と藤井詩愛梨には返信してあった。

肩に手を置かれた。岡江だった。

「藤井さんに確認取ったのか?」

僕はケータイをしまいながら聞いた。

「一応な」と岡江。「ピアノを優先していたから、確認は昨日になった」

「川野が転がった時点でもう気づいていたんだよな」

川野がぬかるみに足を取られ、派手に転倒したとき、岡江は『そうか、もう一人いたか』と呟いた。もう一人、とは川野のことではなく、藤井詩愛梨のことだ。

「川野愛香が走ってきて、非常口の手前まで転がったから気づいた。もし踏み切っていたら、あの距離、彼女なら可能かもしれないとな。幽霊の正体は藤井詩愛梨。したがって、天海晴菜と国府田彩夏はダミー。二人とも最初から音楽室にはいなかった。ピアノ演奏は、全てがサンプリングだった」

密室状態の音楽室からの脱出について、岡江は完全な解答に到達していた。

藤井詩愛梨——短距離でインターハイ三冠（100m・200m・400m）のスプリンターだ。幽霊Aも幽霊Bも彼女だった。その彼女のもうひとつの得意種目が、走り幅跳びだ。伝説のスプリンター、カール・ルイスがそうであったように。国体では短距離に加え、走り幅跳びでも優勝したのだ。

『ちょっと助走すれば、五メートルくらい軽く跳べるよ』

藤井詩愛梨は、そう応えた。どの程度の範囲をぬかるみにできるのかが、トリックの成否を握っていた。二メートルや三メートルでは、トリックとして成立しないと思っていた。

五メートル。僕はトリックとして成立すると判断した。ぬかるみの調整は紫藤に任せた。

水着姿で全身に蛍光塗料を塗った藤井詩愛梨は（串本は初めて生身にペイントするということで緊張していた）、幽霊を演じ、MINERVA-Gのサンプリング演奏を再生させたあと、天海と小野が音楽準備室で騒ぎを起こしている隙に、延長コードを回収、廊下側の扉のつっかえ棒を取り、非常口から外に放り投げると、非常口の扉を目一杯開けて、廊下側扉前まで一旦下がり、非常口が閉まる前に、助走を取って幅跳びの要領で、およそ五メートルのぬかるみを飛び越えたのだ。ちなみに藤井詩愛梨の自己記録は６ｍ10だという。

「二度目撃させて、幽霊Ａと幽霊Ｂの大きさを変えたのは、天海と国府田にぼくの目を向けさせる秀逸な罠だったね。一時的にだが引っかかってしまった。二種類の塗料を使うとは考えたね」

岡江は塗料の違いまで見抜いたようだ。「生徒会室にこれ見よがしに置いてあった」

「塗料の性質の違いは、僕も串本にレクチャーされるまで詳しくは知らなかった」

藤井の体には、蛍光塗料と、蓄光塗料の二種類を使った。蓄光塗料とは聞き慣れないが、以前は夜光塗料と表示されていた、明るい所で光を溜め込み、暗闇で自然発光するタイプの塗料だ。そして、蛍光塗料はブラックライトに反応して、発光する。

藤井詩愛梨の体のサイズは、彩夏とほぼ同じ。まずはブラックライトで発光する蛍光塗料を体の外縁部に塗り、ボディの部分に天海とほぼ同じサイズの人型を蓄光塗料で描いた。つまり蛍光塗料の人型の中に、一回り小柄な人型を蓄光塗料で描いたのだ。するとどうなるか。ブラックライトを点灯すると、全身が光り、消すと、体の内側に描かれた小柄な人型だけが発光することになる。これが僕が用意した罠であり、トリックだ。

いつか廊下で見た文化会のポスター。ブラックライトがなくてもぼうっと光っていた。蓄光塗料で描かれていたのだ。そして生徒会室にあった蛍光ペン。それが二種類の蛍光系塗料に思い至る切っ掛けであり、発想の源だった。

「やっぱり岡江にはかなわないのか」

ため息が出た。「まあ、天海に言わないでおいてくれてありがとう」

「あ、言うのを忘れていた。ぼくとしたことが」

この男は――

「それより設楽、今回はパーフェクトな仕事をしたな」

「パーフェクト? どこが?」

気がつくと岡江の両拳が握られていた。目は爛々と光り、口許は笑みの形で固定されている。岡江の暗黒面が発動されていた。

「あの堅物で知られていた天海晴菜を水着姿にし、あまつさえ羞恥プレイの如き状況で、我の前に晒《さら》した。去年の川野愛香の時とは全く逆のパターンさ。この場合容姿はそれほど重要ではない。あれもシチュエーション・ギャップのひとつさ」

その状況はつくったが、脱げと命じたのは岡江だろう、と野暮なことは言わなかった。

「しかも君はそれを撮影していた。それも加算点だ。あの映像、高く買う。これまでで一番の高値でな……」

青白く光る二人を、推理用の証拠として撮影していたところを、小野が誤って電灯を点《つ》けてしまっただけだ。

「ぼくは賢くて真面目な彼女しか知らない。彼女はそのひたむきさゆえ、君の要請に応え、羞恥心に耐え、制服を脱いだんだ。あの時の天海の表情ったらなかったぞ。胸が抉られる思いだ。なんとすばらしい……」

天海も男を見る目をもう少し鍛えたほうがいいだろう。僕は一人もだえる岡江から離れ、まだ友人たちと別れを惜しんでいる天海を横目に、生徒玄関を出た。

空は青く、風は薫る。三々五々帰る連中の表情は、解放感に満ちていた。

ふと気配を感じ、視線を向ける。

正門の中央に、川野が仁王立ちしていた。学校指定の体操服姿で、右手にはデジカメ。体操服は所々泥で汚れ、頬にも煤《すす》けたような汚れがついていた。

「どうした」

声をかけると、川野は肩を怒らせて歩いて来た。そう言えば川野は登校せず、修了式にも出ていなかった。

「晴菜まだいる？」

「生徒玄関にいると思うけど」

「そう、よかった。晴菜へのプレゼントが撮れたの」

川野はデジカメのディスプレイに画像を呼び出すと、「どう？」と僕に見せた。

青とオレンジのコントラストがくっきりと浮き出た、カワセミの飛翔姿だった。息を呑んだ。フレームの中央に、きっちりととらえられている。背景はスピード感あふれる、ぶれた街並み。カワセミはスズメ程度の大きさで、とてもすばしこく、飛翔姿をフレームに収めること自体が難しい。しかし、川野はカワセミの飛翔速度に合わせてカメラを動かし、被写体を中央に据えたままシャッターを切ったのだ。

「今朝撮ったの。多摩湖まで遠征したんだよ！」

朝焼けの中、ディスプレイの中のカワセミは、まるで生きているようにその存在を誇示している。狭山公園付近か。ならば背景は東村山の街だろう。僕には撮れない。プロでも難しいはず。おそらくこの写真は偶然の産物だ。奇跡の一枚だ。

「寝ぼけてシャッター押したんだけど、すっごくいい写真が撮れたでしょ！」

川野は誇らしげだった。「夜じゃなくて、夜明けの都市の鳥だけど、まあいいか……あ！」

振り返ると、天海が生徒玄関から出てきたところだった。

「晴菜！」

僕は駆けてゆく川野の背中を見送った。

解説

三橋曉

まずは、ちょっと時間を巻き戻して、『消失グラデーション』（二〇一一年）の話から始めてみたい。

いささか使い古された感はあるが、デビュー作にはその作家のすべてがある、という出典不明の言葉は、この作品にもあてはまるのではないか。ご存じ、第三十一回横溝正史ミステリ大賞の受賞作である（応募時のタイトルは『リストカット／グラデーション』）。選考委員の三氏（綾辻行人《あやつじゆきと》、北村薫《きたむらかおる》、馳星周《はせせいしゆう》）がこぞって絶賛を惜しまなかったというだけあり、このデビュー作は、精緻《せいち》なたくらみと複雑な構造を、細心の叙述で支える見事な本格ミステリであったが、同時にリアルな青春・学園小説でもあった。

主人公は、男子バスケットボール部に所属する僕こと椎名康《しいなこう》だが、康はバスケ部のビデオ記録係をつとめてくれる樋口真由《ひぐちまゆ》のことが少し気になっている。都内の私立高校に通う二年生で、クラスメイト同士でもある彼らは、放課後の校舎で起きた屋上からの墜落事件で現場から消えた女子バスケ部のエース・プレイヤーの行方を追って、事件を調べ始める。

十代の男女の日常をとらえ、思春期まっただ中の彼らが抱える過剰な自意識や、他者に対する妬みの気持ち、そして甘酸っぱい恋心を目の覚めるようなタッチで描いていく長沢樹のデビュー作は、しかしどこか青春小説のお約束通りとは言い難いところがあった。多感な年頃だったら胸焦がすこと間違いなしなのに、なぜかあっさりボーイ・ミーツ・ガールの物語と呼ぶには、躊躇《ためら》いを覚えてしまうのだ。

そんな独特の感触を生んでいる理由のひとつは、登場人物の描き方だろう。未熟さをまだ残す少年少女たちの、それでも生き抜いていかねばならない切実さや日々の臨場感のようなものが、一人一人の登場人物から生々しく伝わってくるのだ。気になる転校生の真由と噛《か》み合わない二人三脚で探偵の真似事《まねごと》をする主人公の康の行く手にも、周囲との摩擦は絶えない。二人の行動からは、人間が人間に接する上で避けることのできないヒリヒリするような感覚が、じかに伝わってくる。

『消失グラデーション』は、よくある〝瑞々《みずみず》しさ〟や〝眩《まぶ》しさ〟で語られる青春小説という捉え方だけでは到底十分とはいえない。孤独を抱え、毎日毎日をぎりぎりの所でめいっぱい生きている十代の物語だったのである。

さて、前ふりのつもりが、少々長くなってしまったが、ここにご紹介する同じ作者の

『上石神井さよならレボリューション』は、ちょっと乱暴を承知で敢《あ》えて言うなら、そんなデビュー作をそっくりそのまま裏返しにした作品だと思ってもらえば、話が早いかもしれない。

本作の単行本が書店に並んだのは、横溝正史賞受賞のほぼ二年後、二〇一三年九月（集英社刊）で、その前年の〈小説すばる〉四月号から翌年の五月号まで不定期に連載された五編の連作を収めている。この期間は、受賞後初の長編『夏服パースペクティヴ』（『消失グラデーション』の樋口真由が再登場する〝消失〟シリーズの第二作。ただし、時系列的には前日譚にあたる）の書き下ろしにかかっていた時期とも重複し、作者は、裏返しの世界観を持つ二つのシリーズを同時に執筆していたことになる。

とはいえ、〝消失〟シリーズ経由で、こちらにも手を伸ばしてみようと思われた長沢樹ファンの方々も、どうかご心配なく。ネガ（シリアス）がポジ（ユーモア）に転じたからといって、実は両者は表裏一体であって、元のフィルムに少しも変わりはない。この解説の冒頭にも書いたように、本作もまた、『消失グラデーション』と同様、ＤＮＡから骨格や血肉に至るまで、長沢樹流の青春・学園小説なのである。

連作は、いきなり登場人物の一人、岡江和馬《おかえかずま》のフェティシズムに関する気取った講釈から始まる。いわく、フェティシズムの考察は男性としての奥深さを識別する信号であり、嗜《たしな》みである、と。そんな彼に、学校の地学準備室で千円札一枚と引き替えに、写真データを渡すのは設楽洋輔《したらようすけ》、この連作の主人公であり、主な語り手だ。そして、その写真の被写体は、校内の注目を一身に集めるビジュアルクイーンこと川野愛香《かわのあいか》。揃《そろ》って、都立鷹羽高校の一年生である。

実は、地味かつ草食系を地でいく写真部員の設楽は、眉目秀麗《めいせき》、頭脳明晰、リッチでクールな岡江と組んで、密《ひそ》かに盗撮という悪行に手を染めていた。そこに現れた愛香は、モデルもかくやの美貌と、一〇〇メートルを十一秒台前半で駆け抜ける超高校級の身体能力を併せ持ちながら、なぜか鳥さんラブという天然系で、大の負けず嫌い。部活は生物部に所属している。

バードウォッチングの専属カメラマンになってほしい。ある日突然に(しかもクリスマスイヴだ)、まるで青春ドラマのような爽やかさでそう話しかけられた設楽は、悪魔の狡知《こうち》さをもって、スナップ写真のモデルになってくれるなら、という交換条件を持ちかける。邪《よこしま》な彼の心の内など知るよしもない無邪気な愛香は、二つ返事で了解してしまう。そう、本作は、フェチ写真を盗撮するという不埒《ふらち》な行為をめぐる、なんともブラックな青春小説なのである。

以下、簡単にではあるが、一編ずつ収録作に触れていこう。なお単行本化に際し改題された作品は、括弧書きで雑誌掲載時の旧題を付してある。

「落合川《おちあいがわ》トリジン・フライ（落合川の鳥人）」で、都下屈指の清流にある野鳥スポットを訪れた設楽と愛香は、人間が鳥になって瞬時に川を飛び越えたとしか思えない出来事を子どもたちから聞かされる。天真爛漫《てんしんらんまん》な愛香は、使われたトリックの超絶な〝はなれわざ〟に自分も挑戦しようとして、設楽ばかりか、読者をもドキドキさせる。ホームズ岡江とワトスン設楽の最初の事件にあたるが、元祖『シャーロック・ホームズの冒険』のトップバッター「ボヘミアの醜聞」との微妙なシンクロニシティには、シャーロキアンならずともニヤリとさせられるだろう。

愛香に次ぐこのシリーズのキーパーソン、国府田彩夏《こうだあやか》が初めて読者の前に登場する「残堀川《ざんぼりがわ》サマー・イタシブセ（武蔵野光速少女帯）」は、渡り鳥のキビタキを撮影に訪れたのどかな郊外で事件が起きる。そこに現れた彩夏のストーカーを、設楽と愛香は川沿いの遊歩道で挟み撃ちにするが、相手は忽然《こつぜん》と姿を消してしまうのだ。メガネっ子で被《ひ》虐《ぎゃく》的妄想女子の彩夏がピントのずれた大活躍をみせるが、以降、多数の読者が彼女の可愛《かわい》すぎるおとぼけぶりに幾度となくキュン死することになる。

いつもの武蔵野から初秋の鎌倉に舞台を移す「七里ヶ浜《しちりがはま》ヴァニッシュメント&クライシス」では、かつて暮らした相模湾《さがみわん》を望む江《え》ノ電《でん》沿線の町に里帰りする彩夏に、設楽と愛香が同行する。カメ仙人の異名をとる老人のもとから消えた二匹を追って、二人もカメ捜しに奔走するが、町を揺るがすペットの捜索は、やがて名探偵岡江の登場で意外な結末を迎える。末弟の和馬を手玉にとる姉の岡江瑠衣《るい》（峰不二子《みねふじこ》ばりの美女！）も顔を出し、ハイソな岡江家の内幕をちらりと覗《のぞ》かせてくれるというおまけの一幕もある。

「恋ヶ窪《こいがくぼ》スワントーン・ラブ」では、愛香が白鳥に夢中になる。といっても、相手は白鳥のコスチュームでリングにあがる謎の覆面レスラーだが。生物部の副部長紫藤《しどう》に懇願《こんがん》され、欠席続きで部をクビになりそうだという愛香を連れ戻すため、設楽は学園祭たけなわの大学に、学生プロレスの興業を観《み》に行く。プロ顔負けの必殺技《フィニッシュ》を得意とするマスクマン〃ワイルド・スワン〃に怪我《けが》を負わせたのは誰か？　密室状況下の事件を、岡江は快刀乱麻に解き明かしていくが、登場する学生レスラーの多士済々も楽しい上質の格闘技ミステリにもなっている。

表題作の「上石神井さよならレボリューション」は、いわば〃ワトスン、ホームズに挑戦す〃の巻だ。学期末に転校が決まった生物部の部長、天海晴菜《あまみはるな》が、設楽に知恵をかしてほしいと頼んできた。なんでも、子どもの頃にピアノ・コンテストで敗れて以来、音楽も学業も何一つ岡江に勝てないうっぷんを晴らすため、彼をギャフンと言わせたいのだという。設楽は手の込んだ幽霊騒動を画策するが、無謀とも思える下克上作戦は、仕掛け人二人に思いがけない結果をもたらす。シーズン1の掉尾《とうび》に相応《ふさわ》しい心地よい余韻を残す一編である。

ところで、人間の複雑な感情を解きほぐすように描いていく〝消失シリーズ〟のシリアス路線と、日常の謎を扱いながら大胆不敵なトリックが炸裂《さくれつ》するユーモラスな本作品集とでは正反対の物語なのに、それがまるで姉妹編のようにも思える理由のひとつが、東京都西部と埼玉南部にまたがる武蔵野エリアという舞台設定だろう。

　古代は原野だったそうだが、今や都心からのアクセシビリティもよいこの豊かな自然と、どこか人懐こい土地柄は、長沢樹の小説の重要なアイデンティティーのひとつと言っていいだろう。ちなみに作者は、パラレルワールドの武蔵野を舞台にした〝武蔵野アンダーワールド・セブン〟のシリーズも手掛けている。

　これら長沢樹の作品をこれからひもとこうという読者のために、現時点の作品リストを掲げておく。（★は〝消失〟、☆は〝武蔵野アンダーワールド・セブン〟のそれぞれシリーズを指す。7はシリーズ外だが、舞台となる世界を武蔵野アンダーワールド・セブンと共有している）

1　消失グラデーション（二〇一一年・角川書店→角川文庫）★
2　夏服パースペクティヴ（二〇一二年・角川書店→角川文庫）★
3　上石神井さよならレボリューション（二〇一三年・集英社→集英社文庫）※本作
4　冬空トランス（二〇一四年・角川書店）★

5 リップステイン(二〇一四年・双葉社)
6 武蔵野アンダーワールド・セブン―多重迷宮―(二〇一四年・東京創元社)☆
7 幻痛は鏡の中を交錯する希望(二〇一六年・中央公論新社)☆
8 武蔵野アンダーワールド・セブン―意地悪な幽霊―(二〇一六年・東京創元社)☆
9 St. ルーピーズ(二〇一六年・祥伝社)

最後に、天衣無縫のキャラと、あっけらかんとし過ぎで、むしろ清々《すがすが》しいくらいのエロチシズムの虜《とりこ》になった川野愛香ファンに朗報がある。この春三年ぶりに、愛香とその仲間たちの物語が連作長編となって帰ってきたのだ。

〈小説すばる〉でただいま連載中の新作『逆境ファストブレイク』は、「上石神井さよならレボリューション」の翌月から始まる本作のシーズン2にあたり、なんと高校三年生になった愛香は、洟《はな》もひっかけなかった陸上部に所属し、日々練習に励んでいる。彼女にいったい何が起きたというのか? 連載の完結と単行本化がたまらなく待ち遠しい。

(みつはし・あきら ミステリ評論家)

初出誌「小説すばる」

落合川トリジン・フライ（「落合川の鳥人」改題）　二〇一二年四月号

残堀川サマー・イタシブセ（「武蔵野光速少女帯」改題）　二〇一二年十月号

七里ヶ浜ヴァニッシュメント&クライシス　二〇一三年一月号

恋ヶ窪スワントーン・ラブ　二〇一三年三月号

上石神井さよならレボリューション　二〇一三年五月号

本書は、二〇一三年九月、集英社より刊行されました。

本書はフィクションであり、実在の団体、地名、人名などには一切関係がありません。

集英社文庫　目録（日本文学）

集英社文庫　目録（日本文学）

長野まゆみ　上海少年
長野まゆみ　鳩《はと》の栖《すみか》
長野まゆみ　若葉のころ
中原中也　汚れっちまった悲しみに……—中原中也詩集
中場利一　シックスポケッツ・チルドレン
中場利一　岸和田少年愚連隊
中場利一　岸和田少年愚連隊　血煙り純情篇
中場利一　岸和田少年愚連隊　望郷篇
中場利一　岸和田のカオルちゃん
中場利一　岸和田少年愚連隊　外伝
中場利一　岸和田少年愚連隊　完結篇
中場利一　その後の岸和田少年愚連隊　純情ぴかれすく
中部銀次郎　もっと深く、もっと楽しく。
中村安希　インパラの朝　ユーラシア・アフリカ大陸684日
中村安希　食べる。
中村安希　愛と憎しみの豚

中村うさぎ　美人とは何か？　美意識過剰スパイラル
中村うさぎ　「イタい女」の作られ方　自意識過剰の姥皮地獄
中村勘九郎　勘九郎とはずがたり
中村勘九郎　勘九郎ひとりがたり
中村勘九郎他　中村屋三代記
中村勘九郎　勘九郎日記「か」の字
中村航　夏休み
中村航　さよなら、手をつなごう
中村修二　怒りのブレイクスルー
中村文則　何もかも憂鬱な夜に
中山可穂　猫背の王子
中山可穂　天使の骨
中山可穂　サグラダ・ファミリア［聖家族］
中山可穂　深爪
中山美穂　なぜならやさしいまちがあったから
中山康樹　ジャズメンとの約束

ナツイチ製作委員会編　あの日、君とBoys
ナツイチ製作委員会編　あの日、君とGirls
ナツイチ製作委員会編　いつか、君へBoys
ナツイチ製作委員会編　いつか、君へGirls
夏樹静子　蒼ざめた告発
夏樹静子　第三の女
夏目漱石　坊っちゃん
夏目漱石　三四郎
夏目漱石　こころ
夏目漱石　夢十夜・草枕
夏目漱石　吾輩は猫である(上)(下)
夏目漱石　それから
夏目漱石　門
夏目漱石　彼岸過迄
夏目漱石　行人
夏目漱石　道草

集英社文庫　目録（日本文学）

集英社文庫　目録（日本文学）

橋本治　幸いは降る星のごとく
橋本紡　九つの、物語
橋本紡　葉桜
橋本長道　サラの柔らかな香車
馳星周　ダーク・ムーン(上)(下)
馳星周　約束の地で
馳星周　美《ちゅ》ら海、血の海
馳星周　淡雪記
馳星周　ソウルメイト
羽田圭介　御不浄バトル
畑野智美　国道沿いのファミレス
畑野智美　夏のバスプール
はた万次郎　北海道青空日記
はた万次郎　ウッシーとの日々 1
はた万次郎　ウッシーとの日々 2
はた万次郎　ウッシーとの日々 3
はた万次郎　ウッシーとの日々 4
花井良智　美しい隣人
花井良智　はやぶさ 遥かなる帰還
花村萬月　ゴッド・ブレイス物語
花村萬月　渋谷ルシファー
花村萬月　風転(上)(中)(下)
花村萬月　虹列車・雛列車
花村萬月　錏《あ》娥《が》哢《る》奼《た》(上)(下)
花家圭太郎　八丁堀春秋
花家圭太郎　八丁堀春秋 日暮れひぐらし
帚木蓬生　エンブリオ(上)(下)
帚木蓬生　インターセックス
帚木蓬生　賞の柩
帚木蓬生　薔薇窓の闇(上)(下)
帚木蓬生　十二年目の映像
浜辺祐一　こちら救命センター 病棟こぼれ話
浜辺祐一　救命センターからの手紙 ドクター・ファイルから
浜辺祐一　救命センター当直日誌
浜辺祐一　救命センター部長ファイル
葉室麟　冬姫
早坂茂三　政治家田中角栄
早坂茂三　オヤジの知恵
早坂茂三　田中角栄回想録
林修　受験必要論 人生の基礎は受験で作り得る
林望　リンボウ先生の閑雅なる休日
林真理子　ファニーフェイスの死
林真理子　トーキョー国盗り物語
林真理子　東京デザート物語
林真理子　葡萄物語
林真理子　死ぬほど好き
林真理子　白蓮れんれん
林真理子　年下の女友だち

集英社文庫　目録（日本文学）

林真理子　グラビアの夜
林真理子　失恋カレンダー
林真理子　本を読む女
林真理子　女文士
早見和真　ひゃくはち
早見和真　6 シックス
原宏一　ムボガ
原宏一　かつどん協議会
原宏一　極楽カンパニー
原宏一　シャイン！
原民喜　夏の花
原田ひ香　東京ロンダリング
原田マハ　旅屋おかえり
原田マハ　ジヴェルニーの食卓
原田宗典　優しくって少しばか
原田宗典　スバラ式世界

原田宗典　しょうがない人
原田宗典　日常ええかい話
原田宗典　むむむの日々
原田宗典　元祖スバラ式世界
原田宗典　十七歳だった！
原田宗典　本家スバラ式世界
原田宗典　平成トム・ソーヤー
原田宗典　大サービス
原田宗典　すんごくスバラ式世界
原田宗典　幸福らしきもの
原田宗典　笑ってる場合
原田宗典　はらだしき村
原田宗典　大変結構、結構大変。ハラダ九州温泉三昧の旅
原田宗典　吾輩ハ作者デアル
原田宗典　私を変えた一言
春江一也　プラハの春(上)(下)

春江一也　ベルリンの秋(上)(下)
春江一也　カリナン
春江一也　ウィーンの冬(上)(下)
春江一也　上海クライシス(上)(下)
坂東眞砂子　桜雨
坂東眞砂子　曼《まん》荼《だ》羅《ら》道《どう》
坂東眞砂子　快楽の封筒
坂東眞砂子　花の埋葬 24の夢想曲
坂東眞砂子　鬼に喰われた女 今昔千年物語
坂東眞砂子　逢はなくもあやし
坂東眞砂子　傀儡《くぐつ》
坂東眞砂子　くちぬい
坂東眞理子・上野千鶴子　女は後半からがおもしろい
坂東眞砂子　朱鳥《あかみどり》の陵《みささぎ》
半村良　雨やどり
半村良　かかし長屋

集英社文庫　目録（日本文学）

集英社文庫 目録（日本文学）

広瀬隆 赤い楯 全四巻
広瀬隆 恐怖の放射性廃棄物 プルトニウム時代の終り
広瀬正 マイナス・ゼロ
広瀬正 ツィス
広瀬正 エロス
広瀬正 鏡の国のアリス
広瀬正 T型フォード殺人事件
広瀬正 タイムマシンのつくり方
広谷鏡子 シャッター通りに陽が昇る
広中平祐 生きること学ぶこと
アーサー・ビナード 出世ミミズ
アーサー・ビナード 空からきた魚
深田祐介 翼の時代 フカダ青年の戦後と恋
深町秋生 バッドカンパニー
福田和代 怪物
福本清三 小田豊二 どこかで誰かが見ていてくれる 日本一の斬られ役 福本清三

藤田宜永 はなかげ
藤野可織 パトロネ
藤本ひとみ 快楽の伏流
藤本ひとみ 離婚まで
藤本ひとみ 令嬢テレジアと華麗なる愛人たち
藤本ひとみ ブルボンの封印(上)(下)
藤本ひとみ ダ・ヴィンチの愛人
藤本ひとみ マリー・アントワネットの恋人
藤本ひとみ 令嬢たちの世にも恐ろしい物語
藤本ひとみ 皇后ジョゼフィーヌの恋
藤原章生 絵はがきにされた少年
藤原新也 全東洋街道(上)(下)
藤原新也 アメリカ
藤原新也 ディングルの入江
藤原美子 我が家の流儀 藤原家の闘う子育て
藤原美子 家族の流儀 藤原家の褒める子育て

船戸与一 猛《たけ》き箱舟(上)(下)
船戸与一 炎 流れる彼方
船戸与一 虹の谷の五月(上)(下)
船戸与一 降臨の群れ(上)(下)
船戸与一 河畔《かはん》に標《しるべ》なく
船戸与一 夢は荒れ地を
船戸与一 蝶舞う館
古川日出男 サウンドトラック(上)(下)
古川日出男 gift
辺見庸 水の透視画法
保坂展人 いじめの光景
星野智幸 ファンタジスタ
星野博美 島へ免許を取りに行く
細谷正充・編 新選組傑作選 誠の旗がゆく
細谷正充・編 時代小説傑作選 江戸の爆笑力
細谷正充 宮本武蔵の『五輪書』が面白いほどわかる本

集英社文庫

上石神井《かみしゃくじい》さよならレボリューション

2016年9月25日　第1刷　　定価はカバーに表示してあります。

著　者　長沢《ながさわ》　樹《いつき》

発行者　村田登志江

発行所　株式会社　集英社
東京都千代田区一ツ橋2-5-10　〒101-8050
電話　【編集部】03-3230-6095
【読者係】03-3230-6080
【販売部】03-3230-6393（書店専用）

印　刷　凸版印刷株式会社

製　本　凸版印刷株式会社

フォーマットデザイン　アリヤマデザインストア　　マークデザイン　居山浩二

ISBN978-4-08-745493-2 C0193